증편 한국구비문학대계

1-11

경기도 가평군

이 저서는 2008년도 정부(교육과학기술부)의 재원으로 한국학중앙연구원(한국학진흥사업단)의 지원을 받아 수행된 연구임(AKS-2008-AIA-3101)

증편 한국구비문학대계

1-11

경기도 가평군

신동흔·노영근·이홍우·한유진·구미진

한국학중앙연구원

역락

발간사

　민간의 이야기와 백성들의 노래는 민족의 문화적 자산이다. 삶의 현장에서 이러한 이야기와 노래를 창작하고 음미해 온 것은, 어떠한 권력이나 제도도, 넉넉한 금전적 자원도, 확실한 유통 체계도 가지지 못한 평범한 사람들이었다. 이야기와 노래들은 각각의 삶의 현장에서 공동체의 경험에 부합하였으며, 사람들의 정신과 기억 속에 각인되었다. 문자라는 기록 매체를 사용하지 못하였지만, 그 이야기와 노래가 이처럼 면면히 전승될 수 있었던 것은 그것이 바로 우리 민족의 유전형질의 일부분이 되었기 때문이며, 결국 이러한 이야기와 노래가 우리 민족을 하나의 공동체로 묶어 주고 있는 것이다.

　사회와 매체 환경의 급격한 변화 가운데서 이러한 민족 공동체의 DNA는 날로 희석되어 가고 있다. 사랑방의 이야기들은 대중매체의 내러티브로 대체되어 버렸고, 생활의 현장에서 구가되던 민요들은 기계화에 밀려 버리고 말았다. 기억에만 의존하여 구전되던 이야기와 노래는 점차 잊히고 있다. 한국학중앙연구원이 1970년대 말에 개원함과 동시에, 시급하고도 중요한 연구사업으로 한국구비문학대계의 편찬 사업을 채택한 것은 바로 이러한 시대적 상황에 대한 우려와 잊혀 가는 민족적 자산에 대한 안타까움 때문이었다.

　당시 전국의 거의 모든 구비문학 연구자들이 참여하였는데, 어려운 조사 환경에서도 80여 권의 자료집과 3권의 분류집을 출판한 것은 그들의 헌신적 활동에 기인한다. 당초 10년을 계획하고 추진하였으나 여러 사정으로 5년간만 추진되었으며, 결과적으로 한반도 남쪽의 삼분의 일에 해당

하는 부분만 조사하게 되었다. 그럼에도 불구하고 한국구비문학대계는 주관기관인 한국학중앙연구원의 대표 사업으로 각광 받았을 뿐 아니라, 해방 이후 한국의 국가적 문화 사업의 하나로 꼽히게 되었다.

21세기에 들어서면서 한국학중앙연구원에서는 미완성인 채로 남아 있는 구비문학대계의 마무리를 더 이상 미룰 수 없다는 생각으로 이를 증보하고 개정할 계획을 세웠다. 20년 전의 첫 조사 때보다 환경이 더 나빠졌고, 이야기와 노래를 기억하고 있는 제보자들이 점점 줄어들고 있었던 것이다. 때마침 한국학 진흥에 대한 한국 정부의 의지와 맞물려 구비문학대계의 개정·증보사업이 출범하게 되었다.

이번 조사사업에서도 전국의 구비문학 연구자들이 거의 다 참여하여 충분하지 않은 재정적 여건에서도 충실히 조사연구에 임해 주었다. 전국 각지의 제보자들은 우리의 취지에 동의하여 최선으로 조사에 응해 주었다. 그 결과로 조사사업의 결과물은 '구비누리'라는 이름의 데이터베이스에 탑재가 되었고, 또 조사자료의 텍스트와 음성 및 동영상까지 탑재 즉시 온라인으로 접근할 수 있는 시스템을 갖추었다. 특히 조사 단계부터 모든 과정을 디지털화함으로써 외국의 관련 학자와 기관의 선망의 대상이 되고 있다.

이제 조사사업의 결과물을 이처럼 책으로도 출판하게 된다. 당연히 1980년대의 일차 조사사업을 이어받음으로써 한편으로는 선배 연구자들의 업적을 계승하고, 한편으로는 민족문화사적으로 지고 있던 빚을 갚게 된 것이다. 이 사업의 연구책임자로서 현장조사단의 수고와 제보자의 고귀한 뜻에 감사를 표하지 않을 수 없다. 아울러 출판 기획과 편집을 담당한 한국학중앙연구원의 디지털편찬팀과 출판을 기꺼이 맡아준 역락출판사에 감사를 드린다.

2013년 10월 4일
한국구비문학대계 개정·증보사업 연구책임자 김병선

책머리에

구비문학조사는 늦었다고 생각하는 지금이 가장 빠른 때이다. 왜냐하면 자료의 전승 환경이 나날이 달라지고 있기 때문이다. 전승 환경이 훨씬 좋은 시기에 구비문학 자료를 진작 조사하지 못한 것이 안타깝게 여겨질수록, 지금 바로 현지조사에 착수하는 것이 최상의 대안이자 최선의 실천이다. 실제로 30여 년 전 제1차 한국구비문학대계 사업을 하면서 더 이른 시기에 조사를 했더라면 하는 아쉬움이 컸는데, 이번에 개정·증보를 위한 2차 현장조사를 다시 시작하면서 아직도 늦지 않았다는 사실을 실감했다.

구비문학 자료는 구비문학 연구와 함께 간다. 자료의 양과 질이 연구의 수준을 결정하고 연구수준에 따라 자료조사의 과학성이 결정되기 때문이다. 실제로 1차 조사사업 결과로 구비문학 연구가 눈에 띠게 성장했고, 그에 따라 조사방법도 크게 발전되었다. 그러나 연구의 수명과 유용성은 서로 반비례 관계를 이룬다. 구비문학 연구의 수명은 짧고 갈수록 빛이 바래지만, 자료의 수명은 매우 길 뿐 아니라 갈수록 그 가치는 더 빛난다. 그러므로 연구활동 못지않게 자료를 수집하고 보고하는 일이 긴요하다.

교육부에서 구비문학조사 2차 사업을 새로 시작한 것은 구비문학이 문학작품이자 전승지식으로서 귀중한 문화유산일 뿐 아니라, 미래의 문화산업 자원이라는 사실을 실감한 까닭이다. 따라서 학계뿐만 아니라 문화계의 폭넓은 구비문학 자료 활용을 위하여 조사와 보고 방법도 인터넷 체제와 디지털 방식에 맞게 전환하였다. 조사환경은 많이 나빠졌지만 조사보고는 더 바람직하게 체계화함으로써 누구든지 쉽게 접속하여 이용할 수 있는 데이터베이스를 구축했다. 그러느라 조사결과를 보고서로 간행하는 일은 상대적으로 늦어지게 되었다.

2차 조사는 1차 사업에서 조사되지 않은 시군지역과 교포들이 거주하는 외국지역까지 포함하는 중장기 계획(2008~2018년)으로 진행되고 있다. 한국학중앙연구원 어문생활연구소와 안동대학교 민속학연구소가 공동으로 조사사업을 추진하되, 현장조사 및 보고 작업은 민속학연구소에서 담당하고 데이터베이스 구축 작업은 한국학중앙연구원에서 담당한다. 가장 중요한 일은 현장에서 발품 팔며 땀내 나는 조사활동을 벌인 조사자들의 몫이다. 마을에서 주민들과 날밤을 새우면서 자료를 조사하고 채록하여 보고서를 작성한 조사위원들과 조사원 여러분들의 수고를 기리지 않을 수 없다. 조사의 중요성을 알아차리고 적극 협력해 준 이야기꾼과 소리꾼 여러분께도 고마운 말씀을 올린다.

구비문학 조사를 전국적으로 실시하여 체계적으로 갈무리하고 방대한 분량으로 보고서를 간행한 업적은 아시아에서 유일하며 세계적으로도 그 보기를 찾기 힘든 일이다. 특히 2차 사업결과는 '구비누리'로 채록한 자료와 함께 원음도 청취할 수 있는 데이터베이스를 구축해서 세계에서 처음으로 인터넷과 스마트폰으로 이용할 수 있는 디지털 체계를 마련했다. '구슬이 서 말이라도 꿰어야 보배'인 것처럼, 아무리 귀한 자료를 모아두어도 이용하지 않으면 소용이 없다. 그러므로 이 보고서가 새로운 상상력과 문화적 창조력을 발휘하는 문화자산으로 널리 활용되기를 바란다. 한류의 신바람을 부추기는 노래방이자, 문화창조의 발상을 제공하는 이야기주머니가 바로 한국구비문학대계이다.

2013년 10월 4일

한국구비문학대계 개정·증보사업 현장조사단장 임재해

한국구비문학대계 개정·증보사업 참여자 <small>(참여자 명단은 가나다 순)</small>

연구책임자

김병선

공동연구원

강등학 강진옥 김익두 김헌선 나경수 박경수 박경신 송진한 신동흔
이건식 이인경 이창식 임재해 임철호 임치균 조현설 천혜숙 허남춘
황인덕 황루시

전임연구원

장노현 최원오

박사급연구원

강정식 권은영 김구한 김기옥 김월덕 노영근 서해숙 유명희 이균옥
이영식 이윤선 조정현 최명환 최자운 황경숙

연구보조원

강소전 김미라 구미진 김보라 김성식 김영선 김옥숙 김유경 김은희
김자현 문세미나 박동철 박은영 박현숙 박혜영 백계현 백은철 변남섭
서은경 서정매 송기태 송정희 시지은 신정아 안범준 오세란 오정아
유태웅 이선호 이옥희 이원영 이진영 이홍우 이화영 임세경 임 주
장호순 정아용 정혜란 조민정 편성철 편해문 한유진 허정주 황진현

주관 연구기관 : 한국학중앙연구원 어문생활사연구소
공동 연구기관 : 안동대학교 민속학연구소

일러두기

- ■ 『증편 한국구비문학대계』는 한국학중앙연구원과 안동대학교에서 3단계 10개년 계획으로 진행하는 "한국구비문학대계 개정·증보사업"의 조사 보고서이다.
- ■ 『증편 한국구비문학대계』는 시군별 조사자료를 각각 별권으로 간행하는 것을 원칙으로 한다. 서울 및 경기는 1-, 강원은 2-, 충북은 3-, 충남은 4-, 전북은 5-, 전남은 6-, 경북은 7-, 경남은 8-, 제주는 9-으로 고유번호를 정하고, -선 다음에는 1980년대 출판된 『한국구비문학대계』의 지역 번호를 이어서 일련번호를 붙인다. 이에 따라 『증편 한국구비문학대계』는 서울 및 경기는 1-10, 강원은 2-10, 충북은 3-5, 충남은 4-6, 전북은 5-8, 전남은 6-13, 경북은 7-19, 경남은 8-15, 제주는 9-4권부터 시작한다.
- ■ 각 권 서두에는 시군 개관을 수록해서, 해당 시·군의 역사적 유래, 사회·문화적 상황, 민속 및 구비 문학상의 특징 등을 제시한다.
- ■ 조사마을에 대한 설명은 읍면동 별로 모아서 가나다 순으로 수록한다. 행정상의 위치, 조사일시, 조사자 등을 밝힌 후, 마을의 역사적 유래, 사회·문화적 상황, 민속 및 구비문학상의 특징 등을 중심으로 설명하고, 마을 전경 사진을 첨부한다.
- ■ 제보자에 관한 설명은 읍면동 단위로 모아서 가나다 순으로 수록한다. 각 제보자의 성별, 태어난 해, 주소지, 제보일시, 조사자 등을 밝힌 후, 생애와 직업, 성격, 태도 등을 중심으로 서술하고, 제공 자료 목록과 사진을 함께 제시한다.

- 조사자료는 읍면동 단위로 모은 후 설화(FOT), 현대 구전설화(MPN), 민요(FOS), 근현대 구전민요(MFS), 무가(SRS), 기타(ETC) 순으로 수록한다. 각 조사자료는 제목, 자료코드, 조사장소, 조사일시, 조사자, 제보자, 구연상황, 줄거리(설화일 경우) 등을 먼저 밝히고, 본문을 제시한다. 자료코드는 대지역 번호, 소지역 번호, 자료 종류, 조사 연월일, 조사자 영문 이니셜, 제보자 영문 이니셜, 일련번호 등을 '_'로 구분하여 순서대로 나열한다.

- 자료 본문은 방언을 그대로 표기하되, 어려운 어휘나 구절은 ( ) 안에 풀이말을 넣고 복잡한 설명이 필요할 경우는 각주로 처리한다. 한자 병기나 조사자와 청중의 말 등도 ( ) 안에 기록한다.

- 구연이 시작된 다음에 일어난 상황 변화, 제보자의 동작과 태도, 억양 변화, 웃음 등은 [ ] 안에 기록한다.

- 잘 알아들을 수 없는 내용이 있을 경우, 청취 불능 음절수만큼 '○○○'와 같이 표시한다. 제보자의 이름 일부를 밝힐 수 없는 경우도 '홍길○'과 같이 표시한다.

- 『증편 한국구비문학대계』에 수록된 모든 자료는 웹(gubi.aks.ac.kr/web)과 모바일(mgubi.aks.ac.kr)에서 텍스트와 동기화된 실제 구연 음성파일을 들을 수 있다.

차례

가평군 개관 ● 19

1. 가평읍

■ 조사마을

경기도 가평군 가평읍 개곡1리 ·································· 27
경기도 가평군 가평읍 달전1리 ·································· 29
경기도 가평군 가평읍 산유리 ···································· 30
경기도 가평군 가평읍 하색1리 ·································· 32

■ 제보자

김기덕, 남, 1923년생 ··· 35
박찬숙, 여, 1933년생 ··· 36
신구순, 남, 1941년생 ··· 36
신영범, 남, 1917년생 ··· 37
신옥균, 여, 1928년생 ··· 41
신용실, 남, 1960년생 ··· 42
이순자, 여, 1927년생 ··· 43
최광순, 남, 1934년생 ··· 44

● 설화

미련한 놈, 기운 센 놈, 정신없는 놈 ················ 김기덕 46
아기장수가 난 칼봉양지 ····························· 박찬숙 47
개국공신(開國功臣) 신숭겸(申崇謙) ··············· 신구순 49
신사임당(申師任堂) ··································· 신구순 52
안반지 (1) ·· 신구순 53
용묘(龍墓)의 유래 (1) ······························· 신영범 55
한석봉(韓石峯) 글씨가 묻혀있는 보납산(寶納山) ···· 신영범 57
의병 최종화 ·· 신영범 58
용감한 의병대장 ····································· 신영범 59

효심 깊은 강영천(姜永天) 부부 ···················· 신영범 61

의병 이충응(李忠應) ···························· 신영범 62

인동장씨(仁同張氏) 팔 효자 ···················· 신영범 63

힘센 장사 정장군 ······························ 신영범 64

주인을 구한 개의 무덤-포회촌 개미데미 ············ 신영범 66

태봉(胎封)과 불기산(佛岐山)의 유래 ·············· 신영범 67

남이섬의 유래 ································ 신영범 70

역적으로 몰려 죽임 당한 남이장군(南怡將軍) ········ 신영범 71

삼충단(三忠壇) ······························ 신영범 73

의병 최익현(崔益鉉)의 순교 ···················· 신영범 75

정일곤을 살려준 신숙(申肅) ···················· 신영범 76

도깨비를 잘 대접해 부자 된 사람 ················ 신영범 78

굶어죽은 거지 시체를 보고 시를 지은 김삿갓 ······· 신영범 79

개성 사람에게 내쫓기자 시를 지어 대접받은 김삿갓 ······· 신영범 82

돌 속에 있는 물건을 알아맞힌 최치원(崔致遠) ······· 신영범 84

죽은 소를 가려내 범인 잡은 양주목사 ············· 신영범 87

사또 생일 잔치에 간 이몽룡 ···················· 신영범 91

춘향의 꿈 해몽 ······························ 신영범 93

골탕 먹은 어사 박문수(朴文秀) ·················· 신영범 95

어사 박문수(朴文秀)의 한시(漢詩) 낙조(落照) ······· 신영범 97

안반지 (2) ·································· 신영범 100

조광조 ······································ 신영범 102

이항복과 이어송 ······························ 신영범 103

사명당 ······································ 신영범 105

광대의 도움으로 시집 간 황희정승 딸 ············· 신영범 106

김삿갓의 희작시(戲作詩) ······················ 신영범 109

유씨 가문과 용묘 ·· 신옥균 110
안반지 (3) ·· 신옥균 114
용묘(龍墓)의 유래 (2) ·· 신용실 116
까마귀가 된 의붓딸 ··· 이순자 117
고흥 유씨와 용묘 ··· 최광순 119
안반지 (4) ·· 최광순 121

● 현대 구전설화
6·25 때의 경험 ··· 신영범 123
한석봉(韓石峯)이 꿈에 나타난 이야기 ················· 신용실 124

● 민요
동무들아 잡지 마라 ··· 이순자 127
베 짜는 아가씨 ··· 이순자 127

2. 북면

▌조사마을
경기도 가평군 북면 백둔리(栢屯里) ······················· 131
경기도 가평군 북면 화악1리 ······························· 133
경기도 가평군 북면 화악2리 ······························· 135

▌제보자
백남하, 남, 1929년생 ·· 138
이순흥, 남, 1927년생 ·· 139
이정원, 남, 1939년생 ·· 140
임호성, 남, 1933년생 ·· 141
정규흥, 남, 1939년생 ·· 142

● 설화
아기장수와 용마 ·· 백남하 144
산신당에 드린 치성 ·· 백남하 146
도깨비에 홀린 사람 ·· 백남하 147
항아리로 잡은 도둑 ·· 이순흥 149
노총각 장가보낸 어사 박문수 ····························· 이정원 150

불 낸 범인 잡은 순사 …………………………… 이정원 153
반상(班常)을 알아보는 뱃사공 ……………………… 이정원 154
황백삼(黃白三) ……………………………………… 이정원 156
청룡과 아기장수 …………………………………… 정규흥 157

● 현대 구전설화
굴뚝에 넣은 개뼈 때문에 죽은 사람 ……………… 이정원 159
인색한 부자 최땡비 ………………………………… 이정원 162
저승 체험 …………………………………………… 임호성 164

3. 상면

▌조사마을
경기도 가평군 상면 율길1리 ……………………………… 169
경기도 가평군 상면 율길2리 ……………………………… 170
경기도 가평군 상면 태봉1리 ……………………………… 173
경기도 가평군 상면 태봉2리 ……………………………… 175

▌제보자
김복님, 여, 1933년생 ……………………………………… 178
김옥상, 여, 1932년생 ……………………………………… 178
박종숙, 여, 1923년생 ……………………………………… 179
심복임, 여, 1934년생 ……………………………………… 180
오정환, 여, 1927년생 ……………………………………… 181
홍순자, 여, 1943년생 ……………………………………… 182

● 설화
기지로 호랑이 고개 넘어간 여자 …………………… 심복임 184
징검다리 놓아 준 효자 ……………………………… 심복임 185

● 현대 구전설화
귀신 붙은 고목나무 ………………………………… 홍순자 188
도깨비불 …………………………………………… 홍순자 189
새색시의 실수 ……………………………………… 홍순자 192
남의 마른 돼지 먹여서 재산 얻기 ………………… 홍순자 195

나물 캐러 갔다 간첩으로 몰린 사연 ················· 홍순자 197
첫날밤 도망 가려했던 새색시 ················· 홍순자 199

● 민요
성주 풀이 ················· 김복님 201
너냥나냥 ················· 김복님 202
아리랑 ················· 김복님 203
이거리 저거리 ················· 김복님 203
노랫가락 ················· 김복님 204
자장가 ················· 김옥상 207
한알 때 두알 때 ················· 김옥상 207
정선 아리랑 ················· 박종숙 208
아리랑 ················· 박종숙 209
아리랑 ················· 박종숙 209
댕기 노래 ················· 박종숙 210
베틀가 ················· 박종숙 211
따북녀 노래 ················· 박종숙 213
동무 노래 ················· 박종숙 214
총각 낭군 무덤에 ················· 박종숙 216
아리랑 ················· 박종숙 216
아리랑 ················· 박종숙 217
어랑 타령 ················· 오정환 218

4. 설악면

▌조사마을
경기도 가평군 설악면 천안1리 ················· 225

▌제보자
최충열, 남, 1928년생 ················· 227

● 민요
강원도 아리랑 ················· 최충열 228
창부 타령 ················· 최충열 230
청춘가 ················· 최충열 231

권주가 ·· 최충열 232

5. 청평면

▌조사마을

경기도 가평군 청평면 청평8리 ·· 237

▌제보자

김분순, 여, 1940년생 ·· 240

양화자, 여, 1942년생 ·· 240

이정숙, 여, 1941년생 ·· 241

정복순, 여, 1940년생 ·· 242

● 설화

도깨비 만나 부자 된 사람 ·· 이정숙 243

● 현대 구전설화

도깨비와 씨름한 사람 ·· 김분순 252

아기 살려준 호랑이 ·· 양화자 254

호랑이를 타고 다닌 아버지 ·································· 이정숙 255

돼지 물어간 호랑이 ·· 이정숙 257

도깨비의 솥뚜껑 장난 ·· 이정숙 259

도깨비 터 못 다스려 망한 집 ···························· 이정숙 262

도깨비가 일하는 소리 들은 아버지 ·················· 정복순 265

울산바위 아래 호랑이 ·· 정복순 267

6. 하면

▌조사마을

경기도 가평군 하면 마일1리 ·· 273

경기도 가평군 하면 하관리 ·· 274

경기도 가평군 하면 현1리 ·· 277

▌제보자

김수봉, 남, 1928년생 ·· 279

이경자, 여, 1957년생 ·· 280
장학순, 남, 1935년생 ·· 281

설화

현등사(懸燈寺)의 유래 (1) ·································· 김수봉 282
정도전(鄭道傳)과 경복궁(景福宮) ························ 김수봉 283
달래고개 ··· 이경자 286
운악산의 기운을 다스린 스님 ···························· 이경자 288
현등사(懸燈寺)의 유래 (2) ································ 장학순 290

가평군 개관

　우선 가평군(加平郡)의 연혁을 살펴보면, 문헌에 기록된 가평군의 역사는 삼국시대로 거슬러 올라간다. 가평군의 군소재지인 가평읍은 처음 고구려 땅으로, 근평군(斤平郡) 또는 병평군(並平郡)이라고 하다가 나중에 신라가 삼국을 통일하면서 추후에 신라에 편입되었다. 통일신라 제35대 경덕왕(景德王) 16년(丁酉)에 지금의 명칭인 가평군으로 개칭되었는데, 한자는 '가평(嘉平)'과 '가평(加平)'이 혼용되었다.

　고려시대에는 제8대 현종(顯宗) 9년(戊午)에는 춘주(春州, 현재의 춘천)의 속군(屬郡)이 되어 편입되었다. 춘주는 지금의 강원도 춘천으로 고려시대에는 교주도(交州道)의 행정중심지였다. 『고려사(高麗史)』 지리지(地理志)에 의하면 가평군의 대표적인 산으로 화악산과 청평산(지금의 오봉산, 춘천시 북산면 청평리)을 언급하고 있다. 따라서 고려시대의 가평은 현재의 가평군 북면과 인접하고 있는 강원도 춘천시 사북면 일부와 그 건너의 북산면 일대까지 그 영역을 넓히고 있었다고 할 수 있다.

　조선시대에는 제3대 태종(太宗) 13년(癸巳)에는 강원도에서 경기도로 이속되어, 지방관으로 현감(縣監)이 파견되었다. 그러다가 중종반정(中宗反正)으로 중종이 즉위한 후 1507년 중종 2년(丁卯)에는 국왕의 태(胎)가 봉안된 곳이라 하여 현에서 군으로 승격되어 가평군(加平郡)이라 하였다.

1697년 제19대 숙종 23년(丁丑)에 다시 현으로 강등되었다가 1707년에 다시 군으로 승격되었다. 1888년 제26대 고종 25년(戊子)에는 다시 강원도로 편입되었다가 1895년 경기도 포천군에 일시 편입되었고, 1년 후인 1896년 건양(建陽) 원년(元年) 8월 4일 칙령(勅令) 제36호(189) 8. 4. 공포) 관제개편으로 전국을 13도로 분할(分轄)하는 과정에서 경기 관찰사 소관 하에 포천으로부터 분리되어 가평군으로 독립했다.

1942년 부령(府令) 제242호(1942. 9. 30. 공포)의 관제개편으로 10월 1일부터 양평군 설악면이 가평군으로 편입되었다. 그리고 청평발전소 개설로 남면의 달전, 이화, 산유, 복장, 금대리는 가평면으로 편입되고, 고성, 호명리는 외서면으로 편입되었으며, 이때부터 남면이 폐지되었다.

1963년에는 법률 제1175호(1962. 11. 21. 공포)로 인해 행정구역이 개편됨에 따라 1월 1일부터 외서면의 3개리(입석, 내방, 외방)가 양주군 수동면으로 편인되었다.

1973년 대통령령 제6542호(1973. 3. 12. 공포)로 행정구역이 다시 개편됨에 따라 7월 1일부로 양평군 서종면 삼회리가 외서면으로, 서종면 노문리 일부가 설악면 달천리로 각각 편입되었다. 그리고 같은 해 대통령령 제6543호(1973. 3. 12. 공포)로 인해 가평면이 가평읍으로 승격되었다.

2004년 12월 1일에 외서면이 청평면으로 행정구역 명칭을 변경했다.

가평군은 1읍 5면 125개리 569반으로 구성되어 있다. 우선 가평군의 행정과 생활 중심지라고 할 수 있는 가평읍이 군의 동쪽에 자리 잡고 있고, 그 위쪽에 북면이 있으며 반시계방향으로 하면, 상면, 청평면, 설악면이 각각 위치해 있다.

가평읍은 31개의 행정리와 14개의 법정리로 구성되어 있다. 14개의 법정리를 보면 읍내리(1리~10리), 대곡리(1리~4리), 달전리(1, 2리), 하색리(1, 2리), 상색리, 두밀리, 경반리, 승안리(1, 2리), 마장리(1,2리), 개곡리(1, 2리), 이화리, 산유리, 복장리, 금대리로 구성되어 있다.

북면은 13개의 행정리와 8개의 법정리로 나눠진다. 8개의 법정리로는 목동리(1, 2리), 소법리(1, 2리), 화악리(1, 2리), 도대리(1, 2리), 적목리, 백둔리, 제령리, 이곡리(1, 2리)가 있다.

　하면은 17개 행정리와 7개의 법정리로 구성되는데, 법정리에는 현리(1～6리), 신상리(1～3리), 하판리, 상판리, 신하리, 마일리(1, 2리), 대보리(1, 2리)가 있다.

　상면은 14개의 행정리과 9개의 법정리가 있다. 법정리에는 연하리(1, 2리), 항사리, 행현리(1, 2리), 임초리(1, 2리), 덕현리, 태봉리(1, 2리), 상동리, 율길리(1, 2리), 봉수리가 있다.

　청평면은 22개의 행정리와 7개의 법정리로 구분할 수 있는데, 청평리(1～9리), 상천리(1～4리), 하천리(1, 2리), 대성리(1～3리), 삼회리(1, 2리), 호명리, 고성리의 법정리가 있다.

　설악면은 28개의 행정리와 15개의 법정리가 있다. 법정리에는 신천리(1～4리), 선촌리(1, 2리), 회곡리(1, 2리), 사룡리, 송산리, 미사리(1, 2리), 위곡리(1～3리), 창의리, 엄소리, 설곡리, 묵안리(1, 2리), 가일리(1, 2리), 방일리(1～3리), 천안리(1, 2리), 이천리가 있다.

　다음으로, 가평군의 행정구역별 인구 및 주민 구성은 아래와 같다. 가평읍의 인구는 18,773명(2009년 2월 현재 : 이하 동일)인데, 남자가 9,538명이고 여자가 9,235명이다. 북면의 인구는 3,514명인데, 남자가 1,749명이고 여자가 1,745명이다. 하면의 인구는 9,369명인데, 남자가 4,908명이고 여자가 4,461명이다. 상면의 인구는 4,924명이고, 남자와 여자가 각각 2,530명과 2,394명으로 구성되어 있다. 청평면의 인구는 12,942명인데 남자가 6,556명이고 여자가 6,386명이다. 설악면의 인구는 7,041명으로, 남자와 여자가 각각 3,597명과 3,444명의 분포를 보여주고 있다.

　가평군은 북쪽으로는 광주산맥의 최고봉인 화악산이 진산(鎭山)이 되어 촛대봉, 매봉, 국망봉, 강씨봉, 명지산, 수덕산, 계관산을 거느리며, 해발

700~800m의 크고 작은 봉우리들을 끼고 웅장한 맥을 이루고 있다. 이러한 산들의 계곡을 따라 흐르며 이어지는 가평천과 조종천의 수많은 지류들은 모두 북한강으로 유입되어 흐른다.

남쪽으로는 중미산, 화야산, 장락산이 산맥을 이루어 용문산으로 이어지고, 서쪽으로는 주금산, 축령산 등이 끝없는 산맥을 이어 나간다.

지역의 경계를 보면 동쪽으로는 강원도 춘천시와 홍천군이 맞닿아 있고, 서쪽으로는 남양주시, 남쪽으로는 양평군과, 북쪽으로는 포천시, 화천군과 경계를 이루고 있으며, 한반도의 가장 중앙에 위치하고 있는 서울과 춘천과의 철도, 도로 교통의 요지로서 산과 강이 어우러진 수도권 최고의 휴식처이다.

가평군의 산업분류별 종사자 구성비율을 보면, 숙박음식업(26%), 도소매업(13%), 오락문화운동 관련 산업(9%), 개인서비스업(8%)의 비율에서 알 수 있듯이 다른 군들에 비해 관광산업이나 서비스 산업 계통의 종사자가 많음을 알 수 있다. 이는 가평군이 청평호를 비롯한 연인산과 명지산 등의 수려한 자연환경을 최대로 활용하여 각광 받는 관광지로 부상하고 있음을 알 수 있는 대목이다.

서울경기2지역팀의 가평군에 대한 2009년 현장조사는 1차 조사(1.21~1.23), 2차 조사(1.31~2.3), 3차 조사(2.9~2.12), 4차 조사(2.23~26), 5차 조사(5.17), 6차 조사(7.22~24) 등 총 여섯 차례 실시됐다. 공동연구원인 신동흔 교수의 인솔 아래 노영근(박사급), 이홍우(박사과정), 한유진(석사과정), 구미진(석사과정)이 한 팀이 되어 조사를 함께 했다. 우선, 가평읍사무소와 각 면의 주민센터(면사무소)를 방문해서 마을회관이나 노인정의 주소와 연락처를 확보했다. 그런 다음 체계적이고 경제적인 답사를 위해 일정한 동선을 마련하여 답사를 진행했다.

여섯 차례에 걸친 현지 답사의 구체적인 경과는 다음과 같다.

1차 조사에서는 3일 동안 가평읍과 북면을 중심으로 답사를 했는데, 가평읍의 읍내7리, 읍내2리, 승안1리, 승안2리와 북면의 대한노인회 북면 분회, 화악1리, 화악2리, 소법1리를 답사했다.

2차 조사에서는 가평읍과 북면을 중심으로 1차 조사에서 답사하지 않은 마을이나 조사가 미진했던 마을을 중심으로 답사가 진행되었다. 가평읍의 경우는 개곡1리, 가평읍 대한 노인분회, 하색1리를 중심으로, 북면의 경우는 도대리, 백둔리, 적목리를 중심으로 답사를 했다.

3차 조사에서는 가평읍의 미답사 지역을 중심으로 현장 조사를 한 다음, 하면을 중점적으로 조사하고 상면의 일부 마을을 답사했다. 가평읍의 달전1리, 이화리, 산유리, 복장리와, 하면의 상판리, 하판리, 신상3리, 마일1리, 신하리, 대보1리, 대보2리, 현리, 그리고 상면의 봉수리를 답사했다.

4차 조사에서는 하면의 미답사 지역과 상면을 중심으로 조사를 한 다음, 가평읍의 중요 제보자를 다시 방문하여 추가 조사를 실시했다. 그리하여 하면의 하판리와 상면의 율길1리, 율길2리, 태봉1리, 태봉2리, 상동리를 답사한 다음, 가평읍의 하색1리의 중요 제보자를 조사함으로써 답사를 마무리했다.

5차 조사에서는 당일로 상면의 율길1리에 대한 추가 조사가 있었다. 민요 주요 제보자인 박종숙 씨를 집중적으로 재조사했다.

6차 조사에서는 청평면과 설악면을 중심으로 조사했다. 우선 청평면에서는 청평8리를 중심으로 조사했고, 설악면에서는 천안1리를 중심으로 조사했다. 가평군의 다른 면들에 비해 유원지가 많은데다가 조사 기간이 마침 농번기와 겹쳐 많은 자료들을 조사하지는 못했지만 다른 면에서 조사하지 못한 자료들을 수집할 수 있었다.

1. 가평읍

▌조사마을

경기도 가평군 가평읍 개곡1리

조사일시 : 2009.1.31
조 사 자 : 신동흔, 노영근, 이홍우, 한유진, 구미진

경기도 가평군 가평읍 개곡1리 781-11번지 마을 전경

   가평읍 개곡1리는 2009년 1월 31일에 조사가 이루어진 마을이다. 개곡
1리의 조사는 조사자들이 개곡1리의 노인회관을 찾아가서 이루어졌는데,
조사자들이 노인회관을 찾아갔을 당시 회관의 점심식사 시간이었으므로,
식사가 끝나기까지 한 10분 정도 기다린 후 조사가 진행되었다. 조사자들
이 찾아간 1월 31일은 마침 개곡1리의 건강검진 날이어서, 이날 개곡1리
노인회관에는 약 여덟 분 정도의 어르신들이 계셨다.

개곡1리의 옛지명은 '능머루'라 불렸는데 능(陵)이 있는 모퉁이라는 의미를 가지고 있다. 이와 더불어 개곡2리는 '가일'이라고 불렸다. 교통이 발달하지 못했던 구한말까지만 해도 가평에서 강원도 춘천으로 가기 위해서는 자라목 고개를 넘어서 북한강변으로 가는 길은 험했으므로, 사람들은 언제나 개곡리(開谷里) 가일부락에 있는 큰 고개를 넘어 다녀야 했다. 이러한 관계로 서울 등지로 오가는 수많은 길손들이 연일 이 고개를 넘나들었고, 북면 지역에서도 가파른 노루목 고개를 넘기보다는 차라리 능머루 쪽으로 돌아다녔다. 그래서 개곡1리는 사람들의 왕래가 빈번해짐에 따라 주막이 생기고 점차 저자거리가 형성되어 이곳은 면 소재지가 아니면서도 가평에서는 유일하게 5일장인 개곡장(개곡장)이 열렸었다고 한다. '개곡'이란 이름은 고을(谷)이 열린다는 뜻이 내포되어 있는데, 이곳에 흐르는 계곡의 모습이 마치 수만의 대군을 이끈 장수가 좁은 협곡을 빠져나가 허허벌판으로 내달리는 형국의 지형이라고 한다. 혹자는 장차 규석광산이 개발되어 마을 입구의 살이 발굴되어 골이 넓게 열리게 된다는 것을 예견한 현인들의 선견지명이 이러한 지명을 미리 지었다고도 한다.

현재 개곡1리는 총 28가구로 구성되어 있는데, 2가구만 외지인이고 26가구는 모두 토박이로 다른 마을에 비해 유난히 토박이의 비율이 높다. 개곡1리의 마을주민은 대체로 젖소 사육을 하여 생계를 유지하기 때문에 개곡1리에는 축사가 많다.

이러한 개곡1리에서의 이야기 조사는 약 1시간 정도 이루어졌는데, 두 명의 구연자가 이야기를 구연했다. 두 명의 구연자 중에서도 특히 제보자 이순자가 대부분의 이야기를 구연했는데, 이순자는 민요 두 편과 설화 한 편을 구연하였다. 이순자의 구연 외에 다른 사람들은 조사자들이 청하는 이야기에 대해 잊어버렸다고 답변한 경우가 많고 제보자의 이야기에도 특별히 개입하지 않는 등 전체적으로 소극적인 분위기였다. 개곡1리의 이러한 조사 상황에 비추어 볼 때, 이날 회관에 있었던 사람들은 옛이야기나 옛노래 등에 대한 가치를 중요하게 인식하고 있는 것 같지는 않아 보였다.

경기도 가평군 가평읍 달전1리

조사일시 : 2009.2.9
조 사 자 : 신동흔, 노영근, 이홍우, 한유진, 구미진, 임주영

경기도 가평군 가평읍 달전1리 54-2번지 마을 전경

달전1리는 가평읍 사무소에서 남쪽으로 약 3km 지점에 위치고 있는 마을로서, 현재 189가구가 거주하고 있다. 달전1리는 남이섬 진입로와 주차장이 있는 마을이다. 이 마을은 본래 크게는 청용안(靑龍安)이라 부르고, 작게는 윗말, 청용안, 아랫말로 나뉘어 부른다. 윗말에는 현재 5반에 속해 있는 황천동이라는 곳이 있는데, 구리고개와 장승고개 사이에 있는

마을로 지금은 인가가 없지만 구한말까지만 해도 10여 채의 기와집이 있었던 달전1리는 대곡리에 비해 논이 적고 밭이 많다고 하여 밭전(田)자에, 댐이 건설되기 전 마포에서 춘천으로 왕래하는 북한강변의 배 터가 있는 곳으로 전국 어디나 도달할 수 있는 마을이라는 뜻의 달(達)자를 합하여 '달전리(達田里)'가 되었다고 한다.

조사자들이 2월 9일 오전 10시 50분에 달전1리 노인회관에 도착했을 때에 할아버지 일곱 분이 계시고, 할머니들은 점심 준비를 하고 계셨다. 다소 정리되지 않은 상태에서 대략 1시간 정도 조사가 이루어졌다. 이날 구연은 두 명이 주로 하였는데 제보자 신구순이 3분의 1정도를 구연하고, 다른 한명이 대부분을 구연했다. 신구순이 구연할 때에 마을회관에 있던 다른 사람들은 이야기에 대한 관심이 별로 없어보였고, 이야기판에 참여하지도 않았다. 또한 이야기를 아는 사람이 제보자 신구순을 제외하고는 거의 없었다. 이러한 마을 상황으로 볼 때 달전1리는 이야기의 구비 전승이 잘 이루어지지 않고 있는 듯 보였다.

경기도 가평군 가평읍 산유리

조사일시 : 2009.2.9
조 사 자 : 신동흔, 노영근, 이홍우, 한유진, 구미진, 임주영

가평군 남면에 속했던 산유리(山柳里)는 현재에도 많은 사람들이 남면이라고 부르기도 한다. 가평읍에서 갈치고개를 넘으면 산유리가 시작된다. 산유리는 본래 산유동(山蹂洞)과 유동으로 나뉘어 있었는데, 1942년 관제 개편 당시 산유동의 산자(山)와 유동 유자(柳)자를 따서 산유리라 부르게 된 것이다. 산유동에는 전남맥, 지장골, 분자골, 원주골, 원수골, 갈치골, 양지말, 응달말 등 여러 마을이 옹기종기 모여 있다. 유동은 버들말 또는 버들골의 한문식 이름이며, 동쪽으로는 북한강 어구이고, 남쪽으로

경기도 가평군 가평읍 산유리 208-2번지 마을회관

붉은덕이 고개를 넘으면 복장포로 넘어가는 지역에 위치하고 있다. 예로
부터 구남면의 요충지였고, 이곳에는 구 남면 사무소가 있었으나 남면이
통폐합되자 6·25 사변 후 건물을 헐어다 가평향교의 대성전으로 복원했
다. 실제 이 건물은 가평 읍내에 있던 내시집을 헐어다 면소로 지었던 것
이다. 또한 유동에는 수령은 알 수 없으나 큰 느티나무가 마을을 지키고
있으며, 무의촌 진료소가 위치하고 있기도 하다

1871년에 조사된 가평읍지에 따르면 남면 유동에는 민가가 21호였고,
산유동에는 35호나 거주했던 것으로 나타나 있다. 현재 산유리에는 100
호정도가 주민등록이 되어 있으나, 실제로는 80호 정도가 거주하고 있다.
산유리에는 연안김씨, 전주이씨, 인동장씨의 집성촌이다. 산유리의 특산품
은 밤이다.

조사자들이 산유리 마을회관에 도착한 것은 오후 3시가 넘은 시간이었

으며, 조사는 대략 한 시간 반 정도 이루어졌다. 이날 마을에서는 총 세 명이 구연을 하였는데, 구연자들은 보통 지명의 전설과 도깨비와 관련된 민담을 구연했다. 하지만 제보자 박찬숙 외에는 이야기가 소략하고 완결성 있는 서사를 구연하지 못하고 간략하게 구연했다. 제보자 박찬숙은 본래 이날 한 편의 이야기만 구연했는데, 다른 구연자가 구연한 뒤에 이어서 구연했다. 박찬숙이 구연한 칼봉양지와 관련한 아기장수 전설은 박찬숙 집안과 관련되어 있어서 잘 알고 있었다. 이날 구연한 세 명의 구연자 외에 이야기판에 별로 관심이 없고, 대체로 모른다고 이야기하는 것으로 보아 산유리는 이야기의 구비 전승이 잘 되고 있지 않은 듯 보인다.

경기도 가평군 가평읍 하색1리

조사일시 : 2009.2.2, 2009.2.25
조 사 자 : 신동흔, 노영근, 이홍우, 한유진, 구미진

조사자들은 가평의 마을을 전체적으로 조사하면서 일단 노인회관을 찾아가서 조사를 하고, 주요 제보자들에게는 따로 연락을 취하여 추가 조사를 실시하였다. 그러는 와중에 가평의 이야기꾼 신영범(愼英範)의 조사는 가평군 노인회 지회장 김희형의 소개로 이루어졌다. 가평에서 신영범만한 이야기꾼이 없을 정도로 많은 이야기를 알고 있다는 김희형의 말에 따라 조사자의 자택이 있는 하색(下色)1리를 방문하여 조사를 하게 되었다. 제보자 신영범의 조사는 두 차례에 걸쳐 이루어졌는데, 두 차례 모두 각 조사마다 2시간 이상의 시간이 소요되었다.

신영범이 거주하고 있는 하색1리는 거창신씨(居昌愼氏), 반남박씨(潘南朴氏) 일가가 집성촌을 이루고 있다. 하색1리는 가평읍에서 대곡리 바우메기를 지나 경춘 철도 굴다리를 빠져나가면 작은 마을이 나타나는데 여기가 바로 하색1리가 시작되는 한사촌 마을이다. 하색(下色)의 명칭은 빛

경기도 가평군 가평읍 하색1리 마을 전경

고개와 관련이 되어 있는데, 불기산에 나오는 빛이 고개를 돌아나온다는 빛고개를 기준으로 그 윗마을은 상색리(上色里)이고 아랫마을은 하색리(下色里)라고 이름 지어졌다. 따라서 하색(下色)은 빛고개 아랫마을이라는 의미로 개암나무가 많다고 해서 이름 붙여진 갱골과, 읍내가 한참거리라는 의미를 가진 한사촌으로 나뉘어져 있다.

하색1리에는 역사적인 인물들의 묘소(墓所)와 이에 대한 전설도 많이 남아있다. 대표적인 인물로는 함안이씨의 시조인 이방실(李芳實) 장군의 묘소와 이조시대에 『어우야담』으로 유명했던 어우당 유몽인(柳夢寅)의 묘소가 있다. 한편 중종대왕의 태(胎)가 모셔져 있는 태봉(胎封) 역시 하색리에 자리하고 있다.

하색1리의 지역 특산물로는 느타리버섯이 있고, 마을 주민의 70% 이상이 농업에 종사하고 있다. 또한 하색1리는 경춘국도와 철도가 마을 앞을 지나가는데, 대체로 도로가 직선 형태로 곧아 대형사고가 많이 나는 곳이기도 하다.

하색1리에서 조사한 제보자 신영범은 전통문화에 대한 관심이 많았는데, 특히 역사와 인물에 대한 관심이 높았다. 신영범은 일제시대를 거쳐 해방을 직접 겪어 내어 시대의 격동기를 몸소 체험했기 때문에, 특히 일제시대의 역사와 항일 운동, 의병 등에 특히 관심이 많았다. 한편 제보자의 아들 신용실 역시 50세의 나이에도 불구하고 가평의 지명 유래나 인물 등 가평과 관련한 많은 이야기들을 알고 있었다. 이러한 제보자들의 사례를 통해 본다면, 본인이 거주하고 있는 하색에 대한 이야기는 물론 가평과 관련한 이야기들을 풍부하게 알고 있는 동시에 전승 또한 이루어지고 있음을 알 수 있다. 그리고 구비전승 되고 있는 이야기에 대한 가치를 제보자들도 인식하고 있었기 때문에, 이후에도 중요한 조사 지역으로서의 가치가 높다고 생각된다.

김기덕, 남, 1923년생

주 소 지 : 경기도 가평군 가평읍 읍내7리
제보일시 : 2009.1.22
조 사 자 : 신동흔, 노영근, 이홍우, 한유진, 구미진

제보자 김기덕은 1923년 계해생으로 가
평에서 태어나 줄곧 가평에서 살았다. 제보
자는 가평군 읍내7리 마을회관에서 처음 만
나 조사자들에게 짧은 이야기 몇 편을 들려
주셨는데, 금세 자리를 뜨신 바람에 제대로
조사를 하기는 어려웠다. 다행히 마을 분을
통해 따로 연락처를 얻어 자택에서 다시 조
사할 수 있는 기회를 얻었다.

제보자는 어렸을 때 글방에 다닌 경험이 있고, 일제강점기에 신식 학교
를 다녔다. 해방 후 1950년대쯤에는 가평군청에 근무하기도 했으나, 이후
30년 이상 한약방을 운영하셨다.

비교적 다양한 경험들을 하신 덕분에, 생애담을 많이 구연하였다. 완결
된 서사를 정확히는 기억하시지 못하지만 한문에 약간의 조예가 있어 이
야기 속에 삽입된 한시들도 여럿 외우고 있었다. 또 가평에 오래 거주한
만큼 가평의 역사나 내력 등에 대해서도 많이 알고 있었다.

조사 당시 제보자의 치아 상태가 좋지 않아 발음이 정확한 편은 아니
었으나, 비교적 이야기를 재미있게 구성하여 구연하는 능력이 탁월하였
다. 체격은 크고 머리숱은 거의 없으며, 매우 점잖으면서도 유머와 재치
가 있었다.

제공 자료 목록
02_01_FOT_20090122_SDH_KKD_0001 미련한 놈, 기운 센 놈, 정신없는 놈

박찬숙, 여, 1933년생

주 소 지 : 경기도 가평군 가평읍 산유리
제보일시 : 2009.2.9
조 사 자 : 신동흔, 노영근, 이홍우, 한유진, 구미진, 임주영

제보자 박찬숙이 구연한 이야기는 아기장
수 전설인데, 이 전설의 각편이 전주이씨 자
신의 집안의 이야기라면서 자발적으로 구연
했다. 박찬숙은 산유리의 칼봉양지 지명 전
설을 앞 구연자가 구연하고 난 이후에, 바로
이어서 이를 더 자세히 구연했다. 조사자들
이 다른 이야기를 거듭 청하였지만 부끄러
워하며 잘 모른다고 하여, 한 편 이외에는
더 들을 수가 없었다.

마른 체격에 말소리가 작고 조용한 성격이었다. 목소리의 톤은 다소 높
았지만 구연할 때에도 역시 평소와 같이 목소리가 작았고, 다른 제보자가
이야기할 때는 조용히 듣고 앉아있는 등의 행동을 통해 박찬숙이 소극적
인 성격임을 짐작할 수 있었다.

제공 자료 목록
02_01_FOT_20090209_SDH_BCS_0001 아기장수가 난 칼봉양지

신구순, 남, 1941년생

주 소 지 : 경기도 가평군 가평읍 달전1리

제보일시 : 2009.2.9
조 사 자 : 신동흔, 노영근, 이홍우, 한유진, 구미진, 임주영

제보자 신구순은 태어나서부터 줄곧 달전
1리에 거주해온 마을 토박이이다. 평산신씨
가 달전1리에 들어와서 살게 되면서 달전1
리에는 평산신씨가 많이 거주하는데, 신구
순도 그 중의 한 명이다. 신구순은 평산신씨
조상에 대한 이야기들을 특히 잘 알고 있었
는데, 이 날도 신숭겸 장군, 신사임당 등 평
산신씨 시조에 대해서 구연했다. 또한 신구

순은 민담보다는 가평과 달전1리의 지명유래담도 잘 알고 있었다. 이 날
도 안반지를 비롯한 화악산, 명지산, 연인산, 보납산 등의 여러 지명 전설
을 구연했다.

달전1리에서의 조사는 대략 한 시간 반 정도 이루어졌는데, 신구순이
약속이 잡혀 있어서 신구순에 대한 조사는 30분밖에 하지 못하였다. 신구
순은 발음이 비교적 정확하나 경기도 사투리를 많이 쓰는 편이었다. 조리
있고 짜임새 있는 이야기를 구연했다.

제공 자료 목록

02_01_FOT_20090209_SDH_SGS_0001 개국공신(開國功臣) 신숭겸(申崇謙)
02_01_FOT_20090209_SDH_SGS_0002 신사임당(申師任堂)
02_01_FOT_20090209_SDH_SGS_0003 안반지(案盤地)

신영범, 남, 1917년생

주 소 지 : 경기도 가평군 가평읍 하색1리
제보일시 : 2009.2.2
조 사 자 : 신동흔, 노영근, 이홍우, 한유진, 구미진

가평의 이야기꾼 신영범(愼英範)은 1917
년생으로 여덟 명의 아들딸을 두었다. 소학
교 3학년까지 다니던 중 집에 화재가 나자
형편이 어려워져 학업을 중단한 뒤로는 주
로 독학하였고, 한약방을 운영하기도 하였
다. 신영범의 본관은 거창(居昌)으로 2대째
가평군 가평읍 하색1리에 거주하는 가평
토박이로 가평과 관련하여 모르는 전설이

거의 없었다. 신영범이 살고 있는 하색1리는 신씨(愼氏)들이 많이 거주
하고 있는 신씨 마을이다. 신영범은 현재 거주하고 있는 주택에서 2대
째 살아왔는데 20년 전에 한 번 수리를 하였으나 아직도 한옥 고유의
모습을 잘 간직하고 있어, 1998년에 방영된 드라마 '아씨'의 촬영 장소
가 되기도 했다.

신영범은 가평군 노인회 지회장 김희형의 소개로 알게 되어 조사자들
이 직접 자택으로 방문하여 조사가 이루어졌다. 신영범은 5년 전부터 귀
가 어두워져서 보청기를 착용하였다. 그럼에도 불구하고 조사자들의 말소
리를 거의 알아듣지 못하여 막내아들 신용실의 도움을 받아야 조사가 가
능했다. 신용실은 익숙하게 16절지 크기의 작은 칠판에 조사자들의 이야
기를 중요한 단어 정도로 간단히 메모하여 제보자에게 보여주어, 제보자
에게 조사자들의 이야기를 전달했다.

신영범은 특히 의병과 한시(漢詩)에 대한 이야기를 능숙하게 구연하였
다. 신영범은 약 4년(1990.12~1995.3) 동안 가평문화원장을 역임하면서
독립운동에 대한 자료를 조사하였는데, 평소에 역사에 대한 관심이 특히
많은 듯 보였다. 그리고 한학(漢學)을 하여 한시를 구연하는 능력이 탁월
했는데, 한학 공부는 서당을 다니기는 했지만 대체로 독학을 통해 이루어
졌다. 기억력이 비상하여 한시를 정확하게 구연하였고 한 구절 한 구절

꼼꼼하게 풀어 설명해내어 조사자들을 거듭 감탄하게 하였다. 조사자들의 이야기 요청에 다 잊어버렸다고 하면서도 시간 걸리지 않고 곧바로 구연했는데, 내용이 상당히 조리 있으면서도 어조 또한 풍부하여 이야기의 생생함을 더했다. 어렸을 적 사랑방에서 들었던 이야기도 잊지 않고 기억하고 있었으며, 『춘향전』, 『심청전』, 『박씨전』, 『유충렬전』 등의 고소설(古小說)도 많이 읽었는데 아직까지 모두 기억하고 있었다.

신영범은 체격은 대체로 크지 않고, 몸은 마른 편이며 흰 턱수염을 길렀고, 조사자들이 방문했을 당시 한복을 입고 있었다. 목소리는 크지 않아도 발음이 비교적 정확하고 말을 하는 중간 중간에 입맛을 다시는 습관이 있었다. 2시간이 한참 넘는 시간 동안 내내 흐트러짐 없는 꼿꼿한 가부좌(跏趺坐) 자세로 조사에 임했고, 조사자들에게도 꼬박꼬박 존대를 해주었다. 신영범의 이러한 모습에서 평소 강직한 성품을 간직하고 있음을 느낄 수 있었다. 아흔이 넘는 연세에도 불구하고 기억력이 비상하고 정확한 발음으로 짜임새 있는 완성도 높은 이야기를 구연했다.

2차 답사에서 현 가평군 노인복지회 지회장님(이태용, 1913, 남, 97세)의 소개를 통해 조사자들이 직접 자택으로 방문하여 조사가 이루어졌다. 그 인연으로 4차 답사에서는 막내아드님(신용실, 남, 50세)과 미리 연락을 취하여, 다시 한 번 자택에서 조사할 수 있는 기회를 얻게 되었다.

구연당시에는 2차 조사 때와 마찬가지로 막내아드님(신용실, 남, 50세)께서 제보자 바로 옆에 앉아 장난감 칠판에 글을 써서 조사자들이 원하는 대로 의사소통을 할 수 있게 해주셨고, 더 많은 이야기를 이끌어내도록 적극적으로 도와주셨다.

제공 자료 목록
02_01_FOT_20090202_SDH_SYB_0001 용묘(龍墓)의 유래
02_01_FOT_20090202_SDH_SYB_0002 한석봉(韓石峯) 글씨가 묻혀있는 보납산(寶納山)

02_01_FOT_20090202_SDH_SYB_0003 의병 최종화

02_01_FOT_20090202_SDH_SYB_0004 용감한 의병대장

02_01_FOT_20090202_SDH_SYB_0005 효심 깊은 강영천(姜永天) 부부

02_01_FOT_20090202_SDH_SYB_0006 의병 이충응(李忠應)

02_01_FOT_20090202_SDH_SYB_0007 인동장씨(仁同張氏) 팔 효자

02_01_FOT_20090202_SDH_SYB_0008 힘센 장사 정장군

02_01_FOT_20090202_SDH_SYB_0009 주인을 구한 개의 무덤-포회촌 개미데미

02_01_FOT_20090202_SDH_SYB_0010 태봉(胎封)과 불기산(佛岐山)의 유래

02_01_FOT_20090202_SDH_SYB_0011 남이섬의 유래

02_01_FOT_20090202_SDH_SYB_0012 역적으로 몰려 죽임 당한 남이장군(南怡將軍)

02_01_FOT_20090202_SDH_SYB_0013 삼충단(三忠壇)

02_01_FOT_20090202_SDH_SYB_0014 의병 최익현(崔益鉉)의 순교

02_01_FOT_20090202_SDH_SYB_0015 정일곤을 살려준 신숙(申肅)

02_01_FOT_20090202_SDH_SYB_0016 도깨비를 잘 대접해 부자 된 사람

02_01_FOT_20090202_SDH_SYB_0017 굶어죽은 거지 시체를 보고 시를 지은 김삿갓

02_01_FOT_20090202_SDH_SYB_0018 개성 사람에게 내쫓기자 시를 지어 대접받은 김삿갓

02_01_FOT_20090202_SDH_SYB_0019 돌 속에 있는 물건을 알아맞힌 최치원(崔致遠)

02_01_FOT_20090202_SDH_SYB_0020 죽은 소를 가려내 범인 잡은 양주목사

02_01_FOT_20090202_SDH_SYB_0021 사또 생일 잔치에 간 이몽룡

02_01_FOT_20090202_SDH_SYB_0022 춘향의 꿈 해몽

02_01_FOT_20090202_SDH_SYB_0023 골탕 먹은 어사 박문수(朴文秀)

02_01_FOT_20090202_SDH_SYB_0024 어사 박문수(朴文秀)의 한시(漢詩) 낙조(落照)

02_01_FOT_20090225_SDH_SYB_0001 안반지

02_01_FOT_20090225_SDH_SYB_0002 조광조

02_01_FOT_20090225_SDH_SYB_0003 이항복과 이어송

02_01_FOT_20090225_SDH_SYB_0004 사명당

02_01_FOT_20090225_SDH_SYB_0005 광대의 도움으로 시집 간 황희정승 딸

02_01_FOT_20090225_SDH_SYB_0006 김삿갓의 희작시(戲作詩)

02_01_MPN_20090202_SDH_SYB_0001 6·25 때의 경험

신옥균, 여, 1928년생

주 소 지 : 경기도 가평군 가평읍 하색1리
제보일시 : 2009.2.25
조 사 자 : 신동흔, 노영근, 이홍우, 한유진, 구미진

제보자 신옥균은 하색1리의 주요 제보자였던 신영범과는 한동네에 사는 친척관계인데, 용묘에 관한 이야기를 비교적 자세히 알고 계실 것이라는 신영범의 막내아드님 (신용실, 남, 50세) 소개로 제보자의 자택에서 조사를 할 수 있었다.

제보자는 원래 경기도 여주 출신으로 비교적 유복한 친정집에서 부모님과 손위 형제들의 사랑을 받으며 큰 어려움 없이 성장하였다. 그러나 열일곱의 나이에 현재 남편 집안의 아버지가 위독하여 급히 혼인을 서두르는 바람에, 매우 엄한 당숙의 주선으로 상황도 잘 알지 못한 채, 가평으로 시집와 현재까지 살게 되었다고 한다. 시집 온 이후로, 경제적인 어려움과 한국전쟁으로 인한 힘든 일들을 많이 겪으며 살았다.

체격이 크고 통통한 편이며, 매우 점잖았고, 아랫사람을 대함에도 시종 높임말을 사용해 주었다. 말투가 느린 편인데, 조사 당시에는 감기에 심하게 걸려 코와 목 상태가 좋지 않아 말을 하는데 불편하였음에도 비교적 정확하게 발음하였다.

제공 자료 목록
02_01_FOT_20090225_SDH_SOK_0001 유씨 가문과 용묘
02_01_FOT_20090225_SDH_SOK_0002 안반지

신용실, 남, 1960년생

주 소 지 : 경기도 가평군 가평읍 하색1리
제보일시 : 2009.2.2
조 사 자 : 신동흔, 노영근, 이홍우, 한유진, 구미진

가평의 이야기꾼 신용실은 1960년 생으로 신영범(愼英範)의 막내아들로서 위로 칠남매가 있다. 신용실의 본관은 거창(居昌)으로 젊어서는 외지에 나가서 일을 하다가 가평군 가평읍 하색1리에 들어와서 살게 된 것은 10년이 채 안되었다. 현재 둘째 형과 함께 아버지를 모시고 살고 있다. 신용실이 살고 있는 하색1리는 신씨(愼氏)들이 많이 거주하고 있는 신씨 마을이다. 신용실이 현재 거주하고 있는 주택은 할아버지 때부터 3대째 살아온 곳인데, 20년 전에 한번 수리를 하였으나 아직도 한옥 고유의 모습을 잘 간직하고 있어, 1998년에 방영된 드라마 '아씨'의 촬영 장소가 되기도 했다.

신용실은 특히 조사자들이 신용실의 아버지 신영범의 이야기를 조사할 때 신영범의 귀가 어두워 조사자들의 말을 잘 알아듣지 못하는 것을 작은 칠판에 글씨를 써서 신영범에게 전달해주는 역할을 하였다. 또한 평소 잘 알려져 있지 않은 가평의 지명과 인물에 대한 이야기들을 적절히 이끌어내는 역할을 하여 조사를 도왔다.

신용실이 구연한 이야기는 두 편인데, 두 편의 이야기 모두 신영범이 조사자들의 말을 잘 알아듣지 못하여 관련 이야기를 구연하지 못하자 신용실이 대신 구연을 한 것이다. 신용실은 아버지 신영범에게 어렸을 적부터 이야기를 듣고 자라서 50세의 나이임에도 불구하고 많은 이야기들을 알고 있었다. 그러나 아버지 신영범이 구연할 수 있게 보조적인 역할을

대체적으로 수행하면서 구연에는 되도록 개입하지 않으려고 하였다. 신용실이 구연한 이야기 두 편 역시 신영범에게 들었던 이야기를 구연한 것인데, 이야기가 짜임새 있었다. 신용실은 목소리가 카랑카랑하며 발음이 정확하고 비교적 빠른 어조를 가지고 있어 단시간 내에 이야기를 구연했다.

제공 자료 목록

02_01_FOT_20090202_SDH_SYS_0001 용묘(龍墓)의 유래
02_01_MPN_20090202_SDH_SYS_0001 한석봉(韓石峯)이 꿈에 나타난 이야기

이순자, 여, 1927년생

주 소 지 : 경기도 가평군 가평읍 개곡1리
제보일시 : 2009.1.31
조 사 자 : 신동흔, 노영근, 이홍우, 한유진, 구미진

이순자는 1937년 생으로 아들 세 명, 딸 두 명으로 다섯 명의 자제(子弟)를 두었다. 이순자는 한국전쟁으로 인하여 학교를 제대로 다니지 못하였다. 이후 이순자는 20세에 결혼을 하였으나, 결혼 후 남편은 한국전쟁 때 징병이 되었다. 이순자의 남편은 전쟁 후 제대하였으나 몸이 좋지 않아 얼마지 않아 사망하였다. 이순자를 그렇게 남편과 사별한 이후 혼자서 자식을 키웠고, 현재까지도 혼자 농사를 지으며 살고 있다.

이순자는 개곡1리 마을에서 노래 잘하기로 유명한 구연자였다. 이순자는 다소 부끄러움 타는 성격 때문인지 처음에는 조사자들이 청하자 잊어버렸다고 하거나 못한다는 말을 많이 하였다. 하지만 조사자들과 마을회

관의 사람들이 거듭 청하자 두 편의 민요를 부르고, 한 편의 설화를 구연했다. 이순자는 이외에도 시집살이를 했던 생애담을 여러 편 구연하였다. 이순자는 전통 구비설화보다는 생애담을 구연할 때 더욱 활기에 넘쳤고, 이에 많은 흥미를 가지고 있었다.

이순자는 체격이 다소 통통한 편이고 혈색이 좋아 건강해 보이는 외모였다. 목소리의 크기는 보통이었으며 발음은 비교적 좋은 편이었다. 한편의 설화를 구연할 때에는 잘 기억이 나지 않았는지, 이야기 중간에 자주 휴지가 발생하였다.

제공 자료 목록

02_01_FOT_20090131_SDH_YSJ_0001 까마귀가 된 의붓딸
02_01_FOS_20090131_SDH_YSJ_0001 동무들아 잡지 마라
02_01_FOS_20090131_SDH_YSJ_0002 베 짜는 아가씨

최광순, 남, 1934년생

주 소 지 : 경기도 가평군 가평읍 하색1리
제보일시 : 2009.2.25
조 사 자 : 신동흔, 노영근, 이홍우, 한유진, 구미진

제보자 최광순은 하색1리에 오랫동안 거주하며 마을에서 상여가 나갈 때, '회다지 소리' 등의 소리를 하였다고 한다. 그러나 이번 조사에서 여럿이 아닌 상태에서는 상여소리를 내기 힘들다고 하여, 대신 조사 지역에 오래 거주한 경험을 바탕으로 마을의 내력과 전설 등을 제보해 주었다.

그러나 이후 정치적인 이야기를 주로 말씀하셔서, 제대로 된 조사는 이루어지지 못했다. 한쪽 입 모양이 조금 삐

뚤어진 인상이나, 말을 하는 것에는 큰 문제가 없었다.

제공 자료 목록
02_01_FOT_20090225_SDH_CKS_0001 고흥유씨와 용묘
02_01_FOT_20090225_SDH_CKS_0002 안반지

미련한 놈, 기운 센 놈, 정신없는 놈

자료코드 : 02_01_FOT_20090122_SDH_KKD_0001
조사장소 : 경기도 가평군 가평읍 읍내7리(제보자의 자택)
조사일시 : 2009.1.22
조 사 자 : 신동흔, 노영근, 이홍우, 한유진, 구미진
제 보 자 : 김기덕, 남, 87세
청   중 : 조사자 5인

구연상황 : 알고 계신 이야기들에 대해 묻던 중, 예전에 들었던 우스운 이야기가 생각나
         신다며 구연해주셨다.
줄 거 리 : 미련한 사람, 기운 센 사람, 정신없는 사람, 세 사람이 길을 가는데, 어디선가
         꿀벌이 날아왔다. 가만히 살펴보니 땅굴 속에 벌집이 있어 그곳에서 벌이 나
         오는 것이었다. 그러자 미련한 사람이 꿀을 먹겠다고, 무작정 머리를 땅굴 틈
         으로 집어넣었다. 그러나 꿀을 먹기는커녕 벌들한테 잔뜩 쏘여 머리를 뺄 수
         조차 없었다. 결국 기운 센 사람과 정신없는 사람이 함께 끌어 당겨 머리를
         빼내었는데, 미련한 사람의 꼴을 본 정신없는 사람은 그가 머리가 있는 채로
         들어갔는지 없는 채로 들어갔는지조차 헷갈려하였다.

세 놈이 질(길)을 가는데, 한 놈은 정신이 없는 놈이고, 한 놈은 기운이
신(센) 놈이고, 한 놈은 미련한 놈이 서이가 가는데, 어디 가다보니까,

거 들어 다 알죠? 그 소리 들었지?(조사자들이 이 이야기를 이미 다 알
고 있을 것이라 여겨서, 미리 물어보시는 것임.)

(조사자 : 예? 아니요.)

내가 한 소리.

세 사람이 질(길)을 가는데, 어서 벌이 왕, 웨엥하고 날라들거든? 들거
든? 그래, 가만히 보니까는 굴속에서 벌이 나와서 ○○, 굴속에서. 굴, 땅
굴 속에서.

(조사자 : 예.)

아 가만히 보니까, 미련한 놈이

"예라잇, 꿀이나 떠먹겠다. 저거."

그 굴로 다 대가릴 디 밀어 가지고, 꿀을 뜨러 들어갔어. 아, 들어갔는데, ○○○○

벌들이 되레 쏴 가지고, 나오나? 대가리가. 안 나오지. 바윗굴(바위굴)인데.

아 그래, 미련한 놈, 기운 신(센) 놈이 잡아당기니까, 모가지가 쑥 빠졌어.

그러니까, 정신이 없는 놈이 딱 하는 소리가.

"니가 대가리 있이 들어갔나? 대가리가 없이 들어갔나?"

정신이 없는 놈이.

[일동 웃음]

아기장수가 난 칼봉양지

자료코드 : 02_01_FOT_20090209_SDH_BCS_0001
조사장소 : 경기도 가평군 가평읍 산유리 208-2번지 마을회관
조사일시 : 2009.2.9
조 사 자 : 신동흔, 노영근, 이홍우, 한유진, 구미진, 임주영
제 보 자 : 박찬숙, 여, 77세
청   중 : 조사자 외 3인
구연상황 : 칼봉양지에 대한 이야기를 앞 구연자 장천순이 짧게 구연하고 난 후, 박찬숙
        구연자가 이어서 자세히 구연했다.
줄 거 리 : 아기의 어머니가 빨래를 하고 나갔다가 집으로 돌아와 보니 태어난 지 삼일
        된 아이가 살강 위에 올라가 앉아 있었다. 어머니가 아기를 살강에서 내려서
        살펴보니 겨드랑이에 날개가 돋아 있었다. 집안에 장사가 나면 삼족을 멸한다
        고 하여 어머니는 부젓가락으로 아기의 날개를 지져서 죽였다. 장사가 난 집

안은 전주이씨 집안으로 칼봉양지에 산수를 쓰고 장사가 났다고 한다.

거기다가 산수를 쓰구요, 장사가 났대는 거예요.

(보조 제보자 : 거기서 장사, 거기 칼봉양지(칼봉산은 가평읍 승안리와 경반리의 경계에 있는 산으로서, 그 곳에 있는 터이다.) 거기다가)

엄마가 저기 빨래

(보조 제보자 : 쓰면 장수를 났대요.)

저 할아버지(구연자를 아줌네라고 지칭할 것을 잘못 말한 것임.), 저 아줌네 참 집안이네.

빨래허러 나갔는데, 삼일 만에 빨래허러 나갔는데, 걸레 빨러 나갔다가 들어오니까 애가 없어졌더래요. 그래서 이게 그냥 웬일인가 허고서 이렇게 보니까는,

(보조 제보자 : 저 할아범네(구연자를 아줌네라고 지칭하려고 하던 것을 잘못 말한 것임.), 저 아줌네 집안이에요.)

옛날에는 그거 실겅이(살강이, 실경은 살강의 강원도 방언으로, 그릇 따위를 얹어 놓기 위하여 부엌의 벽 중턱에 드린 선반을 이른다.) 여기다 이렇게 낭구(나무) 둘을 이렇게 해서 뭐 얹어놓느라고 거 ○○○○○ 있었어요. 근데 인제 거기에 인제 올라가 앉았더래요, 애가요.

(보조 조사자 : 애가.)

애기가, 그래 가지고 뭐, 옛날에는 진짜 저기 그 장사를 집안에서 나믄은 역적에 몰려서,

(보조 제보자 : 예, 그랬다고 그러더라고.)

뭐, 외갓집꺼지 다 죽인다고 그래서, 애를 끄내 가지고서(꺼내 가지고서) 보니까는, 겨드랑 여기 날개가 있더래요.

그 날개로다 인제 거길 올라가 앉은 거죠.

그래, 부젓깔로다가(부젓가락으로, 부젓가락은 화로에 꽂아 두고 불덩

이를 집거나, 재를 헤치는데 쓰는 쇠로 만든 연장을 의미함.) 그거를 날개를 이렇게 씻, 대니까는 그냥 그 뜨거와서(뜨거워서) 죽을 거 아니에요. 죽어서 그냥 허허[웃음] 없앴대요, 인제.

그런 전설이 내려온 거 그 장사 산수가 있어요.

전주이씨네요.

(보조 제보자 : 전주이씨, 전주이씨.)

그 장사 난 집터는 지금 헐어서, 그 병렬네 집터 거기서 인제 그랬데요.

(보조 제보자 : 네, 그 집터라고 그랬어요.)

네, 거기서 난 거예요.

개국공신(開國功臣) 신숭겸(申崇謙)

자료코드 : 02_01_FOT_20090209_SDH_SGS_0001
조사장소 : 경기도 가평군 가평읍 달전1리 54-2번지 마을회관
조사일시 : 2009.2.9
조 사 자 : 신동흔, 노영근, 이홍우, 한유진, 구미진, 임주영
제 보 자 : 신구순, 남, 69세
청　　중 : 조사자 외 7인
구연상황 : 평산신씨(平山申氏) 시조 할아버지의 이야기를 청하자 바로 구연했다.
줄 거 리 : 태조 왕건 시절에 팔봉산(八峰山)에서 전투가 있었는데, 신숭겸 장군의 얼굴 모습이 왕건과 흡사하여 신숭겸이 왕건 옷을 입고 나가서 싸웠다. 적군은 왕건 옷을 입은 신숭겸이 왕건인 줄 알고 목을 베서 신숭겸을 죽였다. 그렇게 자신을 대신해 죽은 신숭겸을 위해 왕건은 금으로 신숭겸의 두상을 만들라고 지시했다. 일제시대에 도굴꾼들이 금으로 만든 신숭겸의 두상을 도굴하고자 하였으나, 이들이 도굴을 하려고 하면 말발굽 소리가 나서 도굴하지 못하였다.

시조 할아버님은 옛날에 고려, 고려 태조 왕건(王建) 시절에 개국공신이시지. 그래, 인제 그 그 양반은 그 개국공신(開國功臣)인데, 그 원래 인제

그 활을 잘 쏘시고, 그래서 인제 그, 뭐 젊은 친구들 뭐 역사학을 배웠으니까 알겠지만은, 그 배현경(裵玄慶) 씨래든가, 그 김낙(金諾)장군, 신숭겸(申崇謙) 씨, 그 당시에는 태조 왕건씨, 그 양반들허고 인제 이렇게 의형제를 맺으셨었던 거 아냐, 그 양반들이, 그 배현경 씨헌테.

그래 갖고 그, 옛날에 인제 그 왕건이 태조 ○○왕건 ○○ 적에, 그 태조 ○○ 왕건씨를 그 숭배를 해 갖고, 그 양반을 인제 모시면서, 그냥 그 이렇게 인제 그 지금으로 말하자면 인제 혁명 비슷하게 해 갖고서는, 인제 그 양반을 결과적으로 태조 왕건씨를 그,

(보조 조사자 : 왕을 만들은.)

왕을 맨들으신(만들으신) 거지, 그 양반들이, 삼형제 분들이.

그래서 인제 그 양반들이 해 갖고 거 왕건을 모시다가 인제 그 ○○○에 팔공산에서 인제 그, 대구 팔공산 쪽에서 인제 전투를 허시다가, 그 태조 왕건씨가 인제 위기에 몰렸을 당시에, 그 신숭겸 장군님께서 그 머리의 그 두상이, 이 얼굴상이, 그 왕건씨허고 아주 거의 그 쌍둥이 모냥(마냥) 거의 흡사했다는 거 아녀요, 이게.

그래 갖구선 이제 그걸 그 양반이 그러니깐 태조 왕건씨를 갖다가 피신을 시켜놓고 자기가 그 왕건의 옷을 입고, 그리고 전쟁터에 나가서 싸웠단 말이야.

싸워 갖구선 인제, 저 위기에 몰려서 전선(戰線)을 허게 되니까는 그 당시에 인제 그, 왕건씨가 그 옷을 입고 있는데 보니깐 똑같으거든 아주. 그니깐 이제 거기 그, 그 놈들이 그냥 태조 왕건의 목을 쳤단 말이야, 인제. 저 신숭겸 씨의 목을 쳤단 말이야. 목을 치고서는 확인한 결과 아니야, 이게. 딴 사람이거덩, 딴 사람이거덩. 그니까는 다시 인제 그 전쟁을 일으켜가면서, 그 사람을 찾을래니 이미 피신을 했는데 어떡해. 그래 갖구서는 그냥 결과적으론 못 찾은 거지, 그 양반을.

(보조 조사자 : 그래서 인제 왕건은 이제 도망가구요?)

그래, 결과적으로 그 양반이 인제 그 양반은 돌아가시고, 이제 왕건씨는 다시 나라를 세워 갖고 고려시절에 이제 그 했대는 그런 전설이 있더라고요.

그 우리 그 평산신씨(平山申氏)도 시조 할아버님이 강원도 춘천군, 저 방동리 데가 있어요, 방동. 거기 가면은 그, 거기다 모셔났는데, 거기 가면 이렇게 무덤이 이렇게 세 개가 있어요.

(보조 조사자 : 세 개요?)

무덤이 세 개야.

유난히 무덤히 세 개가 있는 게, 우리나라에선 뭐 뭐 세 개라고 그러든가 네 개라고 그러든가 그렇대. 다 그냥 한 문데 유난히 그 묘만 거기가 묘가 딱 이렇게 세 개가 되어 있대요, 이렇게.

어 그게 왜 그러냐. 그랬더니 나도 인제 들은 얘긴데, 전설에 의하면은 그 목이 없으니까. 이미 목은 짤라져서('잘려져'의 의미임.) 이 시체만 찾았지. 목은 찾질 못했다고.

그래서 나중에 태조 왕건께서 그 두상을 금으로다가 맨글랬대는('만들으라고 했다는'의 의미임) 거야.

(보조 조사자 : 금덩어리로요?)

금으로다가. 그래서 금으로다가 맨글어(만들어) 써 갖고 그 두상을 해서 시신을 안치를 시켜났는데, 이게 요렇게 딱 요렇게 무덤이 딱 군상(群像)이 이렇게 셋이 있는데, 지금 우리네가 추측혈 적엔 여기가 진짠지 이렇게 재보니까는 어느 건지 알 수가 없지.

그래서 인제 그 얘기 들어보면 그 왜정시대 때 그 발굴허는 놈들 있잖아.

(보조 조사자 : 예, 도굴들.)

도굴꾼들, 도굴꾼들이 거기를 인제 그 마을을 타고 와서 그걸 도굴을 해갈라고 그러니까는, 거기에 그 묘지기지, 그러니까 지금 말하면 하인들.

묘지기가 그 고 둘레에 그 묘가 있는데, 그 밤이면은 자다가도 말굽소리가 난대는 거야. 말굽소리가 들린대. 그럼 나가보면은 산을 파고파고 그런데요.(그런데요.)

(보조 조사자 : 그 도굴꾼들이 오면요?)

도굴꾼들이 오믄.

그래서 인제 그걸 쫓아가서 튀기고 튀기고 그래서 결과적으로 거기서 파손을 못했대는 말도 있긴 있는데, 인제 그건 오랜 일종의 전설인지.

(보조 조사자 : 영험하네요.)

전설인지 나도 그건 잘, 자세히 모르겠네요.

신사임당(申師任堂)

자료코드 : 02_01_FOT_20090209_SDH_SGS_0002
조사장소 : 경기도 가평군 가평읍 달전1리 54-2번지 마을회관
조사일시 : 2009.2.9
조 사 자 : 신동흔, 노영근, 이홍우, 한유진, 구미진, 임주영
제 보 자 : 신구순, 남, 69세
청   중 : 조사자 외 7인
구연상황 : 평산신씨(平山申氏) 열녀에 대한 이야기를 청하자 신사임당이 있었다고 말하
며, 신사임당과 관련한 일화를 구연하였다.
줄 거 리 : 신사임당이 시집갈 때 입고 갈 옷이 없어서 이웃 사람에게 치마저고리를 빌
려서 입었다. 빌려 입은 치마저고리가 더러워지자 심사임당이 치마저고리에
그림을 그려서 돌려주자, 이웃사람이 더 좋아했다.

신사임당(申師任堂) 양반이 그 전에는 인제 그, 부모 밑에서 자랐을 적에 굉장히 그 어려왔대(어려웠었대) 아주, 살기가. 살기가 어려와서(어려워서) 인제 그, 이 대관령 쪽으로다가 인제 그 시집을 인제 그 삼 일만에 가는데, 뭐 입고갈 옷이 없대는 거야. 입고갈 옷이 없대는 거야.

그래서 아 이걸 어떻게 헐지 연구를 허는 끝에, 헐 수가 없어서 그 어느 이웃의 그 양반에다가 그 치마저고리를 빌렸대. 빌려 입었단 말이야.

치마저고리를 이걸 빌려 입고 갔다 오니까는 그 치마저고리가 아무케도(아무래도) 빌려 입고 가믄은 지저분해지지, 그 깨끗해질 일리가 없잖아.

근데 이 양반이 와 갖구서는 생각을 헌거야. 이거 빨자니 터가(티가) 나고, 그냥 주자니 욕을 허겠고. 그러니까 그 양, 그 양반이 그냥 치마를 펴 놓고 거기다 화폭을 그려서 줬대는 거야, 그걸. 그냥 이렇게 그림을 잘, 그림솜씨가 원래 좋으시니까 화폭을 탁 그림을 주시니까는, 그 빌려준 양반이 더 더 좋아허더래는 거야.

[일동 웃음]

이런 전설도 있더라고.

안반지 (1)

자료코드 : 02_01_FOT_20090209_SDH_SGS_0003
조사장소 : 경기도 가평군 가평읍 달전1리 54-2번지 마을회관
조사일시 : 2009.2.9
조 사 자 : 신동흔, 노영근, 이홍우, 한유진, 구미진, 임주영
제 보 자 : 신구순, 남, 69세
청   중 : 조사자 외 7인
구연상황 : 마을의 유명한 산, 바위와 관련된 전설을 청하자 구연했다.
줄 거 리 : 춘천군 남면 장자골 터에 큰 부자가 살았는데, 하루는 스님이 큰 부자에게 시주를 하러 왔다. 그 부자는 스님에게 줄 것이 없다며 쇠똥을 주고 보냈는데, 이를 본 그 집안의 맏며느리가 시아버지 몰래 쌀을 시주했다. 스님은 맏며느리에게 고맙다고 하며 그 터에 큰 비가 내리니 피하라며 정확한 일시(日時)를 알려주었다. 스님 말대로 큰 비가 내리고 그 비에 그 집안은 다 쓸려 내려가고, 그 집안에서 쓰던 안반이 떠내려 와서 달전1리에 묻혔다. 그래서 달전1리

의 옛 지명을 안반지라고 하였다.

이 동네 인제 그 지명 이름으로 봤을 적에 보믄은, 여기를 인제 그, 요
요 일대를 지금 인제 달전 일린데(달전 1린데) 여기가, 요기 요기를 옛날
지명에는 안반지라고 그랬다고, 안반지.

그게 왜 왜 그 안반지냐 하면은, 요 강원도에 가면은 그 춘천군 남면
장자골 터가 있는데,

거기 옛날에 그 장자님, 장자골에 아주 큰 부자가 살았었는데, 거기에
그 부자가 살았었는데, 여름인데 하루는 그 어느 스님이 가서 그 시주를
헐 적에 시주를 해서 달라고 그랬는데, 그 우리집엔 줄 땅이, 줄 게 없다.
그러니까는 쇠똥이라도 가져가라. 그래 쇠똥을 줬대는 거야.

(보조 조사자 : 인색했나보네요.)

그러니까는 그 부잣집에 그 종손이라는 메누, 아줌, 맏메누리가(맏며느
리가) 나와 보니깐 아 시아줌니가('시아버지가'를 잘못 말한 깃임.), 아 시
아버지가 저렇게 했다 그러니까 참 너무 너무 했단 말이야, 자기가 생각
헐 때.

그래 시아버지 몰래 쌀을 갖다가 뭐, 이렇게 시주를 했대요. 시주를 허
니까 그 스님이 아주 그냥 큰 절을 허면서 고맙다고, 그르면서(그러면서)
그런 얘기를,

"여기는 멫(몇) 날 멫(몇) 시에 아주 큰 우기가 닥쳐 갖고 재앙이 오니
까는 그때는 피신을 허는 게 좋다."

그렇게 그 스님이 얘기를 허더래는 거야.

그니까 인제 그, 그 메누님이(며느님이) 가만히 생각해보니까 이게 과연
아버님이 헌 게 맞나, 지가 헌 게 맞나 고민 중야, 그것도, 인제 그것도

그랬는데 그냥, 날이 좋은데 벨안간(별안간) 이냥 그냥 그냥 날이 이냥
흐리면서, 천둥을 막 치면서 이냥 금방 그 태산 같이 그냥 소나기가, 우기

가 닥치더래는 거야. 게 우기가 탁 닥치니까는 그 비가 인제 그 엄청나게 올 거 아니야.

엄청나게 왔는데 오니까, 그 장자골에 그 살던 그 집터가 다 시러져(쓰러져) 내려가고, 거기에 살던 뭐 옛날에 그 이만한 큰 구리로 맨글은(만들은) 그 함지박 같은 안반(안반은 떡을 칠 때 쓰는 판을 말한다.)이 있었는데, 그게 이짝(이쪽) 동네로다 떠내려 와서 여그(여기) 와서 묻혔다고 해 갖고, 이 동네는 옛날에 그 안반지라고 얘기했어, 그래서. 구리안반이 떠내려 와서 묻혔다고 해서, 이 동네 지명 유래는 그래서 안반지야.

(보조 조사자 : 재밌는 이야기네요.)

[일동 웃음]

용묘(龍墓)의 유래 (1)

자료코드 : 02_01_FOT_20090202_SDH_SYB_0001

조사장소 : 가평군 가평읍 하색1리 346번지(제보자의 자택)

조사일시 : 2009.2.2

조 사 자 : 신동흔, 노영근, 이홍우, 한유진, 구미진

제 보 자 : 신영범, 남, 93세

청   중 : 1인(신용실 : 신영범 씨의 막내 아들)

구연상황 : 가평군 노인회 지회장의 소개로 제보자의 집에 찾아가서 집에서 구연이 이루어졌다. 제보자는 보청기를 꼈음에도 귀가 잘 들리지 않아, 제보자의 아들 신용실 씨가 작은 칠판에 글씨를 써서 그 글씨를 제보자에게 보여줘 가며 조사자의 이야기를 전달해 주었다. 조사자가 가평에 관한 전설이나 고담을 조사한다고 하자, 신용실 씨가 용묘(龍墓) 이야기를 청해서 구연이 이루어졌다.

줄 거 리 : 용묘(龍墓)가 있는 곳은 진동이다. 진동은 옛날에 이곳에 개암나무가 많았다 하여 개암진(榛)자를 써서 진동이라고 하는데, 갱골이라고도 한다. 유몽인의 산소가 이 진동에 있다. 유몽인은 이조 정조 때의 벼슬을 했던 유명한 학자인데, 역적으로 몰려 죽임을 당하고 진동에 묘를 썼는데 그 묘에서 용이 났다고 하여 용묘이다. 진동에는 이방실(李芳實) 장군의 묘 또한 있다.

여가('여기가'의 뜻임.) 진동이라고 그러는데, 진동이라는 게 가얌 가얌 진(榛)자예요.(가얌은 개암의 경기 방언이다.)

옛날에, 여기 옛날에는 여기에 그 가얌나무가(개암나무가) 많이 있었다고 그래 가지고 진동이라고 그래요. 그래서 인제 이게 갱골이라고도 허는데, 그 가얌골 가얌골 가얌골 이렇게 허다가 그냥 갱골로 되버리는 거지, 그냥 갱골이라고.

그리고 저군 널리 그 이것도 보믄은 산이 있는데, 거기 그 에 고홍 고홍 유씨네 그 유몽인(柳夢寅)래는 분의 그 산소가 있는데, 그 양반이 이조 중조 때에 에, 유명한 학잔데 글 잘하고 아주 베슬(벼슬)도 허고 그런데, 그 역적으로 몰려 가지고서 거기다 갖다 산을 썼어요.

근데 거기 옛날이지, 용이 그 무리서 용이 났다고 그래 가지고, 그게 이제 용묘익○○이라고 그래, 용묘익○○이라고 그래요.

ㄱ ㄱ ㄱ 저 ○○○○○허면은, 이방실(李芳實).

고려 말년에 애국자 이방실 장군이 인제 역적으로 그 분도 몰려서 돌아갔는데('죽다'의 높임말로 '돌아가셨는데'의 의미임.), 거기다가 산을 썼어요.

그래서 이방실 장군의 묘가 있고.

거기 또 그 아래 도에서 그 어 이방 이방실 장군의 재실을 지어주고, 나중에 또 그 자손들이 모아서 커다랗게 비를 세우고 그런 게 있어요.

근년(近年)에는 저 막에 가평에 의병대장으로 있던 분이, 이충응(李忠應)이래는 분인데, 근데 거기다 갖다가 뭐 있으믄.

한석봉(韓石峯) 글씨가 묻혀있는 보납산(寶納山)

자료코드 : 02_01_FOT_20090202_SDH_SYB_0002
조사장소 : 가평군 가평읍 하색1리 346번지(제보자의 자택)
조사일시 : 2009.2.2
조 사 자 : 신동흔, 노영근, 이홍우, 한유진, 구미진
제 보 자 : 신영범(愼英範), 남, 93세
청   중 : 1인(신용실 : 신영범 씨의 막내 아들)
구연상황 : 앞의 이야기가 끝나자, 신용실 씨가 가평의 전설을 다시 청하였다. 제보자는
         가평의 전설은 많다고 하면서 보납산의 유래를 구연했다. 이야기 말미에 한석
         봉의 글씨를 보납산에 묻은 까닭을 조사자가 질문하였으나, 제보자는 귀가 어
         두워서인지 질문을 잘 알아듣지 못하고 이에 대한 답변 대신 앞 이야기를 반
         복하여 구연했다.
줄 거 리 : 한석봉(韓石峯)은 선조대왕 시대에 명필이다. 한석봉의 필적을 현재의 보납산
         에 묻었는데, 그것이 보배스러운 것이라고 하여 산 이름을 보납산(寶納山)이
         라고 지었다고 한다.

가평에는 인제 그 선조대왕(宣祖大王), 선조대왕 시대에 이조 그 한석봉
이, 저 글씨 명필이 있지요.

한석봉(韓石峯) 선생 가평군수를 와서 했어요. 그래서 그랬는데 그 ○○
○○ 보납산(寶納山)이라는 산이 있는데, 한석봉 선생의 필적을 거기다 갖
다가 묻었다고 그래 가지고, 그게 보배시러운 데다('보배스러운 곳이다'의
의미임.) 그래 가지고 보납산이라고 이름을 지었다고 허더라구요.

(보조 조사자 : 그, 글씨를 왜 거기다 묻었다고 그래요?)

네?

(보조 조사자 : 글씨를 거기가 왜 묻었다 그래요?)

그, 글씨를 묻었대는 거지.

그래, 보배. 그 보배를 묻었다고 그래 가지고, 보납산이라고. 에, 보납산
이라 이름을 지었다고 허더라고.

의병 최종화

자료코드 : 02_01_FOT_20090202_SDH_SYB_0003
조사장소 : 가평군 가평읍 하색1리 346번지(제보자의 자택)
조사일시 : 2009.2.2
조 사 자 : 신동흔, 노영근, 이홍우, 한유진, 구미진
제 보 자 : 신영범(愼英範), 남, 93세
청   중 : 1인(신용실 : 신영범 씨의 막내 아들)
구연상황 : 조사자가 효자, 충신, 열녀 이야기 등을 청하자 짧게 그 이야기를 구연하고
         (이후에 자세히 구연하였음), 제보자 자발적으로 의병 최종화의 이야기를 구
         연했다.
줄 거 리 : 최종화는 수원농림학교를 다닌 학생이었는데 독립운동을 하다가 투옥되었다.
         수원농림학교 교장이 일본인이었지만 젊은 사람이 죽게 되니 아까워하며, 최
         종화를 찾아가서 독립운동을 하지 않기를 청하였다. 하지만 최종화는 그 청을
         거절하고 고문을 당해 결국 죽었다.

한국 말년에 나라를 찾기 위해서 독립투쟁한 분들이 많이 있고.

아까 얘기 했지만은, 여기 가평에 의병대장 허다가 희생된 분이 저 우
에(위에) 산소가 있고. 그 의병대장 허던 분의 산소, 허던 분이 희생된 분
이 여러 사람 있어요.

그리고 또, 그 기미(1919)년에 독립만세 에 부르다가 희생된 분도 있고.
또 인제, 그래서 나중에 인제 있고.

독 독립운동 허려는 분들의 이름이 드러나니까 붙잡어다가 처벌을 했
는데, 그분들이 그 이십팔(28) 명이예요, 이십팔(28) 명.

그래서 인제 그, 거가서('거기 가서'의 뜻임.) 옥고를 치루고 온 분들이
그 보훈청에, 보훈청에 명단이 있어요, 명단이 있고.

한 사람은 에 그때 수원농림학교 가셨다고 그런데, 농림학교 학생으로
서 그 독립운동을 허다가 붙잡혀 들어가 가지고.

그래 인제 수원농림학교 교장이 일본사람인데, 그 젊은 사람이 죽게 되
니까 아까우니까. 반복해 들어가서 자꾸 쉬지 않고 독립만세 부르고 그러

니까, 자꾸 고문을 당해서 거진(거의) 죽게 되니까. 그서('그래서'의 뜻임.) 어떤 에 예수교 목사하고 의논을 해 가지고, 우리가 의병을 세워 가지고 그 이거 이름이 최종환데, 최종화를 우리가 살려줘야. 그래 가지고 최종 화를 이제 찾아가 가지고,

"그저 자네가 한 마디만 해 주면은 우리가 보증을 서서 자넬 나오게 해 줄 테니까, 그렇게 허세요." 그러니까,

그 최종화가 말허기를,

"글쎄 뭐, 당신과 나와는 사제지간이니까. 그 사제(師弟)간의 의리는 참 대단히 고마우나, 그러나 내가 한국을 살리기 위해서 독립운동을 허는 몸 으로써, 당신은 일본사람이고 나는 한국사람인데, 당신의 신세를 질 수 없다." 그러고 거절해.

그래서 거기서 자꾸 고문을 당허고 그르니까 죽게 된 거지.

그래 거진 죽게 되니까 거기서 차를 태워 가지고 집으로 데려다 주라 고 그러는데, 차를 타고 오다가 중간에서 죽었어요, 중간에서.

그래서 인제 참, 유관순 여사의 이름은 아마 우리 민족이 모르는 사람 이 없을 거예요. 그러나 이 최종화도 자기 죽음을 걸, 자기 사는 것을 살 려준다는 것을 거절하고 죽었으니까.

그리고 참 사실 못 ○○○○ 그건 문제여.

용감한 의병대장

자료코드 : 02_01_FOT_20090202_SDH_SYB_0004
조사장소 : 가평군 가평읍 하색1리 346번지(제보자의 자택)
조사일시 : 2009.2.2
조 사 자 : 신동흔, 노영근, 이홍우, 한유진, 구미진
제 보 자 : 신영범(愼英範), 남, 93세

청   중 : 1인(신용실 : 신영범 씨의 막내 아들)
구연상황 : 앞 이야기에 이어서 구연했다.
줄 거 리 : 일본 헌병들은 의병들을 계속 토벌했다. 헌병들은 수소문해서 가평 북면(北面)
        소법리(所法里)에 의병대가 있다는 소식을 듣고 소법리를 찾아갔다. 소법리에
        가서 어떤 집의 대문을 두드려 의병의 거취를 묻자, 그 집에서 나온 노인이
        자신의 의병이라고 하며 죽창을 들고 헌병을 공격했다. 그러나 결국 항복을
        하게 되었다.

의병대장 한 분은 또 저기.

그땐 의병을 인제 그 헌병들이 나중에 인제 조직적으로 자꾸 인제 토
벌을 허는데. 그 한국에 인제 의병이 있다고 그러니까, 의병을 토벌을 허
러 왔지요, 왔는데.

게 여기 와서 인제 이렇게 수소문을 허니까, 그 가평 북면(北面)에 소
법리(所法里)래는 데가 있는데, 소법리에 인제 그 의병대가 있다. 이러니
까 인제 헌병들이 거그를(거기를) 쫓아간 거지, 이제 소법리를.

그래 이제 한집에 들어가 가지고 주인을 찾으니깐 한 사람이 나와.

그래, "아 여기 저, 의병대가 있대는데 어딨는지('어디 있는지'의 뜻임.)
아느냐."고 물어보니까.

이분이 "인마! 내가 의병이다."

그리곤 죽창을 들고 나와 가지구서 찍으려 드는 거지.

그니까 뭐, 허허.[웃음]

죽창 가지고 되나, 의병들이.

뒤에서 그냥 승복을 헌 거죠.

그런 분도 있고 그래요.

효심 깊은 강영천(姜永天) 부부

자료코드 : 02_01_FOT_20090202_SDH_SYB_0005
조사장소 : 가평군 가평읍 하색1리 346번지(제보자의 자택)
조사일시 : 2009.2.2
조 사 자 : 신동흔, 노영근, 이홍우, 한유진, 구미진
제 보 자 : 신영범(愼英範), 남, 93세
청   중 : 1인(신용실 : 신영범 씨의 막내 아들)

구연상황 : 조사자가 앞서 효자 이야기를 청하였을 때 짧게 언급했던 효자의 행적에 대
한 이야기를, 조사자가 다시 청하자 강영천과 그의 부인 이야기를 자세히 구
연했다.

줄 거 리 : 강영천(姜永天)은 어려서 서당에 다녔는데, 글공부를 하고 돌아와 보니 어머
니께서 위독했다. 그래서 손가락을 문틈에 넣고 닫아서 피가 나게 하여, 그
피를 어머니 입에 흘려 넣어 어머니를 살렸다. 강영천은 커서 결혼을 했는데,
어느 날은 어머니의 장덩이에 종기가 났다. 종기가 심해져서 어머니가 위독해
지자 며느리가 고름을 직접 입으로 빨아내서 어머니를 살렸다.

효자는 아까 얘기헌 북면에 강영천(姜永天) 효자는 어떻게 효자가 되었
냐 하면은, 어려서 인제 서당에 글 글방에 댕겼는데, 글을 배우러 가는데,
그 글을 배우고 저녁때 오니까 어머니가 죽거서('죽겠어서'의 의미임.) 누
워있는 거죠. 정신을 몰라 가지고.

그르니깐 자기 손가락을 여 문을 열고선 꽉 닫으니까, 여가 깨지니까
그 피를 갖다가 자꾸 흘려 넣대는 거지. 그 을마나(얼마나) 흘려 넣는지
피가 들어가니까, 지 어머니가 살아났어요, 에.

그래서 인제 지 어머니헌테 효 잘허고 사는데.

에, 나중에는 인제 크니까 결혼을 해 가지고 사는데, 지(앞에서 이미 말
하였거나 나온 바 있는 사람을 도로 가리키는 삼인칭 대명사이다.) 어머
니가 이렇게 장덩이에 그냥 헌듸지, 헌듸.('헌데지, 헌데', 헌데는 살갗이
헐어서 상한 자리를 뜻하는데, 헌듸는 헌데의 옛말임.)

헌듸가 나 갖고 아주 곪았는데, 옛날에 뭐 거 약이 변변치 않으니깐,

거기서 아주 고름이 나와 가지고 이게 점점 커지니까 죽게 되었거든. 근데 인제, 그래도 얘길 안했어.

얘기를 안 하고 그대로 살다가, 못 배기니까 그냥 드러누우니까, 그제서 이제 알게 돼 가지고 그 메누리가,(며느리가,) 보니까 그래 헌듸, 이렇게 열어보니까 고름이 껴 가지고 구데기가(구더기가) 있고 그렇거든. 그래 그걸 그 메누리가(며느리가) 입으로 빨았어, 입으로. 직접 입으로 직접 빨아내 가지고서 고름을 다 빨아내니까 아물었다는 거여. 그래 가지고 지 어머니가 오래 살았다.

그렇게 인제 되었어요.

의병 이충응(李忠應)

자료코드 . 02_01_FOT_20090202_SDH_SYB_0006
조사장소 : 가평군 가평읍 하색1리 346번지(제보자의 자택)
조사일시 : 2009.2.2
조 사 자 : 신동흔, 노영근, 이홍우, 한유진, 구미진
제 보 자 : 신영범(愼英範), 남, 93세
청   중 : 1인(신용실 : 신영범 씨의 막내 아들)
구연상황 : 신용실 씨와 조사자가 제보자에게 의명 이충응의 이야기를 자세히 해달라고 청하자 조사자는 곧바로 구연하기 시작했다.
줄 거 리 : 이충응(李忠應)은 총을 가진 포수, 의병이었다. 일본의 헌병대가 온다는 소문을 듣고 포수들을 모아서 보납산(寶納山) 쪽의 길 주길리(珠吉里)에 올라가서 그 위에서 돌을 던져 헌병대를 무찔렀다. 그 후에 이충응은 헌병에게 붙잡혀서 죽게 되었는데 헌병대의 회유에도 굴복하지 않고 처형을 당했다.

이충응(李忠應) 장군은 그 옛날에 포수래는(포수라는) 게 있었거든.

그 인제 포수 배께(밖에) 총 가진 사람이 없구, 총을 쏠 수 있는 사람도 포수 배께(밖에) 읍어.(없어.) 그 그니깐 포수를 이분이 모았지.

포수 전체를 모아 가지고, 그 일본의 헌병대가 춘천서 일로('이리로'의 뜻임.) 온다 소문이 나니까, 그 보납산에 가서, 보납산(寶納山) 저 쪽이 그 주길리(珠吉里)라고 춘천선 통과하는 길이 있거든.

근데 거기 올라 가지고.

거가('거기가'의 의미임.) 아주 제일 가파라요, 무지 가파라.

그르니깐 인제 헌병들이 거기 헌병대가 오는데, 거기서 돌을 그냥, 아주 그냥 내리쳤어.

그래서 인제 많은 정리를 했었는데. 나중에 아 이제 뭐 하나씩 둘씩 정보를 모아 가지고 토벌을 허는데, 뭐 당하는 재간이 있나, 당하는 사람이.

그래서 인제 붙잡혀 가지고, 어 거기 옛날에 우시장(牛市場)이 있는데, 우시장에 가 가지고, 인제 처 처벌을 허게 되는데.

그니까 이제 그 헌병대가

"인제래도 니가 한 마디 해 주면은 살릴 수가 있다." 그런 거지.

그니까 눈을 부릅뜨고,

"인마, 내가 나라를 위해서 싸웠는데, 그 따우(따위) 말이 어딨느냐. 빨리 죽여라."

그 인제 난 예전에 그 어른들한테 내가 들은 얘기예요.

그래 칼로다가 헌병이 냅다 목을 치니까, 목이 다 나가질 않고 반만 나갔다고. 반만 나갔는데 그대로 눈을 뜨고 호령을 했다.

그래 마주치니까 그랬겠죠.

인동장씨(仁同張氏) 팔 효자

자료코드 : 02_01_FOT_20090202_SDH_SYB_0007
조사장소 : 가평군 가평읍 하색1리 346번지(제보자의 자택)
조사일시 : 2009.2.2

조 사 자 : 신동흔, 노영근, 이홍우, 한유진, 구미진
제 보 자 : 신영범(愼英範), 남, 93세
청   중 : 1인(신용실 : 신영범 씨의 막내 아들)
구연상황 : 조사자는 제보자가 앞서 잠깐 언급했던 인동장씨(仁同張氏) 팔 효자 이야기를
         청하자 제보자는 곧바로 구연했다.
줄 거 리 : 인동장씨(仁同張氏)에 몇 대에 걸쳐 여덟 명의 효자가 있었다. 처음에 난 효자
         가 아버지가 돌아가시게 되자 손가락을 깨물어 피를 나게 하여 그 피로 아버
         지를 살려냈다. 그 이후 대에도 인동장씨 가문에서 효자가 났는데, 여러 대를
         두고서 여덟 명의 효자가 났다고 하여 팔 효자라고 한다.

팔 효자는, 흐음.

거기서 인제 몇(몇) 대를 두고, 으음.

흐음, 그 처음에 처음에 난 효자가 그 분도 이제 그, 아버지가 돌아가
시게 됐으니까 그렇게 그 손꾸락을(손가락을) 깨물어서 피를 내 가지구서
인제 살 살아났다. 근데 그 후에도 여러 사람이 그런 효자가 났다. 그래서
여러 한 대에 여덟 명이 난 게 아니구, 여러 대를 두구서 효자가 여덟 명
이 났다는 거여. 그래서 팔 효자예요.

힘센 장사 정장군

자료코드 : 02_01_FOT_20090202_SDH_SYB_0008
조사장소 : 가평군 가평읍 하색1리 346번지(제보자의 자택)
조사일시 : 2009.2.2
조 사 자 : 신동흔, 노영근, 이홍우, 한유진, 구미진
제 보 자 : 신영범(愼英範), 남, 93세
청   중 : 1인(신용실 : 신영범 씨의 막내 아들)
구연상황 : 제보자는 앞의 신용실 씨의 이야기가 끝나자마자 미리 생각해놓은 듯 힘센
         정장군 이야기를 구연했다.
줄 거 리 : 한국 말년에 정장군이 있었는데 힘센 장사였다. 보납산에 엄청나게 큰 바위를
         사람들이 불편할까봐 염려하여 치웠다. 정장군은 나라를 위해 특별히 세운 공

은 없었지만, 힘이 너무 세기 때문에 나라에서는 역적이 날까봐서 뜸을 써서 힘을 못쓰게 했다.

한국 말년에 정장군이라고 엄청난 장사가 났었대는데 무슨 공을 세운 게 없으니까, ○○○○○.

그래 인제 정장군이 그래 가지고 그 보납산(寶納山)이라고, 거 거기 올라가는데 길에 이렇게 바위가 엄청나게 큰 게 있어 가지고,

아내가 불편한 걸 이 사람이 그걸 들어서 이렇게 치웠다 허고. 이제 그런 얘기란 게 있는데, 무슨 나라에 공을 세운 게 없어요.

(조사자 : 정장군, 그 정장군 내력도 좀 자세히 들을 수 있을까요?)

(청중 : 그거는 그거는 나는, 잘.)

나는 잘 모르는 얘긴데. 역적이 날까봐서 나라에서 데려다가 여길 떴대는 거지. 여길 떴대는 거지, 정장군을.

(조사자 : 거기.)

거기도 어디 뜨믄은 힘을 못 쓰는 데가 있대. 그래서 거길 떴대는 거여.

(보조 조사자 : 떴다는 게 무슨 말이에요?)

(청중 : 무슨 뭐 뜸을 뜨듯이 떴다는 거 같은데.)

(보조 조사자 : 아.)

(청중 : 뜸 뜨듯이 떴다구요?)

어?

(청중 : 뜸을 떴다구요?)

(조사자 : 지졌다는 거 같애.)

(보조 조사자 : 지졌다.)

(청중 : 뜸을 떴다구요, 뜸?)

음 글쎄, 몰라. 어떻게 뜨는 건지. 허허.[웃음] 뜸을 떴다고 그런 얘기가 있어요.

(조사자 : 거기 겨드랑이에 뭐 날개 같은 게 있 있었던 걸까요? 비늘?)

(청중 : 글쎄, 옛날엔 그런 그런 말들이 많이 있어서.)

주인을 구한 개의 무덤-포회촌 개미데미

자료코드 : 02_01_FOT_20090202_SDH_SYB_0009

조사장소 : 가평군 가평읍 하색1리 346번지(제보자의 자택)

조사일시 : 2009.2.2

조 사 자 : 신동흔, 노영근, 이홍우, 한유진, 구미진

제 보 자 : 신영범(愼英範), 남, 93세

청   중 : 1인(신용실 : 신영범 씨의 막내 아들)

구연상황 : 신용실 씨는 조사자들에게 조사의 목적을 묻고, 이에 대한 조사자의 대답이
끝나자 바로 제보자에게 상색리(上色里)에 있는 포회촌 개미데미 이야기를 청
하였다. 제보자는 확실히 모르겠다고 하면서도 포회촌 개미데미 이야기를 조
리있게 구연했다.

줄 거 리 : 어느 날 술에 취한 주인이 길녘 잔디밭에 쓰러졌다. 그런데 잔디에 불이 나서
주인이 죽게 되자 개가 반복하여 꼬리에 묻혀 그 불을 껐다. 그래서 주인이
살아나게 되었다. 주인을 위해 희생한 개의 무덤이 포회촌(浦會村) 개미데미
이다.

거 어떤 말은 거기 아주 주인을 위해서 개가, 개가 희생을 졌대는('했다
는'의 뜻임.) 거지, 주인을 위해서.

그래서 인제 뭐냐하면 주인이 술이 술이 너무 취해 가지고, 길녘에 어
떤 음, 잔디밭에서 쓰 쓰러져서 죽게 되는데. 거기 그 어떻게 불이 나 가
지고 태가(타게) 되니까, 주인이 죽게 되니까 개가 인제 자꾸 꼬리를, 꼬
리에다가 저 물을 물을 묻혀 가지고 ○○○ 줘서 꺼서 인제 살아났다.

그런 얘기도 있는데, 그게 그렇게 확실하질 않아.

(보조 제보자 : 전국에 많이 있는 얘기.)

그래서 그걸 인제 충신의 개라 그래 가지고, 개를 거기다('거기다'의 의

미임.) 묻었다고 그러죠.

그렇게 개무덤이라고.

인제 포회촌이래는 것도 인제, 포(浦)래는 게 그 저 그 물녘에 그, 말허자믄 개흙이지 개흙, 물녘에 개흙.

인제 그게 모서리 회(會)자하고, 포(浦)자하고 그렇게 허믄 그 인제 그 개흙이 모인 데가 인제 포횐데, 포회촌(浦會村)이라고도 그래는데.(그러는데.)

그것도 확실하지 않은 게, 거기가 산 밑이거든. 산 밑인데 뭐 포회(浦會)가 될 게 없는데. 물녘이면은 그게 인제 좀 말이 되는데, 물녘이 아니고 산 밑이니까, 그게 포회(浦會)래는 게 말이 안 돼.

포회촌(浦會村)이라. 그 포회촌이라고 해도 그르긴 그르지, 개무덤이. 포회(浦會)라고 이렇게. [글씨를 써 보이며] 여기, 모두 회(會)자를. [신용실 씨가 아버지 신용범 씨에게 글씨를 쓰는 것을 보여주며]

이렇게요? 이렇게 포자요? 포자라는 건 이렇게 삼시변(氵)에, 이렇게.

(조사자 : 삼수변에.)

이렇게요.

(조사자 : 물가 포(浦)자.)

태봉(胎封)과 불기산(佛岐山)의 유래

자료코드 : 02_01_FOT_20090202_SDH_SYB_0010
조사장소 : 가평군 가평읍 하색1리 346번지(제보자의 자택)
조사일시 : 2009.2.2
조 사 자 : 신동흔, 노영근, 이홍우, 한유진, 구미진
제 보 자 : 신영범(愼英範), 남, 93세
청   중 : 1인(신용실 : 신영범 씨의 막내 아들)
구연상황 : 조사자는 유명한 학자들의 이야기를 청하였는데 제보자가 모르겠다고 하여

구연이 이루어지지 않았다. 그러자 신용실 씨가 태봉에 대한 이야기를 꺼내자 제보자는 바로 태봉(胎封)에 대한 유래에 대해 구연했다. 태봉에 묘가 있는 이정구(李廷龜)가 문집을 발간하기 위한 판각이 보존되어 있다. 조사자가 가평에 있는 산에 대해 물으니, 신용실 씨가 불기산에 대한 이야기를 제보자에게 청하였다. 바로 이어서 제보자는 불기산(佛岐山)의 유래에 대해 구연했다.

줄 거 리 : 태봉리(胎封里)는 중종대왕의 태(胎)가 묻혀 있다고 하여 태봉리(胎封里)이다. 태봉리에는 월사 이정구(李廷龜)의 묘 있는 곳이기도 하다. 이정구가 문집을 짓기 위한 산이 있는데 그 산이 불기산이다. 불기산은 빛이 나와서 빛고을이라고도 한다. 불기산에서 나오는 빛을 중심으로 위쪽은 상색(上色)이라고 하고, 아래쪽은 하색(下色)이라고 한다.

여기 저 저 저 저 저게 또 있어요.

여기 그 태봉리(胎封里)래는 데가 있는데, 중종대왕 그 태(胎)를 갖다 거기다 모셔서 그게 태봉이 있어요.

(보조 제보자 : 일제시대에 그걸 일본 사람들이 그렇게 해놨대요.)

그래 여기 인부들을 시켜서 그걸 그렇게.

인제 학자 분은 한 분이 있는데 에 연안이씨(延安李氏)에.

아, 이 이 내가 잊어, 이꼬봉인가. [신영범 씨는 불기산 이야기 중에 기억이 나서 이 이야기 마지막 부분에 '이정구(李廷龜)'라고 말해 주었음.]

그 연안이씨가 유명한 학자가 한 분이 있었어요.

건 저 하면 음 거기가 봉, 봉 아이 무슨 린가, 거깄어요.('거기 있어요.'의 의미임.)

그 그 분 묘소가 거기 있고. 에, 그 그분이 글을 잘해서, 에 그 문집을 맹글고(만들고) 있는데, 그 문집을 발간하기 위헌 그 판각이 거기 있죠. 판각을 거기 보존해 둔 게 있어요.

(조사자 : 가평에 큰 산이 명지산도 있고, 연인산 그리고 뭐 화악산 이런 데가 있는 거 같은데 거기, 그 산에 얽힌.)

(보조 제보자 : 불기산, 불기산.)

(조사자 : 유래나 이런.)

(보조 조사자 : 아, 불기산이요?)

(조사자 : 불 불기산이요?)

불기산.

(보조 조사자 : 처음 듣네.)

(보조 제보자 : 이거는 이제 요 요기께서(여기께서) 보이는데, 저쪽으로.)

불기산은, 불기산이라는.

여기, 불기산과 관련된 이야기는. 불기산, 불기산 저 확실히 몰라요.

(보조 제보자 : 근데 이 상 상색(上色)하고 하색(下色)하고 할 때, 이 색(色)자가, 하색(下色)하고 할 때 이 색(色)자가 이게 산하고 관련되어 있는 거 아녜요?)

이 색(色)자가? 글쎄, 허허.[웃음]

(조사자 : 어떻게 들리시는 거예요?)

(보조 제보자 : 그런데 인제 빛색(色)자니까 불기산에서.)

여기 이 상색(上色) 하색(下色)이라는 거는 거기, 상색서 저로('저기로'로 의미임.) 넘어가는 데 빛고개가 있어요, 빛고개. 그 빛고개에서 중심으로 해 가지고, 그 윗동네는 상색이러고 그리고,(그리고,) 아랫동네는 하색이러고 그리고,(그리고,) 그 빛고개예요, 빛고개.

(조사자 : 그 어떤 불기산에 그 무슨 연관이 있다 그러나요?)

(보조 제보자 : 아니, 불기산에서 나오는 빛이 그 고개까지 나오니까 해 가지고 빛고개라 그런 것 같애요.)

지금은 좀 많이 깎아서 길을 냈지만 그 전에는 그 고개를 돌아서.

자세히 아시는 것 같은데 잘 모르시네.

(조사자 : 이 건너에 뭐 남이섬에 얽힌 그런 이야기는 혹시 없을까요?)

남이장군이나 남이섬.(조사자는 불기산에 대한 이야기가 끝나서 남이섬 이야기를 이끌어내려고 하였던 것임.)

아까 참 애기하면서 그 분이 아마 이정구(李廷龜)야, 이정구. 이정군데 연안이씬데,(연안이씨(延安李氏)인데,) 에 호가 월 월사(月沙), 월사예요, 월사.

(청중 : 아, 월사.)

월사 시집이 남아 있어요.

남이섬의 유래

자료코드 : 02_01_FOT_20090202_SDH_SYB_0011
조사장소 : 가평군 가평읍 하색1리 346번지(제보자의 자택)
조사일시 : 2009.2.2
조 사 자 : 신동흔, 노영근, 이홍우, 한유진, 구미진
제 보 자 : 신영범(愼英範), 남, 93세
청   중 : 1인(신용실 : 신영범 씨의 막내 아들)
구연상황 : 조사자는 남이장군 이야기를 요청하였다. 그러자 제보자는 먼저 남이섬의 유래에 대한 구연을 시작했다.
줄 거 리 : 남이장군(南怡將軍)이 한군데로 내려 흐르는 강 양쪽을 갈라서 섬을 만들었는데, 그 섬이 남이섬이다.

남이(南怡)는 여기 저, 한강 관계 되서 섬이 있어요, 섬이. 그걸 남이섬이라고 허는데, 근년에는 거기 관광지로다 아주 유명허대는데.

옛날에는 그런 전설이 있죠.

강이 이렇게 내려가는 거를 양쪽을 이렇게 째서, 이렇게 한군데로 내려가는 걸 양쪽을 째서 섬을 만들었대는 거지, 남이장군이. 그래서 인제 그, 이름이 남이 남이섬이여, 남이섬. 그래서 거기는 인제 근년에 그 남이섬에다가 그 관광객 허는 사람이 거기다 남이장군(南怡將軍)의 묘를 만들어 났지. 묘가 있었나.

(조사자 : 남이장군 내력을 조금만 자세히.)

거기가 인제 그 지리상으로 인제 강원도에 속해있어요.

역적으로 몰려 죽임 당한 남이장군(南怡將軍)

자료코드 : 02_01_FOT_20090202_SDH_SYB_0012
조사장소 : 가평군 가평읍 하색1리 346번지(제보자의 자택)
조사일시 : 2009.2.2
조 사 자 : 신동흔, 노영근, 이홍우, 한유진, 구미진
제 보 자 : 신영범(愼英範), 남, 93세
청   중 : 1인(신용실 : 신영범 씨의 막내 아들)
구연상황 : 남이섬의 유래에 대한 구연이 끝나자 조사자는 바로 앞의 이야기와 연결하여
          남이장군 내력에 대한 이야기를 청하였다. 제보자가 바로 구연하지 못하자 신
          용실 씨가 전설집에서 본 남이장군 내력담을 짧게 구연했다. 신용실 씨의 이
          야기가 끝나자마자 제보자는 남이장군이 역적으로 몰려 죽게 된 이야기를 구
          연했다.
줄 거 리 : 남이장군이 백두산 근처에서 시를 지은 것이 있다. 그 시 구절 중 '남아이십
          미평국(男兒二十未平國)'이 있다. 이것을 '남아이십미평국(男兒二十未平國)'을
          '남아이십미득국(男兒二十未得國)'으로 고쳐서, '남아 이십에 나라를 평안하게
          하지 못하면'의 의미가 '남아 이십에 나라를 얻지 못하면'으로 바뀌어서 역적
          으로 몰렸다. 그래서 남이장군은 죽임을 당하게 되었는데 자신의 억울함에 대
          해 아무도 해명을 해주는 사람이 없었다. 그래서 역적으로 몰렸을 때 자신을
          해명해 주지 않았던 자신의 상관을 원망하며, 함께 역모를 했다고 진술하여
          둘이 함께 처형을 당했다.

(보조 제보자 : 근데 사실 그 전설집에는 뭐.)

남이장군 십이세에 보납산에 바위를 뭐 들어 올리고 이렇게 했다 이렇
게 나오는데, 그거는 이 고장 사람은 아닐 듯 보이는데, 뭐 그건 내가 확
인해보지 않았지만.

남이장군은 이제 그 나중에 역적으로 몰린 것이 그 북벌을 해 가지고,
그 백두산 근처에 가서 그 시를 지은 게 있는데,

남아이십미평국(男兒二十未平國)이면 백두산석(白頭山石)은 마도진(磨刀盡)이요.

두만강수(豆滿江水)는 음마모(飮馬無)라.

남아이십미평국(男兒二十未平國)이면, 남아(男兒) 이십(二十)에 나라를 평안허게 못하면, 그것이 어찌 대장부랴.

그런 글을 지은 게 있지요.

근데 그 간신(姦臣)이 그걸 남아이십미평국(男兒二十未平國)을 남아이십미득국(男兒二十未得國)이라, 그렇게 고쳤대는 거지. 고쳐 가지고 나중에 상소를 허니까 그러니까 남아이십미득국(男兒二十未得國)이 나라를 뺏는대는 얘기가 되는 거지. 그래서 인제 나중에 인제 나라에서 인제 역적으로 몰아 가지고 처벌을 허는 거지.

(보조 제보자 신용실 씨가 조사자들에게 음료수를 대접함.)

(조사자 : 그래 가지고 역적으로 몰린 거예요?)

그 처벌 허는데 그 누가 아무것도, 아무도 해명 해주는 사람이 읎어.(없어.)

근데 그분이 인제 전쟁에 나가서 공을 세울 때, 그 그의 상관이 있었거든. 그의 상관이 있어 가지고 아주 높은 베슬을(벼슬을) 허고 있는 분인데, 이 남이장군이 역적으로 몰렸는데 데도 그걸 해명을 해주질 못했어.

근데 그것을 내가 이름을 잊어비렸어.(잊어버렸어.)

그니깐 자꾸 고문을 허면서,

"너 혼자 역적질을 했을 리 없지 않았냐. 누구와 했느냐."

그러니깐 그 자기가 같이 있던 상관의 이름을 대줬어. 그래 둘이 역적으로 몰려 가지고 처형을 당하기 위해서, 인제 수레를 타고 가는데,

그 사람이

"인마."

남이 남이장군더러 말허기를,

"너는 어차피 죽게 됐지만, 됐으니까 헐 수 없는데 왜 내 이름꺼지 끌

어넣어 가지고 나가(내가) 나꺼지 죽게 허느냐."

그러니까 그 남이장군이 허는 말이

"이놈아, 니가 그런 위치에 있으면서 내가 무지허대는 걸 알고 있지 않느냐. 근데 그것도 해명을 해주질 못해. 그래 너는 나쁜놈이야. 같이 죽어야 된다."

그래 둘이 같이 가 죽었단 말이야.

(조사자 : 저 이런 사적들, 이런 얘기들, 굉장히 재밌는 얘기들인 거 같은대요.)

그 뭐 인물들 사적을 잘 아시네요. 그런 전 전설들을요.

삼충단(三忠壇)

자료코드 : 02_01_FOT_20090202_SDH_SYB_0013
조사장소 : 가평군 가평읍 하색1리 346번지(제보자의 자택)
조사일시 : 2009.2.2
조 사 자 : 신동흔, 노영근, 이홍우, 한유진, 구미진
제 보 자 : 신영범(愼英範), 남, 93세
청　　중 : 1인(신용실 : 신영범 씨의 막내 아들)
구연상황 : 앞의 이야기가 끝나자 이어서 구연했다.
줄 거 리 : 조병세(趙秉世)는 한국 말년에 영의정까지 벼슬을 했다. 조병세는 을사조약을 폐기를 위해 고종황제에게 여러 번 간했으나 이루어지지 않자 음독 자결을 했다. 조병세 외에도 최익현(崔益鉉), 민영환(閔泳煥) 등이 항일 운동을 했는데, 뜻이 이루어지지 않자 자결을 했다. 이들을 기리기 위해 선비들이 운악산 현등사(懸燈寺) 올라가는 입구에 삼충단(三忠壇)을 세웠다. 삼충단에서 1년에 한번 씩 제(祭)를 지냈는데 일본인의 방화로 끊어졌다가, 해방 후에 복원이 되었다.

가평 설악면에는, 어 아휴 이름을 잊어비렸네(잊어버렸네) 조…….

(보조 제보자 : 조병센가1) 그렇죠?)

이름이 조정암(趙靜庵)인데 조, 조…….

제가 거기 의,

(보조 제보자 : [제보자에게 글씨를 써 보이며] 저 이 병(秉)자 세(世)자 아니에요? 이거?)

아유, 조병세는 한국 말년에 그 영의정꺼지 한 분인데 가평역에 산유리(山柳理) 가서 은거해 가지고 있다가 그 을사조약(乙巳條約)이 돼 가지고 나라가 망허니까, 서울 가서 인제 그 학자들을 모아 가지고 그 고종황제 헌테 가서 자꾸 인제 을사조약을 폐기허라고 여러 번 간했었는데,

자꾸 일본놈에게 방해로다 그게 안 되니까, 음독 자결을 했는지를, 음독 자결을 했는지 했구.

그리고 인제 또, 최익현(崔益鉉)이라 해요, 면암(勉庵) 최익현(崔益鉉), 최익현(崔益鉉)이예요.

예, 그분 허고 또 민영환(閔泳煥)이라고 이제 그 애국자가 있죠, 민영환(閔泳煥).

그분들이 모두 인제 나라를 위해서 자결헌 분들인데, 그분들이 여기 운악산에 거기 현등사(懸燈寺)라는 절이 있거든요. 그래 거기가 산수가 아름답고 좋으니까, 거길 가끔 그 이씨 말년에 거길 왔대요, 찾아와서.

그래 거기 오믄 이제 거기 사는 선비들을, 들과 같이 인제 대화도 허고, 참 나라를 위해서 모두 걱정을 허구 그랬었는데, 그분들이 세분이나 이렇게 순교를 허니까, 거기 거기 선비들이 인제 돈을 모아 가지고 삼충단(三忠壇)이라고, 석삼(三)자, 충성충(忠)자, 삼충단(三忠壇)이라고.

그 단을 세워놓고 일 년에 한 번씩 그분들의 제사를 지냈대는 거지.

그래서 인제 일본놈들이 방화를 해서 그거이(그것이) 인제 끊어졌었는데. 해방 후에 그 유림들이, 나도 거기 한 몫 했는데, 같이 이렇게 자금을

---

1) '조병세(趙秉世)인가'의 의미임.

모아 가지고, 삼충단을 복원을 헌거지요.

그래 삼충단이, 그 현등사 올라가는 입구에 그 삼충단이 있어요.

조정암(趙靜庵)[2] 아 그, 설악면에 모신 분은 조정암인데,

그 나라를 위해서 인제 일을 허다가 역적으로 몰려서 돌아갔는데 거기다 갖다가 그 서원(書院)을 세웠어요, 서원을.

그 미원서원(迷源書院)이라고 거다 서원을 세웠는데 그 한국 말년에 그 서원 폐기되고, 지금 인제 그 에, 현 아휴 무슨 단, 현 현 현충단인가, 아니 아니.

거기다 단을 놔 가지고 일 년에 한 번씩 제사 지내는 데가 있죠.

의병 최익현(崔益鉉)의 순교

자료코드 : 02_01_FOT_20090202_SDH_SYB_0014
조사장소 : 가평군 가평읍 하색1리 346번지(제보자의 자택)
조사일시 : 2009.2.2
조 사 자 : 신동흔, 노영근, 이홍우, 한유진, 구미진
제 보 자 : 신영범(愼英範), 남, 93세
청   중 : 1인(신용실 : 신영범 씨의 막내 아들)
구연상황 : 조사자가 최익현(崔益鉉)의 행적을 이야기해달라고 청하자 제보자는 바로 구연했다.
줄 거 리 : 최익현(崔益鉉)은 을사조약을 폐기가 이루어지지 않자, 어떤 지방에 가서 의병을 일으켰다. 의병을 일으켜 싸우다가 일본 헌병에게 체포가 되어 대마도에 유치되었다. 유치장에서 일본 사람의 음식은 먹을 수 없다고 단식을 하다가 죽었다.

그때 한국 말년에 그 무슨 무슨 무슨 대신꺼지 한 분인데.

음, 자꾸 인제 을사조약(乙巳條約) 파기허라고 허다가, 그게 이루어지지

---

2) 정암(靜庵)은 조광조(趙光祖)의 호이다.

않으니까, 저기 전라도 순창 가서 아니 순창이 아니고, 아니 뭐인가, 거기 가서 의병을 일으킨 거지. 의병을 일으켜서 싸우다가 에흠[기침] 뭐 일본 놈헌테 당헐 수가 있나. 그래서 인제 체포가 된 거죠.

체포가 되서 저 대마도(對馬島)에다 갖다가 유치(留置)를 했단 말예요.

그런데 거기 이름을 잊어비렸는데(잊어버렸는데) 세 사람을 한 방에다가 이렇게 유치를 해놓는 데였는데,

이분이

"일본놈이 주는 일본음식을 내가 어떻게 먹을 수가 있느냐."고 그러니까, 그냥 굶어. 단식을 헌 거예요.

그래서 인제 거기 갇혀 있는 사람들도 단식을 허니까,

"아, 자네네들은 나이가 젊었으니까 이 담에 다시 나라를 위해서 일을 헐 수 있으니까, 단식을 허든 안 된다."

그러고 혼자 단식을 허다가 그래서 돌아간 것이여.

그분이 최익현(崔益鉉), 유명헌 분이예요.

정일곤을 살려준 신숙(申肅)

자료코드 : 02_01_FOT_20090202_SDH_SYB_0015
조사장소 : 가평군 가평읍 하색1리 346번지(제보자의 자택)
조사일시 : 2009.2.2
조 사 자 : 신동흔, 노영근, 이홍우, 한유진, 구미진
제 보 자 : 신영범(愼英範), 남, 93세
청   중 : 1인(신용실 : 신영범 씨의 막내 아들)
구연상황 : 조사자가 병자호란 때 들어본 이야기를 해달라고 청하자 제보자는 병자호란 때의 이야기는 모른다고 답하고, 자발적으로 신숙 이야기를 구연했다.
줄 거 리 : 신숙(申肅)은 독립운동을 하다가 중국에 망명을 해서 만주에서 오래 투쟁을 했다. 해방 후에 사람들의 초대로 한인회장을 했다. 사람들이 일제 말년에 만주에서 헌병을 한 정일곤을 죽이려고 하자 설득을 하여 그를 죽음에서 구해

주었다.

그거 한국 말년에는 그 신 신숙(申肅)이래는 분이 있는데, 신숙이래는 분이. 독립운동을 허다가 망명을 해 가지고 만주 가서 아주 오래 투쟁을 허다가, 그분은 인제 해방 때꺼지 살아 있어서 인제 우리나라가 해방이 되니까, 만주에서도 해방이 되니까,

그분 만주 사람들이 젊은 사람들이 모여 가지고, 그 신숙씨를 한인회장을 했어요. 한인단체, 한인회장 했는데.

그때 인제 정이, 국 국무총리도 허구 그 참무총장(참모총장) 허고 그런 정일곤이가 있잖아요, 정일곤이.

정일곤이는 그 일제 말년에 만주에 가서 헌병을 했거든, 헌병.

그래서 인제 해방이 되니까 신숙씨를 갖다가 한인회장으로 모셔 가지고, 그 젊은 사람들이 거 저기 저기 정일곤이가 있는데 아니 이놈이 헌병을 했는데, 우리 잡으러 댕기던(다니던) 놈들이 놈이 아니냐고,

"이놈을 붙잡아다 죽여버립시다." 그랬어요.

그니까 그 신숙씨가 에

"그렇게 해서는 안 된다. 참 여러 해 동안에, 나라를 뺏겨 가지고 있는 동안에, 밥을 먹기 위해서 젊은 사람들이 순경을 허는 녀석도 있고 면서기 허는 놈도 있고, 또 헌병허는 놈들도 인제 있고 그런데. 그걸 지금에 와서 우리나라가 해방이 됐는데 그걸 보복을 해서는 안 된다. 그걸 다 같이 마음을 돌려 가지고 그 새 나라를 건설하는데 협력허도록 그렇게 해야 된다."

그래 가지고 정일곤이를 이 젊은 사람들이 죽여 버릴까봐서, 그 보고 해 가지고 데리고 나왔어요.

그니까 인제 그 그렇게 에 외국에 나가서 그렇게 고생을 허고 투쟁을 하는, 그렇게 인제 민족을 위해서 관대했다 그거죠.

도깨비를 잘 대접해 부자 된 사람

자료코드 : 02_01_FOT_20090202_SDH_SYB_0016
조사장소 : 가평군 가평읍 하색1리 346번지(제보자의 자택)
조사일시 : 2009.2.2
조 사 자 : 신동흔, 노영근, 이홍우, 한유진, 구미진
제 보 자 : 신영범(愼英範), 남, 93세
청   중 : 1인(신용실 : 신영범 씨의 막내 아들)

구연상황 : 조사자가 도깨비 이야기를 해달라고 청하자 도깨비불 이야기를 먼저 구연했
　　　　　다. 조사자가 다시 도깨비가 조화부리는 이야기를 청하자 제보자는 실제 자신
　　　　　이 어렸을 때 도깨비의 도움으로 부자된 사람이 있었다며 그 이야기를 구연
　　　　　했다.
줄 거 리 : 옛날에 부자가 있었는데 도깨비가 좋아하는 개고기를 잘 대접해 도깨비와 친
　　　　　해졌다. 도깨비와 친해지자 도깨비가 돈을 자꾸 갖다줘서 부자가 되었다. 나
　　　　　중에는 재산이 줄어서 망했다.

　나 어려서는 도깨비불이라고 가끔 있었는데, 나도 도깨비불이라고 그런
얘기를 본 일은 있어요.

　근데 뭐, 허허.[웃음]

　깜빡깜빡 허다가 읎어지고,(없어지고,) 그게 도깨비불이고 그러거든.

　(보조 조사자 : 도깨비한 그니까 이렇게 뭐 홀리면, 저번에 한번 들었는
데 솥뚜껑이 이렇게 솥 안에 들어가 있기도 하고, 도깨비가 조화부리고
뭐 그런 그 그런 일들이 있나 봐요.)

　그런 류의 도깨비가.

　(보조 조사자 : 장난치고.)

　(보조 조사자 : 조화를.)

　(조사자 : 조화부리고 장난치고.)

　(보조 조사자 : 그런 것들도 있을까요?)

　옛날에 아주 부자가 있었는데, 지금은 다 망했지만. 그 도깨비들이 도
깨비를 친해 가지고 도깨비들이 자꾸 돈을 갖다 줘서 부자가 됐다고, 그

런 얘기는 있었어요.

(조사자 : 그 얘기 좀 자세히 좀 해주세요.)

자세힌지('자세히 인지'를 줄여서 말한 것임.) 뭔지 그런 얘기는 있었어요.

(보조 조사자 : 어떻게 해서 친해졌대요?)

어떻게 해서 도깨비하고, 도깨비하고 어떻게 해서.

(청중 : 어떻게 친해졌냐고요.)

(보조 조사자 : 도깨비랑.)

도깨비가 개고 개고기를 좋아헌대.

(보조 조사자 : 개고기요.)

개고기를 좋아한대, 도깨비가. 그래서 개를 잡아 가지고 그 도깨비를 오믄(오면) 잘 대접을 허고. 그래서 도깨비들이 돈을 자꾸 갖다 줘서. 하이간(하여튼) 나 어려서꺼지 부자로 살았으니까, 부자로.

근데 그 후에 인제 이렇게 재산이 줄어서 망해졌지.('망했지'의 의미임.)

굶어죽은 거지 시체를 보고 시를 지은 김삿갓

자료코드 : 02_01_FOT_20090202_SDH_SYB_0017
조사장소 : 가평군 가평읍 하색1리 346번지(제보자의 자택)
조사일시 : 2009.2.2
조 사 자 : 신동흔, 노영근, 이홍우, 한유진, 구미진
제 보 자 : 신영범(愼英範), 남, 93세
청   중 : 1인(신용실 : 신영범 씨의 막내 아들)
구연상황 : 조사자가 제보자에게 사랑방에서 들었던 이야기를 청하자, 제보자는 사랑방에서 의병, 김삿갓 이야기를 많이 들었다고 답하였다. 그러자 조사자가 김삿갓 시에 대한 이야기를 청하자 제보자가 자세히 구연했다.
줄 거 리 : 김삿갓이 길을 가다가 들에 죽어 있는 거지 시체를 보고 즉석에서 한시를 지었다. 시의 내용은 이러하다. 너의 성도 모르고 너의 이름도 모르니(不知汝姓

不知名), 어느 청산에서 네가 나왔느냐(何處靑山以子生). 짧은 지팡이는 몸에 지닌 마지막 물건이고(三尺短笻身後物), 몇 되가 되는지 남은 곡식은 걸식을 할 때 남았던 것이다(數升殘米乞詩糧). 파리 떼들이 아침에 모여서 썩은 살을 뜯어먹고(蠅侵腐肉暄朝日), 까마귀 떼들이 석양에 외로운 혼을 불러 조상을 하고 있다(鳥喚孤魂弔夕陽). 그 앞마을에 사는 사람들에게 말을 전하노니(奇語前村諸子輩), 한 삼태기씩 흙을 갖다가 덮어줘라(携來一簣掩風霜). 김삿갓 시를 듣고 앞마을 사람들이 장사를 잘 지내줬다.

김삿갓 시야, 그 김삿갓 시 중에 그 저 그지,(거지,) 그지(거지) 시체를 보고서 지은 시가 있어요, 김삿갓이.

그 인제 나 어려서 어른들이 모여서 얘길 허는데, 그걸 얘기 허는 걸 들었는데.

그래서 인제 이 김삿갓이 지나가다가 보니까, 거지가 들녘에 죽 죽어 자빠졌단 말이야. 그니깐 인제 그걸 보고 그 즉석에서 시를 지었는데.

에, 부지여성부지명(不知汝姓不知名)허니, 너의 성도 모르고 너의 이름도 모르니,

하처청산이자생(何處靑山以子生)이냐. 어느 청산에서 니가(네가) 나왔느냐, 그래 그래서.

삼척단공(三尺短笻)은 신후물(身後物)이요.

그 시체 옆에 쬐끄만(조그만) 지팽이가(지팡이가) 하나 있어. 그래 삼척단공(三尺短笻)은 신후물(身後物)이요.

삼척단공(三尺短笻)은 그 신후물(身後物)이 돼버리고, 수승 수승잔미(數升殘米)는 걸시량(乞詩糧)이라. 몇(몇) 되나 되는지 그 잠뱅이(잔방이)[3]에 남은 것은 걸식을 헐 때 남았던 것이다.

그래서 인제 승침부육훤조일(蠅侵腐肉暄朝日)허고, 그 파리 떼들이 아침에 모여서 그 살을 살을 뜯어먹으러 ○○○○○,

---

3) 잠뱅이는 잔방이의 남양주 방언인데, 가랑이가 무릎까지 내려오도록 짧게 만든 홑바지를 이른다.

오환고혼조석양(烏喚孤魂弔夕陽)이라. 그 가마귀(까마귀) 떼들이 석양에 혼을 불러서 조상(弔喪)을 허고 있다, 그거여.

그래서 기어전촌제자배(奇語前村諸子輩)허노니. 그 앞마을에 사는 사람들에 말을 전하노니.

휴래일궤엄풍상(携來一簣掩風霜)허라. 그 한 삼태기씩 흙을 갖다가 좀 덮어줘라. 하하.[웃음]

그래 그런 시를 지은 게 있어요. 근데 그게 인제 한시 규역에, 조금도 틀림없이 한시는 인제 둘째 연과 셋째 연에 이렇게 대(對)가 돼있는데 아주 대가 묘허게 됐다 그거지, 그래요.

그 인제, 부지여성부지명(不知汝姓不知名)허니, 너의 성도 모르고 너의 이름도 모르니,

하처청산이자생(何處靑山以子生)이냐. 어느 청산에서 니가(네가) 나온 거냐.

그래서 인제, 삼척단공(三尺短筇)은 신후물(身後物)이요. 그 쪼그만 지팽이(지팡이)는 신후물(身後物)이 되버리고, 그 인제 수승잔미(數升殘米)는 걸시량(乞詩糧)이라. 몇(몇) 되가 남았는지 남은 건 그 빌어먹을 때 남았던 음식이라.

그 승침부육훤조일(蠅侵腐肉暄朝日)허고, 그 파리떼는 그 파리떼가 인제 덤벼서 뜯으러 들거 아녜요.

그 오환고혼조석양(烏喚孤魂弔夕陽)이라. 단지 까마귀 떼가 모여 가지고서 그 혼을 부른다고, 외로운 혼을 불러 가지고 조상(弔喪)을 허고 있다.

그래서 기어전촌제자배(奇語前村諸子輩)허노니, 그 앞마을에 사람들에게 전하노니,

휴래일궤엄풍상(携來一簣掩風霜)허라. 그 한 삼태기 흙을 갖다가 좀 엄상(嚴霜)이나 덮어줘라. 풍상(風霜)이나 덮어줘라.

그래서 인제 그 시를 보고 그 앞마을 사람들이 모여 가지고 장사를 잘

지내줬대는 거지, 어허허허.[웃음]

(조사자 : 어유, 기억력이 정말 대단하시네요.)

그 시를 다 이렇게.

개성 사람에게 내쫓기자 시를 지어 대접받은 김삿갓

자료코드 : 02_01_FOT_20090202_SDH_SYB_0018

조사장소 : 가평군 가평읍 하색1리 346번지(제보자의 자택)

조사일시 : 2009.2.2

조 사 자 : 신동흔, 노영근, 이홍우, 한유진, 구미진

제 보 자 : 신영범(愼英範), 남, 93세

청   중 : 1인(신용실 : 신영범 씨의 막내 아들)

구연상황 : 앞의 이야기와 같은 상황에서 이어서 구연했다.

줄 거 리 : 김삿갓이 개성(開城)에서 날이 저물어 어떤 집에 하룻밤 묵어가기를 청하였으
나 집 주인에게 거절당했다. 그러자 김삿갓이 시를 지어 주인의 마음을 돌렸
는데, 시의 내용은 이러하다. 읍명이 개성인데 어찌 문을 닫느냐(邑名開城何閉
門). 산 이름이 송악산인데 어찌 땔나무가 없느냐(山名松嶽豈無薪). 황혼에 객
을 쫓는 것은 인사가 아니라(黃昏逐客非人事). 예의동방의 나라에서 자네만 홀
로 진나라 풍습을 가졌구나(禮義東方子獨秦).

김삿갓씨가 이제 한번은 개성(開城)을 가서 날이 저물어서, 어떤 집에
가서 좀 재워달라고 그러니까, 그 주인이 이렇게 나오더니,

"아, 이거 땔나무도 읍고.(없고.)"

옛날엔 땔나무 떼던 시대니까.

"거 식량도 어렵고 그래서 재워줄 수가 없다."고 문을 닫는다 말이야.

그러니까 거기서 즉석에서 얘기허기를,

그, 읍명(邑名)이 개성(開城)인데 하폐문(何閉門)이냐.

읍명(邑名)이 개성(開城)이믄(개성이면) 문을 열댄('연다는'의 의미임.)
말이거든.

읍명(邑名)이 개성(開城)인데 하폐문(何閉門)이냐. 읍명(邑名)이 개성(開城)인데 어째 문을 닫느냐 그거야.

산명(山名)이 송악(松嶽)인데 기무신(豈無薪)이냐. 산 이름이 송악산(松岳山)이 있는데 어찌 뗄나무가 없느냐.

황혼축객(黃昏逐客)이 비인사(非人事)라. 황혼(黃昏)에 객(客)을, 나그네를 쫓는 것은 인사(人事)가 아니라.

황혼축객(黃昏逐客)이 비인사(非人事)라.

예의동방(禮義東方)에 자독진(子獨秦)이라. 우리 예의동방(禮義東方) 나라에서 자네가 혼저(혼자) 진나라(秦國) 풍습을 가졌구나.

여서('여기서'의 의미임.) 한시를 읊으니까, 그 주인이 아마 글을 잘허던 모양이지. 아, 그래서 미안하다고 그래서 데려다가 잘 재 재워 보냈대는 거지.

그 옛날에 인제 그 사랑방에 모이믄 이제 그런 얘기들 허고 그러죠.

(조사자 : 재밌습니다.)

시도 굉장히 좋으네요. 어, 묘허지.

읍명(邑名)이 개성(開城)인데 하폐문(何閉門)이냐.

산명(山名)이 송악(松嶽)인데 기무신(豈無薪)이냐.

황혼축객(黃昏逐客)이 비인사(非人事)라.

황혼(黃昏)에 객(客)을 쫓는 건 인사(人事)가 아니라.

예의동방(禮義東方)에 자독진(子獨秦)이라.

우리나라 예의동방(禮義東方)에 자네가 홀로 진나라(秦國) 풍습을 가졌구나.

허허허.[웃음]

돌 속에 있는 물건을 알아맞힌 최치원(崔致遠)

자료코드 : 02_01_FOT_20090202_SDH_SYB_0019
조사장소 : 가평군 가평읍 하색1리 346번지(제보자의 자택)
조사일시 : 2009.2.2
조 사 자 : 신동흔, 노영근, 이홍우, 한유진, 구미진
제 보 자 : 신영범(愼英範), 남, 93세
청   중 : 1인(신용실 : 신영범 씨의 막내 아들)
구연상황 : 조사자가 최치원에 대한 이야기를 청하자 제보자는 잘 못 알아듣고 의병 이
        야기를 구연하기 시작했다. 그러자 중간에 신용실 씨가 신라시대의 최치원이
        라고 다시 이야기해주자, 그제서야 제보자는 최치원에 대한 이야기를 자세히
        구연했다.
줄 거 리 : 중국에서 돌에 쌓인 어떤 물건을 신라에 보내 그 물건이 무엇인지 맞히라고
        하였다. 그런데 아무도 맞힐 수 있는 재주를 가진 사람이 없자 영의정은 근심
        으로 병이 났다. 이 영의정에게 딸이 하나 있었는데, 최치원(崔致遠)과 서로
        좋아하는 사이였다. 영의정의 딸은 아버지의 고민을 최치원에게 말하자, 최치
        원은 자신이 그 물건을 맞히겠다고 영의정을 찾아갔다. 영의정을 찾아가서 그
        물건을 맞히면 그 딸과 결혼시켜달라는 약조를 하고, 그 물건이 달걀이라는
        것을 맞혔는데 이를 시로 표현했다.

   최치원(崔致遠) 그 당나, 옛날에 중국 당나라에 건너가서 거기서 공불
('공부를'의 의미임.) 잘 해 가지고, 베슬(벼슬)도 허고 그랬다는 얘기가
있는데, 그 최씨가 이제 경주최씬데, 경주최씨(慶州崔氏) 두 명이 나 만나
로 오니까 한번 얘기헌 게 있어요.

   그 어려서 중국에서 뭘 하나 보내 가지고 이걸 '맞추라'('맞혀라') 그니
까 인제 여그는(여기는, 신라를 의미함.) 소국(小國)이고 당 당나라에는 대
국(大國)이니까. 그걸 맞혀야만 알아주지 맞추지(맞히지) 못허면 망신이
된단 말예요.

   그때 둥그런 돌에다가 뭘 넣건데('넣은건데'의 의미임.) 이걸 알아맞혀
라.

   아 근데 그때 영의정이 있던 분이 인제 모르지, 그건 모르는데.

그걸 사람을 유명한 사람을 모아 가지고, 이걸 아는 사람이 있으믄은 (있으면은) 이걸 맞혀라 하니까 사람이 읍어.(없어.) 뭐 아는 재간이 있나. 그 돌 싸고 있는 건 어떻게 아는 재간이 있나. 그래 아는 사람이 읍어.(없어.)

그래서 이분이 고민이 돼 가지고, 끙끙 이제 여러 날 되니깐 앓고 있는 거야. 근데 최치원이 그 집에 가서 인제 마침 심부름꾼으로 있었어, 심부름꾼으로, 심부름꾼 했는데. 그 집에 또 처녀가 하나 있는데, 아 처녀가 아주 글도 잘허고 참 인물도 좋고 그런데, 그 처녀가 인제 최치원 가지고 얘길 해보니까 아, 아 글을 잘허고 세상 이치를 모르는 게 읍어(없어). 그니까 서로 의사가 통헌 거지. 통했는데 그 주인이 그 머슴살이하는 사람한테 딸을 줄 수가 있느냐 그거야.

그 안 되는 거지, 어림도 없는 얘기지.

그래서 인제 고민허고 있는데. 그 아버지가 그렇게 끙끙 앓고 있으니까,

딸이 가서 "아버님, 무슨 사연이 있으신지 좀 얘기를 해주십시오." 그러니까,

"그건 니가(네가) 알 일이 아니다. 너는 뭐 알 일이 아니다."

"아, 그렇지만은 그 아버님 자꾸 병환이 있으시고 그런데, 저헌테 얘기를 해주시는 게 좋지 않습니까."

그러니까 그 얘기를 했단 말이야.

"중국에서 이 돌에다가 뭘 넣어 가지고 왔는데, 요걸 알아맞추라는데 (알아맞히라는데) 세상 아는 사람이 없질 않느냐. 그래서 이게 속이 상해서 병이 났다."

그니까 이제 그 처녀가 최치원이한테다 얘기를 했거든. 그니깐 인제 최치원이가 들어가서

"지가(제가) 그걸 알아맞추겠습니다.(알아맞히겠습니다.)" 그거야.

아, 그니깐 아 을마나(얼마나) 반가워, 허허.[웃음]

"아 그럼 니가(네가) 정말 알아맞출(알아맞힐) 수가 있느냐."

"지가(제가) 알아맞추겠는데(알아맞히겠는데) 단지 알아맞추면(알아맞히면) 조건이 있습니다." 그거여.

"그 조건이 뭐냐." 하니까,

"당신의 따님은 결혼해 주시오."('당신의 따님과 결혼하게 해주십시오.'의 의미임.) 허허.[웃음]

그서('그래서'의 의미임.) 불려들여 가지고서 인제 그걸 알아맞추는데(알아맞히라는데) 그걸 시로다 썼어요, 시로다 썼는데.

에 단단 단단석중물(團團石中物)은, 둥글고 둥근 돌 속의 물건은,

단단석중물(團團石中物)은 에, 반백반황(半白半黃) 반황금(半黃金)이라.

반은 희고 반은 노랗더라 그거여.

그래서 인제, 에 반은 반은 반백반황금(半白半黃金)이라.

단단석중물(團團石中物)은 반백반황금(半白半黃金)이라.

어, 야반시지음(夜半時知音)이나, 야반(夜半)이 되면은, 그 닭이 새벽에 울잖아요.

야반시지음(夜半時知音)이나 야반(夜半)에 울 수 있는 물건인데, 에, 함정미토음(含情未吐音)이라.

정은 품었는데 아직 소리는 내지 못하더라.

에, 함정미토음(含情未吐音)이라.

에, 단단석중물(團團石中物)은 반백반황금(半白半黃金)이라.

야반시지음(夜半時知音)이나 에 함정미토음(含情未吐音)이라.

아직 소리는 내지 못하더라.

그렇게 글을 써줬어요. 그 영락없이 맞췄거든. 허허허.[웃음] 열어보니깐 달걀이야, 달걀, 달걀. 그래서 유명해졌다는 거지. 하하하.[웃음]

(조사자 : 재밌습니다.)

그니까 저기 경주최씨가 자기 그 조상을 데려다 그렇게 자랑을 허더라고.

(조사자 : 한없이 하시겠는데요.)

[일동 웃음]

(보조 조사자 : 보따리 푸시니까 막.)

(조사자 : 일단 그 시를 막 가지고 한다는 게 멋있구요.)

재밌습니다. 기냥(그냥) 달걀이요 허는 것보다 이렇게 시로다 하니까 멋있죠.

죽은 소를 가려내 범인 잡은 양주목사

자료코드 : 02_01_FOT_20090202_SDH_SYB_0020
조사장소 : 가평군 가평읍 하색1리 346번지(제보자의 자택)
조사일시 : 2009.2.2
조 사 자 : 신동흔, 노영근, 이홍우, 한유진, 구미진
제 보 자 : 신영범(愼英範), 남, 93세
청   중 : 1인(신용실 : 신영범 씨의 막내 아들)
구연상황 : 조사자가 사랑방 이야기를 더 해달라고 청하자 처음에는 모르겠다고 하다가,
           거듭 청하자 바로 양주목사 이야기를 자세하게 구연했다.
줄 거 리 : 명성황후가 궁주의 호위병에게 습격당할 것을 어떤 사람이 도와줬다. 후에 명
           성황후는 자신의 목숨을 구해준 사람을 불러들여 그 사람의 소원대로 양주목
           사를 시켜줬다. 양주목사가 된 사람은 양평군수의 생일잔치에 초대를 받아 가
           게 되었는데, 한 양평 사람이 소를 도둑맞았다고 양주목사가 범인을 잡아주기
           를 부탁했다. 그런데 이 사람은 소의 가죽을 보면 자신의 소를 구별할 수 있
           다고 하였다. 양주목사는 생일잔치 날에 상에 있는 고기가 죽은 소를 잡은 것
           이라고 트집을 잡아서, 그것을 확인하기 위해 소의 가죽을 모아달라고 양평군
           수에게 부탁했다. 그렇게 모은 소의 가죽을 소를 도둑맞은 사람에게 가려내게
           하여 범인을 잡아주었다.

한국 말년에 명성황후(明成皇后)라고 그래 가지고서 참 그 유명한 황후

라고 지금은 얘길 허지만은.

그때 그 궁중의 그 호위병의 부대가 있는데, 그 그걸 봉급을 제대로 주질 못허고 그래서 반란이 일어났어요. 반란이 일어났는데, 아이 그니깐 민씨(閔氏)거든, 민씨니까. 민황후를 습격을 해서 버릇을 가르쳐놔야야 안되겠다. 그 인제 군대들이 그렇게 몇 사람이 주장을 해 가지고 궁중을 쳐들어간 거지. 쳐들어갔는데, 그때 궁중에 호위병 중에 한 사람이, 어어 [기침] 아 이름을 내, 이름을 아 이름을 내 잊어비렸다(잊어버렸다), 있었는데.

그 병장들이 여러 사람들이 쳐들어가는 것을 그 쳐들어가니까, 민중전(閔中殿)이 보통 그 의복을 입고 그 나인들이 여럿인데 나인들 틈에 껴있단 말이야. 그니깐 그래 어느 사람이 민중전인지 알아야지, 습격을 해가('해서'의 의미임.) 들어갔는데.

한 사람이 이렇게 들여다보더니, 아 조기(저기) 조(저) 사람이 민중전이라고 그러는 거야.

그런데 거기 인제 민중전이, 어 양주목산데 아이 양주목사 내가 이름을 잊어비렸다.(잊어버렸다.)

들어오는 걸 그 민중전 앞에서 철퇴를 가지고 있다가서 들어오는 놈을 들이치고 들이치고 그러니깐 고만 못 들어오고 주춤허고 있는 거야.

그니깐 그런 틈에 그냥 민중전을 들쳐 업고서 뒤로 돌아와서 담장을 뛰어넘어 가지고, 그 어디 아이, 무슨 거가서 인제 어떤 집에 들어가 가지고,

입은 걸 메칠(며칠) 동안 잘만 모시면 당신은 출세허니까 그렇게 해달라고 했단 말이야. 그니까 집에선 이제 잘 모시고 모시고 있는데.

그니까 궁내에 군정이 진정이 돼 가지고, 에 도로 인제 환궁을 했지 인제, 민중전이 도로 환궁을 했으니깐,

그래 가지고 자기를 살려준 살려준 사람을 불러줘 가지고 그,

"내가 자넬 자네 때문에 살아났는데 자네의 소원이 뭐냐." 그러니까,

"아 그 뭐 나는 글도 못 배우고 무식헌 놈인데 양주목사(楊洲牧使)나 하나 시켜주시오."

그래서 양주목사가 됐다는 거여.

근데 이 사람이 기운이 천하장사고, 그 그 그렇긴 그런데.

그래 목사 중에는 양주목사가 제일이야. 왜그러냐면 양주목사는 병권(兵權)을 가지고 아주 아주 차지하고 있는 거야. 그래서 거기 근 근위병(近衛兵)이니까 그 도시를 지키는 군목(軍牧)이니까. 그래서 양주목사가 목사 중에서도 제일이에요. 그 양주목사를 시켜줬어.

그런데 인제 어, 한번은 에 양평 양평군수가 생일이 돼 가지고, 그 부근의 군수들을 초청을 해 가지고 인제 잔치를 열게 됐는데, 어.

아니 내가 양주목사 이름을 잊어버렸네(잊어버렸네). 정 뭐신가. 그 이 사람이 생일 전날 생일에 참석을 허기 위해서 거가서('거기 가서'의 의미임.) 인제 자게 되었어.

자게 되었는데, 저녁에 어떤 사람이 와서 찾는 거야.

그래 "왜 그러냐." 그러니까,

"아이, 내일이 양주군수[양평군수라고 해야 할 것을 잘못 말한 것임.]의 에, 양평군수의 생일날인데 지가(제가) 농소를 하나 메고 있는데 농소를 도둑을 맞았습니다." 그거야.

"그걸 좀 찾아주십시오." 그러니까,

"아 느⁴⁾ 고을에서 일어난 걸 느(네) 고을 군수헌테다 얘길허지 왜 나한테 얘길 허냐." 그러니까,

이 사람 허는 말이 "아이고, 양주목사님이 하도 유명허시다고 그래서 제가 양주목사님에게 이렇게 소청을 합니다." 그러니까,

---

4) '느'는 '너'의 강원도 방언임.

"그래? 그럼 그 소를 잡았으면 가죽이 있을 텐데, 에 느(네) 소에 가죽을 보면 느(네) 소래는(소라는) 것을 알 수가 있느냐." 그러니까,

"아, 알 수 있습니다. 아, 목 목 쪽에 이렇게 흰 점이 있고 그러니깐 그저 가죽만 보면 알 수가 있습니다."

"그래? 그럼 나가 있어라."

그래 인제 그 이튿날 아침에 잔치가 열렸는데 이제 참 기생들이 와서 인제 술을 따라주고 허는데, 아 흥이 겨워서 인제 노래도 부르고 하는데, 아 벨안간(별안간) 그 양주목사가 "에이, 튀튀튀튀." 허고 뿌린단 말야.

(보조 조사자 : 뭘?)

저 안주를 뱉어버려.

아 그니깐 그 양평군수가 아 어쩐 일이냐고 그러니까,

"에헤, 이게 고기가 이게 산 고기를 잡은 게 아니고, 산 소를 잡은 게 아니고, 이게 죽은 소를 잡은 걸 이거 여기다 바쳤소." 그래.

"아 그 죽은 소를 산 소인지 어떻게 알 수가 있습니까."

"그 아는 재간이 있지요."

"그 어 어떻게 허믄 알 수가 있습니까."

"아 그 소를 여러 여러 분이 잡았는데, 그 가죽을 전부 모아보라고 해서 가죽을 보믄 알 수가 있습니다."

그래 가죽을 구해왔지.

그래서 인제 그 소 잃어버린 사람이 대기를 혔으니까,(했으니까,)

"그 여기서 느(네) 소의 가죽을 찾아내라."

그 찾아내 "이게 제 소의 가죽입니다." 그니깐, 그니깐 그 잡아 바친 놈을 불러다가,

"인마, 어 사또의 생신에 아 산 소를 잡아 올려야지, 왜 도둑질을 허다가 왜 도둑, 소를 도둑질을 해다가 잡아 올리느냐. 소 값 물어줘라."

그래서 인제 그 해결해 줬대는 거지.

[일동 웃음]

(조사자 : 어 정말 이걸 이렇게 다 기억하시는 건 정말 놀라우시네요. 앞 뒤 조리가 딱딱 맞고 그러시는데.)

사또 생일 잔치에 간 이몽룡

자료코드 : 02_01_FOT_20090202_SDH_SYB_0021
조사장소 : 가평군 가평읍 하색1리 346번지(제보자의 자택)
조사일시 : 2009.2.2
조 사 자 : 신동흔, 노영근, 이홍우, 한유진, 구미진
제 보 자 : 신영범(愼英範), 남, 93세
청   중 : 1인(신용실 : 신영범 씨의 막내 아들)
구연상황 : 제보자가 사랑방에서 소설을 봤다는 얘기를 듣고, 조사자는 제보자가 사랑방에서 읽었다고 한 소설 중 유충렬전 이야기를 구연해달라고 요청했다. 그러나 제보자는 춘향전에 좋은 문구가 있어 춘향전이 제일 좋다며, 이몽룡이 변사또 생일잔치에 가서 암행어사 출두하기까지의 내용을 구연했다.
줄 거 리 : 이몽룡이 암행어사가 되어서 남원에 내려갔는데 출두하기 전에 그 고을 사또가 벌린 잔치에 참석했다. 이몽룡은 행색이 초라하여 잔치에서 사람들에게 소홀하게 대접받아 행패를 부렸다. 그러자 사람들은 이몽룡을 처벌하라고 하였다. 그러나 그 중 한 선비가 이몽룡이 시를 잘 지으면 살려주고 그렇지 않으면 처벌하자고 하자, 사람들은 모두 동의하였다. 이도령은 시를 짓고 바로 암행어사 출두를 하였다.

춘향전에 그 새로 부임이 된 목사가 에 잔치를 열었는데,

나중에 이도령이 인제 서울 가서 베슬(벼슬)을 해 가지고, 에 암행어사가 됐거든.

거기 들어갔는데 그래.

그런데 그 신관 사또가 잔치허는 자리에 가 가지고,

"난 지나가는 젊은 나그넨데 나도 술 한잔 먹을 수 있느냐."고 그러니

까, 아 첨에('처음에'의 의미임.) 안된다고 그러다가 한 사람이,

"아, 그 선비가 뭐 무식허진 않을 듯 허니 그 좀 술 한잔 대접을 허라."고

그니까 인제 이 옆에 귀퉁이에다가 앉으라고 그래 가지고 거기다 갖다 가 인제 술을 대접을 허는데, 아 이왕이면 기생들이 여럿인데 권주가(勸酒歌)를 좀 해주지 왜 안 해주냐니까, 그 인제 기생이 와서 술을 따라주고 인제 권주(勸酒)까지 해주고 그러는데, 아 이 사람이 술을 갖다가 그 손님 있는 데다가 확 뿌리고 행패를 부렸어.

그러니깐 "아 저 낭적을 처벌을 해야 되지 않느냐." 그러니까,

거기 또 지혜 있는 사람 한 사람이,

"아 그럴 것 없이, 에 보아하니 선빈데 그래도 글을 좀 꽤 많이 알을 듯 허니, 시를 한 수 지라 그래 가지구('지으라고 해 가지고'의 의미임.) 그 시를 지면은('지으면은'의 의미임.) 용서를 해주고 시를 못 지면은 처벌을 허자." 그래.

에, 그 인제 "그럼 시를 짓겠다."

그래 "문자를 불러라."고 그러니까,

그 첨에 기름고자(膏)를 불렀지, 기름고자(膏).

그래서 거기서 즉석에 시를 썼는데 금준미주(金樽美酒)는 천인혈(天人血)이요.

에, 그 금 금준미주(金樽美酒), 금으로 맨든 술항아리와 그 아름다운 안주는 금준(金樽), 아름다운 술은, 천인혈(天人血)이요.

천인(天人)의 피로 된 것이요.

옥 옥반가효(玉盤佳肴)는 만성고(萬姓膏)라.

옥반의 그 아름다운 에 그니깐 안주, 옥반가효(玉盤佳肴), 안주는 만성고(萬姓膏)라.

만백성의 기름이 되어 떨어졌다.

옥반가효(玉盤佳肴)는 만성고(萬姓膏)라.

촉루낙시(燭漏落時)에 민루낙(民淚落)이요.

촛불이 떨어지는 덕에 백성의 눈물이 떨어지고 어, 가성고처(歌聲高處)에 원성고(怨聲高)라.

노래 소리 높은 데 원망의 소리가 높더라.

그렇게 글을 지었지. 허허.[웃음]

아 그래 한 늙은이가 뜩 이렇게 이걸 읽어보더니만, 이게 보통 사람의 시는 아니란 말이야.

그래, 금준미주(金樽美酒)는 천인혈(天人血)이요.

옥반가효(玉盤佳肴)는 만성고(萬姓膏)라.

촉루낙시(燭漏落時)에 민루낙(民淚落)이요.

가성고처(歌聲高處)에 원성고(怨聲高)라.

아, 이건 이게 암행어사의 것이다.

그래 가지고 이걸 글을 이렇게 읽어보고는 읽고는,

"아, 난 좀 볼 일이 있으니 먼저 좀 가봐야 되겠다."고 나가고, 그니깐 아 조금 있다가,

"암행어사 출두요." 허고 문 잠그고, 아 모두 곤봉을 들고 들어와서 막 두들겨 패는 거야.

그렇게 했지요.

글이 아주 묘허대는 거죠. 그리고 인제 그, 그래서 인제 그런 것 때문에 인제 또 그렇고.

춘향의 꿈 해몽

자료코드 : 02_01_FOT_20090202_SDH_SYB_0022
조사장소 : 가평군 가평읍 하색1리 346번지(제보자의 자택)
조사일시 : 2009.2.2

조 사 자 : 신동흔, 노영근, 이홍우, 한유진, 구미진
제 보 자 : 신영범(愼英範), 남, 93세
청   중 : 1인(신용실 : 신영범 씨의 막내 아들)
구연상황 : 앞의 이야기와 같은 상황에서 이어서 구연했다.
줄 거 리 : 춘향이 죽기 전에 꽃이 떨어지고 거울이 떨어져 깨지는 꿈을 꾸었다. 춘향의
          어머니가 점을 잘 보는 장님을 데려다가 꿈해몽을 부탁했다. 그러자 장님은
          꽃이 떨어지면 열매를 맺게 되고, 개울이 깨지면 소리가 나는 것이니 길몽이
          라 하였다.

그 춘향열녀.

또 정의를 위해서 인제 싸우는 거, 그러니까 그 춘향전을 그렇게 좋아
허는 거죠.

그것도 있고 그 시가 또 하나 있는데, 춘향이가 옥중에 들어가 가지고
인제 메칠(며칠) 있다가 죽게 됐는데, 어떤 저 지 어머니가 점을 잘허는
장님을 데려다가 데리고 갔어, 데리고 가서.

우리 춘향이가 꿈을 꿨는데, 꿈을 어떻게 꿨느냐 하면, 꽃이 꽃나무에
서 꽃이 떨어지고, 또 거울이 뚝 떨어져서 깨지고, 그런 꿈을 꿨단 말이
야. 그러니깐 그 얘기를 허니까 해몽을 좀 해달라고 그니깐 그 장님 영
감이,

"아, 참 좋다, 아. 화낙(花落)허니 능성실(能成實)이요. 꽃이 떨어지면은
능히 열매를 맺게 되는 것이요. 에, 어, 화낙(花落)허니 능성실(能成實)이
요. 경파(鏡破)허니 기무성(其無聲)가. 거울이 깨지니 소리가 없겠느냐. 화
낙(花落)허니 능성실(能成實)이요. 경파(鏡破)허니 기무성(其無聲)가."

그렇게 해석을 해줬단 말이야, 헤헤.[웃음]

그거 참 용치, 그거. 그게 인제 얼른 생각헐 때 그 죽을 수(數, 운수의
의미임.) 아녜요? 거울이 깨지고 꽃이 떨어지고 그러니까.

그걸 갖다가 그렇게, 화낙(花落)허니 능성실(能成實)이요. 경파(鏡破)허니
기무성(其無聲)가.

아 참 좋다.

(자택에 전화가 걸려옴.)

그런 거 때문에 모두 춘향전을 좋아허는 거죠.

골탕 먹은 어사 박문수(朴文秀)

자료코드 : 02_01_FOT_20090202_SDH_SYB_0023
조사장소 : 가평군 가평읍 하색1리 346번지(제보자의 자택)
조사일시 : 2009.2.2
조 사 자 : 신동흔, 노영근, 이홍우, 한유진, 구미진
제 보 자 : 신영범(愼英範), 남, 93세
청   중 : 1인(신용실 : 신영범 씨의 막내 아들)
구연상황 : 조사자가 박문수 이야기를 청하자 다 잊어버렸다고 하면서 바로 구연했다.
줄 거 리 : 어사 박문수(朴文秀)는 동래부사가 정사를 잘하지 못한다는 이야기를 듣고 동
래부사를 혼내주기 위해 찾아갔으나 트집 잡을 게 없었다. 그 날 술자리가 벌
어졌는데, 동래부사는 그 마을에서 가장 유명한 기생을 데려다가 박문수를 대
접하게 했다. 그리고 나서 동래부사는 박문수에게 잠자리 시중도 들게 한다고
귀띔을 하고, 밤이 되어 여자를 숙소로 보냈다. 부끄러워서 불을 꺼야 들어온
다는 여자의 말에 따라 불을 끄고 여자를 맞이했다. 그 여자와 즐겁게 하루
밤을 보냈는데 아침에 일어나 보니 추녀(醜女)였다. 박문수는 화가 나서 시를
써놓고 바로 떠났다.

동래부사로 있는 사람이 그 놀기만 좋아허고 행정은 소홀히 헌다고, 그
래 소문이 났어요. 그래서 이놈을 가서 혼을 내줄라고 박문수(朴文秀) 찾
아갔는데, 아주 이 사람이 창고에 있는 물건허고 장부를 맨들어놨는데,
장부허고 꼭 맞춰서 죄 해놨어.

가서 뭘 이렇게 들추려니까 서류를 들추려니까, 뭐 트집 잡을 게 아무
것도 없단 말이야.

아 그러고 트집 잡을 거 아무것도 없으니까 헐 수 있나.

그래 저녁에 인제 술좌석이 벌어졌는데, 거기서 아주 그 동래부사가 아주 거기서 제일 유명한 기생을 갖다가, 일부러 그 박문수 옆에다가 앉혀 가지고 술을 대접을 했거든. 그 인제 거진 거진 (거의 거의) 끝이 날 때, 동래부사가 박문수 귀에다 대고 허는 말이,

"아, 괜찮죠?"

그니까 고갤 끄덕끄덕 허는 거여.

"가서 저기 여관에 가서 쉬시믄 들여보내겠습니다." 그래.

아 그래 인제 저녁이 되어서 여관을 안내해서 여관에 들어가서 인제 쉬는데, 아 이 조그만 여자아이가 들어오더니,

"아휴, 부끄러워서 색시가 들어올 수가 읍다고(없다고) 그럽니다. 그니까 불을 잠시 끄시면은 불 끈 동안에 들어온다고 그러니까 그렇게 해주십시오."

그러니깐, "그래 그러냐고."

그래 불을 껐지.

불을 껐으니까 어떤 색시가 참 들어와 가지고서 인제 이불 속에를 같이 들어갔는데, 아 몸을 이렇게 어루만져보니까 아 참 좋거든, 아주 기분이 좋아. 기분이 좋고 인제 그래 잘 잤는데.

아이 아침에 이 여자가 똑똑해서 밝기 전에 나왔어야 되는데, 아 곯아떨어져 잠이 들어 가지고 자느라고, 아 환히 밝았는데, 아 여자를 보니까 아주 그냥 뭐 입이 삐뚤어지고 코도 삐뚤어지고 껌은(검은) 장정이지, ㅇ ㅇㅇ 있고, 아주 못생겼어, 아주 추물이야. 이게 인제 그 고을의 관노(官奴)의 딸인데, 그래 인물이 못생겨서 시집을 못가고 있는 여자야.

아 그러니깐 박문수가 참 화가 나서, 일어나 가지고 조반(朝飯)도 안 먹고 다른 데로 갔대는 거야, 부해(부아)가 나서.

아휴, 내 그런 얘기는 들었어요.

걸어가는데 그 가는 데 보니까 방에다가 글씨를 하나 써 붙인 게 있어.

글씨를 써 붙인 게 있는데, 거 뭐라고 써 붙여 놨냐.

요보이하(腰部以下)는 막비미인(莫非美人)니라.

요보이하(腰部以下)는 막비미인(莫非美人)이야.

그 아랫도리는 다 미인이지, 미인은.

그렇게 써 붙이고 갔던 거야. 하하.[웃음]

박문수도 그렇게 인제 골탕을 먹을 때가 있어요.

[일동 웃음]

(조사자 : 박문수가 뭐 글 남긴, 시나 글 남긴 건 없나요?)

하하하.[웃음]

그 사람 얘기가 아주 많아요. 박문수전이라고 그 책이 하나 있는데, 내가 책도 봤는데 다 잊어비려서(잊어버려서).

어사 박문수(朴文秀)의 한시(漢詩) 낙조(落照)

자료코드 : 02_01_FOT_20090202_SDH_SYB_0024

조사장소 : 가평군 가평읍 하색1리 346번지(제보자의 자택)

조사일시 : 2009.2.2

조 사 자 : 신동흔, 노영근, 이홍우, 한유진, 구미진

제 보 자 : 신영범(愼英範), 남, 93세

청   중 : 1인(신용실 : 신영범 씨의 막내 아들)

구연상황 : 앞의 이야기가 끝나자 먼저 조사자가 박문수가 시나 글 남긴 게 없느냐고 질문하자, 제보자는 박문수 이야기가 아주 많다고 하였다. 그러자 조사자가 박문수가 과거시험 볼 때 귀신이 시 구절을 알려줘서 쓴 시에 대해 묻자, 제보자는 그 시가 박문수 시인지 아닌지 확실하지 않다고 하면서 한시 낙조(落照)에 대해 구연했다.

줄 거 리 : 한시 낙조(落照)가 있는데, 보통 어사 박문수(朴文秀)가 지었다고 하는데 확실하지는 않다. 낙조(落照)는 해가 떨어진다는 의미이다. 시의 내용은 해가 떨어지는 풍경과 해가 떨어지니 속세로 돌아가는 나그네, 절을 찾아가는 중이 서둘러 돌아오는 모습 등에 대해 묘사하고 있다.

그 인제 낙조(落照)래는 한시가 있거든요, 낙조(落照). 낙조(落照)는 뭐냐 하면 해가 떨어지는 거지, 서산에 떨어지는 거.

그 인제 그 시가 뭐냐하면 낙조토홍괘벽산(落照吐紅掛壁山)이라.

낙조(落照)가 붉은 색을 띠고서 말예요.

붉은 색을 띠고 그 벽산(壁山)에 푸른 산에 걸쳐있더라.

낙조토홍괘벽산(落照吐紅掛壁山)이라.

한아도척, 한아도척(閑鵝도尺)에 백운간(白雲間)5)이라.

그 한 한 한가한 따오기가 어 백운간(白雲間), 그 구름 사이를 이렇게 날아가더라.

한아도척백운간(閑鵝도尺白雲間)이라.

그래 문진행객은 문진행객(問津行客)은 편응급(鞭應急)이요.

그 문진(問津)이래는 게 뭐냐허믄, 옛날에 에 공자님이 그 사방을 유랑헐 때에 그 무슨 진인 한 나루를 물어본 게 있대요. 그래서 그 문진(問津)이래는 공자님의 제자야. 그래 문진행객(問津行客)은 편응급(鞭應急)이요, 그 문진행객. 공자님의 제자는, 나그네는 편응급(鞭應急)이요. 우리도 그 빨리 가야되니까 말을, 그 채찍이 당연히 급해졌고, 어 문진행객(問津行客)은 편응급(鞭應急)이요.

심사귀승(尋寺歸僧)은 장불한(杖不閑)이라.

그 절을 찾아서 돌아가는 중은 그 지팽이가(지팡이가) 한가하지 못하더라, 빨리 가야되니까.

그 문진행객(問津行客)은 편응급(鞭應急)이요.

심사귀승(尋寺歸僧)은 장불한(杖不閑)이라, 그런 식으로.

그래서 방 방목원중(放牧園中)에 우영대(牛影帶)6)요.

---

5) 원래는 '한아척진백운간(寒鴉尺盡白雲間)'이다. 구연자가 구술한 '도' 자에 적당한 한자를 못 찾아 그대로 둔다.
6) 원문은 '우대영(牛帶影)'이다.

그 방목(放牧)허는 어허 소를 방목허는 그 어 동산에는, 해가 이렇게 거진(거의) 넘어가게 됐으니까 소 그림자가 크게 비췄다고 그래요.

그래 방목원중(放牧園中)은 우영대(牛影帶)요.

어 또 망부대상(望夫臺上)에 첩 첩저환(妾低鬟)이라.

망부대상(望夫臺上)은 옛날에 그 남편이 나가서 돌아오질 않으니까, 남편의 생각을 허고서 자꾸 올라가서 달을 보고 기도를 헌 게 그게 망부대(望夫臺)예요, 망부대.

망부대상(望夫臺上)에 첩저환(妾低鬟)이라.

망부대상(望夫臺上)에 저기 조금 늘어졌더라.

망부대상(望夫臺上)에 첩저환(妾低鬟).

에, 그 뭐야, 창연고목계남미(蒼然古木溪南湄)[7]에 그 옛날 나무가 창연허게 있는 그런 계남미(溪南湄)에,

단발초동(短髮草童)이 농적환(弄笛還)이라.

그 단발허는 그 나뭇꾼 아이가, 그 피리를 불면서 돌아오더라.

그게 그게 아, 단발초동(短髮草童)이 단발초동(短髮草童)이 농적환(弄笛還)이라.

그래 그런 시가 그게 박문수가 그니깐 합격할 때에 그 시를 썼다 그런 얘기를 허는 사람이 있었는데, 그게 그 근거가 확실허질.

그래 낙조토홍괘벽산(落照吐紅掛壁山).

한아도척백운간(閑鵝도尺白雲間).

문진행객(間津行客)은 편응급(鞭應急).

심사귀승(尋寺歸僧)은 장불한(杖不閑).

그 인제 나그네 길이니까, 빨리 인제 속세로 돌아가자니까 그 말채찍이 인제 급해졌다 그거지.

---

7) 원문은 '창연고목계남로(蒼烟古木溪南路)'이다.

심사귀승(尋寺歸僧)은 장불한(杖不閑)이라.

절을 찾아서 돌아가는 중은 지팽이가(지팡이가) 한가하지 못했다.

그거 참 희한한 거지요.

(조사자 : 그 시를 짓고 인제 과거에 급제한 건가요?)

허허허.[웃음] 자꾸 잊어버려서 인제 뭐 안돼요.

(조사자 : 잊어버리셨다고 하시는데, 그 시 구절을 다 이렇게 기억하시는 걸 보면 정말 저희가 막 감탄하고 있습니다. 그 그 한시를 다 이렇게 긴 것을 다 기억을 하시고, 갑자기 지금 생각을 하신 건데 다 이렇게 구절구절 다 설명해 주시고.)

안반지 (2)

자료코드 : 02_01_FOT_20090225_SDH_SYB_0001

조사장소 : 경기도 가평군 가평읍 하색1리 346번지(제보자의 자택)

조사일시 : 2009.2.25

조 사 자 : 신동흔, 노영근, 이홍우, 한유진, 구미진

제 보 자 : 신영범, 남, 93세

청   중 : 1인

구연상황 : 구연 시, 지난번과 마찬가지로 귀가 어두우신 제보자와 조사자간의 의사소통을 위해 막내아드님(신용실, 남, 50세)이 제보자 곁에서 원활한 구연을 할 수 있도록 글씨를 써서 도와주셨다. 특히 가평 안반지에 관한 전설에 대해서는 제보자가 먼저 이야기를 꺼내도록 질문을 하셨다,

줄거리 : 예전에 가평 안반지의 골짜기에는 엄청난 부자였던 한 장자가 살았다. 하루는 어떤 중이 시주를 청하자, 인심 사나운 장자는 쇠똥만 퍼주었다. 중은 그것을 받지 않고 그 집을 나왔는데, 뒤따라온 장자의 며느리가 몰래 쌀을 퍼다 시주를 하였다. 그러자 중은 며느리에게 무조건 집을 나와 도망갈 것을 일러준다. 중의 말을 믿고 며느리가 몸을 피하자 별안간 물이 차 장자의 집은 다 떠내려가고 며느리만 살아남게 된다. 장자의 집에는 떡을 치는 안반이 하나 있었는데, 그것만 가라앉아 그 곳의 이름이 안반지가 되었다.

안반지(현 경기도 가평군 가평읍 달전리)는, 지금에도 안반지 건너편에 그 골짜구니(골짜기)가 있는데, 거기 거. 거기 그 이름이 장자골이에요. 옛날에 거기, 그, 장자가 살았다고 해서. 장자는 부자보다도 엄청나게 더 많은 재산을 가진 사람이 장자에요.

근데 그 이제, 전설에 그렇게 돼있어요. 어떤 중이 그 이제, 장자에 집에 가서

"좀 동냥을 달라"고 그러니까

그 주인이 그, 저 쇠똥 치는 그 쇠스랑으로다가 쇠똥댕이를 하나 이렇게 찍어서, 주면서 "쌀이 없으니까 이거나 가져가라"고 그랬데는 거예요.

(조사자 : 하하, 예.)

그런데 이제 그 중이 그래서 그걸 받지 않고 그냥 지나갔는데, 그 집에 그 젊은 며느리가, 그걸 보구서 이제 딱해서, 몰래 쌀을 몇 되 퍼 가져가서 지나가는 중을 붙잡고 주었다는 거죠. 그러니까 그 중이 하는 말이

"집에 있지 말고, 금방 뒷산에 가서 있으라."구 그랬데요.

그래서 그 중의 말을 믿구 뒷산에 이제 높이 가서 있는데, 아 별안간 우박이 쏟아지면서 물이 늘어 가지구 그 장자의 집이 ○○○ 나 가지구 이제 다 떠나갔데는 거죠.

근데 그 장자의 집이, 옛날에 구리 안반이 있었다는 거예요. 구리안반. 안반이란게 이 그 떡치는 게 안반이거든. 그래서 그. 그때 장자의 집이 떠나갈 때, 구리안반이 있는데, 구리안반이 그. 강 위쪽으로 가라앉았다는 거지. 그래서 거기가 이 안반지라고 이름을.

(조사자 : 아..그때 그 며느리는 어떻게 됐나요?)

네?

[말귀를 잘 못 알아들으심.]

(조사자 : 며느리는요?)

며년?

(조사자 : 며느리.)

(청중 : 며느리요. 며느리. [칠판에 적으면서] 그 집 며느리가 어떻게 됐
냐구요?)

글쎄 그 집 며느리가 그거, 저.. 그래서 그 집 며느리 하나만 살구 다
몽창(몽땅) 죽어뻐렸('죽어버렸다고'의 의미가 생략됨).

(조사자 : 네.)

조광조

자료코드 : 02_01_FOT_20090225_SDH_SYB_0002
조사장소 : 경기도 가평군 가평읍 하색1리 346번지(제보자의 자택)
조사일시 : 2009.2.25
조 사 자 : 신동흔, 노영근, 이홍우, 한유진, 구미진
제 보 자 : 신영범, 남, 93세
청   중 : 1인
구연상황 : 가평관련 역사인물들과 관련된 일화가 없는지 묻자, 여러 사람을 들면서 간단
한 사항을 말씀하시던 중 조광조에 관한 전설을 구연하셨다.
줄 거 리 : 조선 중종 때의 젊은 선비 조광조는 대개혁을 시도했던 적극적이고 유능한
인물이었다. 그러자 그를 못마땅하게 여긴 반대 세력은 그를 처단하고자 계략
을 꾸민다. 그리하여 대궐 안 넓은 잎사귀에 꿀로 조광조의 이름을 발라두고
벌레가 그것을 먹도록 하였다. 결국 잎사귀에 '조광조'라는 이름대로 글씨가
새겨지게 되자, 그것을 빌미로 왕에게 나쁜 징조라며 조광조를 모함해 마침내
그를 처단하게 하였다. 그 뒤 가평군 설악면 사람들은 그를 위시하는 서원을
지었는데 지금은 터만 남아 있고, 대신 사당을 만들어 일 년에 한 번씩 제사
를 지내게 되었다.

그리고 또 저기 설악면이라는덴. 거긴, 이조 중종 시대에 조광조라는
유명한 선비가 있었거든요. 한데 조광조가, 젊은 사람이 아주 대개혁을
할려구, 그 썩은 세력을 전부다 도려낼라구, 하나씩 하나씩 그냥 처단하
니까. 그 세력이 그냥 가만있으니까, 자기네가 죄다 몰락을 당했거든? 그

러니까. 그거를 에, ○○를 꾸며 가지구서, 그. '어떻게 하면 조광조를 망 가뜨릴까.' 그걸 여러 가지로 연구를 한 끝에, 그, 그 전설에 그렇게 되어 있죠.

대궐 안에 커다란 이파리가 피는 나무가 있는데, 거기다가 조나라 조 (趙)자. 조나라 조(趙)자 이름을 꿀로다가 이렇게 써 났데는 거예요. 그러 니까 벌러지(벌레)가 꿀이 맛있으니까 그걸 파먹었거든. 그러니까 조나라 조자가 새겨진 거죠. 그러니까 이걸 가지고, 임금한테 가 가지고,

"이 상처(나뭇잎에 벌레가 파먹은 자리를 의미함.)로, 이 조광조가 나라 를 뺏을 장본인입니다. 이걸 처단해야 됩니다."

그래서 그 파를 다 처단했어요. 그래서 인제, 그 사람이 살았으면은 대 개혁이 돼 가지구, 이씨 조선이 발전을 할텐데. 도로, 도로아미타불이래 요. 옛날 구세력이 도로 정권을 잡아 가지구, 그랬데는 거죠.

그래 그 사람은, 설악면에 조광조를 위시한, 거기도 서원을 세워 가지 구. 설악면 사람들이. 있었는데 그것도 저, 광복 말년에 철폐가 되고. 그 게 이제 미원서원(迷源書院)[8]이거든, 거기 지명이, 서지명이 미원이라는 데가 있어요. 미원서원을 지어놨었는데, 그게 철폐가 되고. 지금은 거기다 가 경현단(景賢壇)이라구 만들어 놓구. 거기 일 년에 한 번씩, 거기 사람 들이 모여서 제사를 지내요.

이항복과 이어송

자료코드 : 02_01_FOT_20090225_SDH_SYB_0003
조사장소 : 경기도 가평군 가평읍 하색1리 346번지(제보자의 자택)
조사일시 : 2009.2.25
조 사 자 : 신동흔, 노영근, 이홍우, 한유진, 구미진

---

8) 현 경기 가평군 설악면선촌리 장석마을에 있는 이 서원의 터만 있음.

제 보 자 : 신영범, 남, 93세

청　　중 : 1인

구연상황 : 이항복 선생에 대한 일화를 묻자, 오성과 한음에 관련 된 책을 본 경험이 있
었다는 말씀을 하시며 이항복과 이덕형의 인적에 대해 말씀해주셨다. 이러한
과정에서 기억나신 이야기를 말씀해주셨다.

줄 거 리 : 임진왜란이 발발하자, 이항복은 도움을 요청하기 위해 중국에 갔다. 압록강을
건너면서 이어송이 아무 말 없이 손을 내밀자, 이항복은 미리 준비했던 지도
를 내밀었다. 그러자 이어송은 이항복의 준비성과 치밀함에 크게 감탄하며,
도와줄 것을 약속한다.

이항복에 대한 이야기는, 내가 그전에 노인들한테 들었는데, 그, 임진왜
란이 생겨 가지구서 조선 임금이 ○○까지 문진을 가고, 그래서 중국에다
가 구원병을 청해서, 아, 뭐야 그, 아유……송? [기억이 잘 안 나신다는
표정으로]

(조사자 : 이어송이요?)

그래, 인제 그 이어송이가 십만을 거느리고, 이제 한국을 구원하기 위
해서 이제 건너오는데, 그 이항복이가 압록강을 건너가서 거기서 맞아 가
지구 같이 들어왔다는 거예요.

같이 한 배를 타고, 건너오는데, 그 이어송이가 아무 말도 없이 이렇게,
손을 내미는 거야. 뭘 달라구. 그러니까 그, 이항복이가 주머니에서 조선
지도를 꺼내서 이렇게 줬데는거죠.

그러니까, 작전 계획을 세우자면은, 지도가 있어야 된다는 거지. 그게
제일 중요한 거라. 그래서 미리 그걸 준비를 했던 거지 그러니까.

지도를 꺼내서 주고 그러니까, 무릎을 치면서 이어송이가 [무릎을 두드
리며]

"과연, 한국에 이런 명인이 있는데, 이 일본 놈한테 이렇게 쪼들리고
이러는 게 말이 되느냐."고, 그래서

"적극 도와주겠다."고, 그렇게 된 거지.

(조사자 : 예.)

[일동 웃음]

사명당

자료코드 : 02_01_FOT_20090225_SDH_SYB_0004
조사장소 : 경기도 가평군 가평읍 하색1리 346번지(제보자의 자택)
조사일시 : 2009.2.25
조 사 자 : 신동흔, 노영근, 이홍우, 한유진, 구미진
제 보 자 : 신영범, 남, 93세
청   중 : 1인
구연상황 : 사명당에 대해 묻자, 잠시 생각하시더니 그 스승 서산대사를 거론하시며 기억
        나신 이야기를 꺼내셨다.
줄 거 리 : 임진왜란 때, 사명당의 활약은 매우 대단하여 소문이 자자했다. 이를 알게 된
        일본인들은 사명당을 시험하기 위해 사명당이 지나가는 길목에 병풍을 세워
        두고 글귀를 보았는지 물었다. 그러자 말을 타고 지나왔던 사명당은 바람이
        불어 접혀있었던 부분을 빼고는 모두 외웠다. 일본인들은 사명당의 뛰어남에
        더욱 놀라게 되었다.

(청중 : 이, 사명당이? [글로 쓰면서])

사명당? 사명당은 여그(여기)와 별 관련이 없어요.

(조사자 : 혹시 이 분에 관한 얘기가?)

(청중 : 이야기는 있잖아요? 이야기.)

헤헤에.

(청중 : 이 분과 관련된, 이야기.)

사명당의, 사명당의 스승이 서산대산데, 근데 그 참, 임진왜란이 생기니
까 승병을 모아 가지구, 그렇게 싸워서 승리를 했다는 거죠.

그리고 인제 사명당은, 그래 가지고 인제 종전이 돼 가지구, 말하자면
○○를 하나한데, 그, 한국의 대표루다가 사명당이 갔었데는 거죠. 그때

그, 어른들이 얘길 하는데, 그래서 갔는데, 일본 놈들이 사명당이 아주 유명하데니까 시험을 하기 위해서, ○○가서, 가는 도중에, 이 병풍을 이렇게 [잠시 허공에 손짓을 하며] 글씨 쓴 병풍을 이렇게 세워놨었데요.

그래 갖구 말을 타고 가면서 슬슬 그걸 보구 갔는데, 그 일본 놈들이 묻기를

"그, 오시다가 길옆에 병풍을 봤습니까?" 그니까

"보았다."

"거 보았으면, 그 병풍에 글구(글귀)가 뭐였냐."

그러니까, 그, 다 외워, 다 외우는 데 한 구를. 안 외운다 그거야.

"한 구비가 빠졌다."

그러니까

"난 그건 못 봤다."

그래 그걸 가서 보니까 바람에 이게 접혔드래, 거기는. 그래 바람에 접히지 않는 것은 다 봐. 다 외서. 이건 아주 거, 부처님이라고 그래 일본 놈들이 존정(존경)하는 거,

(조사자 : 예.)

아하하하.

광대의 도움으로 시집 간 황희정승 딸

자료코드 : 02_01_FOT_20090225_SDH_SYB_0005
조사장소 : 경기도 가평군 가평읍 하색1리 346번지(제보자의 자택)
조사일시 : 2009.2.25
조 사 자 : 신동흔, 노영근, 이홍우, 한유진, 구미진
제 보 자 : 신영범, 남, 93세
청   중 : 1인
구연상황 : 황희정승에 대해 묻자, 관련된 이야기를 생각해 내시어 곧바로 구연하셨다.

줄 거 리 : 조선조의 유명한 황희정승은 치사(致仕)후 병이 들었는데, 집안 형편이 몹시
        어려워져 딸의 혼인 날짜를 받아두고도 아무것도 준비하지 못하였다. 근심하
        던 아내에게 황희정승은 광대가 도와줄 것이라는 말을 남기고 세상을 떠난다.
        이후 나라의 경조사 때, 임금 앞에서 놀이를 하던 한 광대가 '황희정승 댁 마
        님과 딸은 치마 한 벌을 같이 입는다'는 내용의 공연을 벌인다. 그것을 해괴
        하게 여긴 임금은 그 광대를 불러다 사연을 물으니, 황희정승 댁 형편이 몹시
        어려워 딸의 혼수를 해줄 수 없다는 이야기를 전한다. 임금은 깜짝 놀라며,
        황희정승의 딸의 혼수를 성대하게 장만해준다.

황희정승은 그렇게 이제 뭐, 참. 정치를 잘 허구, 참 검소허구, 생활이
검소허구, 그랬다고 해서 참 유명한 분인데, 그래 뭐. 세종대왕이 정칠 잘
했으면 황희정승이 이렇게 잘 보좌를 잘 해서 세종대왕이 잘 했다 그래.
뭐, 그래서 그런 전설은 있죠. 이제, 황희정승이 이제 노래에 근력이 떨어
져서 이제, 벼슬을 그만두고 집에가 있는데, 이 냥반(양반)이 병세가 점점
악화 돼 가지구 거진 거진 죽게 됐거든.

그런데, 그 부인이. 그런데 황희정승에 딸이 있는데, 딸은 혼인을 정해
놨는데, 이 재산이 아무것도 없으니까, 뭐 혼수를 해줄 길이 없어. 그러니
까 부인이, 어, 황희정승더러 말하기를,

"아유, 대감께서 작고 하시면은 우리 딸을 혼수도 아무것도 장만 할 수
없는데, 그게 딱합니다." 하니까, 아, 뭐, 그거 무슨. 아유, 이름을 잊어먹
었다. 바위새?

"그 바위새라는 놈이 아마 그 해결을 해줄지도 모를 거유."

그랬데요.

그러고 이제 황희정승은 돌아갔는데(돌아가셨는데), 나라에서 무슨 경
사가 있어 가지구, 그, 광대. 그 ○○○○ 광대가 있었는데, 광대를 불러다
가 놀이를 시켰는데, 이 사람이 줄을 타고서 춤을 추고 이제 놀다가, 이
수건을 여기다 찼던 걸, 이렇게 쓱 빼서[한쪽 허리춤에서 빼는 시늉을 하
며] 이쪽에다 차고, 또 이쪽에서 찼다가 이쪽으로 또 빼구, 이게 이제 그,

줄 타는 사람이 재담도 잘 하거든요. 그래 재담을 하기를 [목소리를 바꾸며]

"이것이 무엇 인고 하니, 황희정승 댁 마나님이 이, 치마가 없어서, 그 딸하고 이렇게 번갈아 입는 격이랬다."

이렇게 이쪽 빼서, 이렇게, 이이,

"이 황희정승 마나님이 딸하고, 옷 한 벌을 가지고, 이렇게 갈아입는 얘기렷다."

그래서 아, 그 이제, 그 놀이가 다 끝이 났는데,

임금이

"아, 그 놈이 그 황희정승 댁 마나님이 뭐, 치마를 이렇게 갈아입는다 그러는데, 그 해괴한 놈이, 저기 뭐냐. 거, 그 광대를 불러들여라." 그래서

"너 아까 그 한 말이 무슨 소리냐. 황희정승 댁 마님이 뭐, 치마를 갈아 입는다 그러는데, 그게 무슨 소리냐?"

그러니까,

"그런 게 아니옵고, 황희정승이 돌아가신 뒤, 아무것도 재산이 없어서 그, 혼수를, 딸을, 해줄 수가 없습니다. 그걸 저만 알고 있습니다."

"아! 그럴 수가 있느냐."고, [목소리에 힘을 주며]

"아, 나라에 그렇게 큰 공을 세운 그, 대신의 딸이 혼수를 못해간다는 게 말이 되느냐. 가서 조사를 해오너라."

가서 조사를 하니까, 그 실지야. 그래서 이건 이제 임금의 딸, [목소리에 힘을 주며] 공주의 혼수 하는 것 맞먹게, 해다 주라 그래 가지구서, 아 별안간, 아 그 마님이 그냥 말에다가 그냥, 혼수를 해서 싣고 꾸역꾸역 들어오니까,

"아 이게 웬일이냐!"구, 그러니까

"나라에서 이렇게 보낸 거다."

그렇게 했데는 거예요. 헤헤헤.

(조사자 : 그 일을 (황희정승이) 다 내다보셨네요? 그러니까요.)

그래서 광대가 이렇게 살렸다는 거예요. 그런 얘기가 있어요.

김삿갓의 희작시(戲作詩)

자료코드 : 02_01_FOT_20090225_SDH_SYB_0006
조사장소 : 경기도 가평군 가평읍 하색1리 346번지(제보자의 자택)
조사일시 : 2009.2.25
조 사 자 : 신동흔, 노영근, 이홍우, 한유진, 구미진
제 보 자 : 신영범, 남, 93세
청   중 : 1인
구연상황 : 지난 번 채록에 이어서, 김삿갓이나 박문수와 시에 얽힌 또 다른 이야기에 대해 문자 구연해주었다.
줄 거 리 : 여기저기 떠돌던 김삿갓은 어느 날, 낯선 집에 가서 밥을 구걸하게 된다. 그러나 주인은 쉰밥만 내주었고, 약이 오른 김삿갓은 시 한 수를 읊어 그것을 풍자한다.

이게 그, 희시(戲詩)래는건데, 정식 시가 아니구, 어디 가서 김삿갓이가, 밥을 좀 달라 그러니까, 밥을 먹는데, 밥이 쉬었드래잖아. 쉬었드래. 그래서, 에, 거기서 글을 어떻게 지었느냐 하면,

"이십수하(二十樹下)에, 삼십인(三十人)인데,

사십가중(四十家中)에, 오십반(五十飯)이라."

이십은 스무나무가 있거든, 옛날에 스무나무. 그 스무나무 밑에, 삼십이니까, 서른('설운'이라는 의미임.) 스무나무 밑에 서른 사람인데, 사십 가중에, 오십 반이라. 마흔 집(망한 집)에서, 쉰밥이라.

하하하. 그렇게 글을 썼데는 걸, 이 이제, 어른들이 얘기를 들으니.

이십수하(二十樹下)에 삼십인(三十人)인데,

사십가중(四十家中)에 오십반(五十飯)이라. 하하.

유씨 가문과 용묘

자료코드 : 02_01_FOT_20090225_SDH_SOK_0001
조사장소 : 가평군 가평읍 하색1리(제보자의 자택)
조사일시 : 2009.2.25
조 사 자 : 신동흔, 노영근, 이홍우, 한유진, 구미진
제 보 자 : 신옥균, 여, 82세
청   중 : 1인(제보자의 조카)

구연상황 : 제보자의 조카가 미리 연락을 하고, 함께 가주셔서 소개를 한 뒤 어렵지 않게
         조사를 시작할 수 있었다. 용묘에 대해 묻자 바로 구연해주셨다.

줄 거 리 : 옛날 강원도 땅에 살던 유씨 가문은 이름 있는 양반 집안이자 큰 부잣집이었
         다. 그러던 어느 날, 그 집안의 아버지가 돌아가시면서 남은 삼형제에게 유언
         하기를, 자신이 죽거든 삼베가 아닌 명주로 꼭 시신을 싸서 묻어야하며, 절대
         한꺼번에 과거를 보지 말고 일 년에 한 사람씩만 과거를 보라 하였다. 그러나
         아들들은 아버지를 거친 삼베에 쌀 수 없다하여 명주를 쓰고, 과거 또한 셋이
         한꺼번에 보아 함께 급제하였다.
         한 집안에서 세 명이 한꺼번에 과거에 급제하자, 나라에서는 이를 수상히 여
         겨 조상의 묘를 잘 썼는지 살피라 하였다. 그리하여 사람을 보내 그 아버지의
         묘를 파보니, 아버지가 용이 되려고 했으나 명주가 채 썩지 않아 발가락을 감
         고 있어 완전한 용이 되어 승천하지 못한 채 웅크리고 있었다.
         그러자 나라에서는 그 용을 끌고 마을로 내려와 능지처참을 하였으나, 사람의
         힘으로 죽이는 것이 쉽지 않았다. 그리하여 이번에는 다른 마을로 가서 큰 나
         무에 용을 달아매어 두고 실컷 두들겨 팼으나, 역시 소용없었다. 마지막으로
         넓은 들판으로 데려가 뜨거운 쇳물을 입에 붓자 용은 결국 죽고 말았다. 그
         뒤, 용을 능지처참하려고 했던 곳은 능골, 달아매어놓고 죽이려 했던 곳은 당
         골, 쇳물을 부어 죽인 곳은 쇠맥이라는 이름이 붙게 되었다.
         이후로 유씨 집안은 크게 망하게 되었고, 오랜 시간 동안 묏자리는 그냥 버려
         두었다고 한다. 그러나 관리하는 사람이 나타나고, 하나 둘 소문이 나면서 이
         제는 유씨 집안사람들이 나서서 묘를 잘 가꾸고, 제사를 모신다고 한다.

여기 용문산이라는 데가 있는데요. 그 ○○○ 유씨네라고 있어요. 요
강 건너, 저 짝(쪽)인데 거기가 강원도 땅이에요. 가평 땅이 아니구. 그런
데 인제 그 강원도 유씨네가 잘 살구, 아주 가장 양반이라고 그렇게, 우리

언니가 시집을 이렇게 갔는데. 마루아래도 못 내려가시고, 부자래서 그냥 이 방안에서만 있었답니다. 근데 유씨네가 인제 다 망가졌어요. 무척 많은데.

그래 어떻게 됐나하면은. 유씨 어떤 할아버지가, 노인넨데. 큰 부잣집인데 말씀하시기를

"만약에."

아들, 아드님이 세 분인데,

"내가 죽걸랑은 명주로 싸서 나를 갖다가 묻지 마라."

삼벼(삼베) 시방 삼벼(삼베)로 하지 않습니까? 명주론 절대로 허지 말라고. 근데 이 아들덜이, 그리고

"만약에 내가 죽으면 늬 서이가 한꺼번에 가서 과거를 보지 말구."

[이야기를 잠시 멈추고, 코를 훌쩍이며]

이 코가 미어서(메어서) 아주 메칠(며칠).

(청중 : 아니, 괜찮아요.)

아니 무슨 감기가 이렇게.

(청중 : 괜찮아요. 그냥 뭐.)

"말구, 일 년에 한 사람씩만 가서 과거를 봐라."

그런데 자손들이 아버지가 돌아가시니까, 얼마 있다 돌아가시니까, 이제 우언(유언)을 그렇게 해놓으셨는데, 아버지 말씀을 안 듣고 저 맘대루. 명지(명주)로 다가 ○○

"어떻게 우리 아버지를"

옛날엔 명지(명주)로 다가 했어요.

"어떻게 우리 아버지를 그 거친 삼벼(삼베)로 다가 하느냐."

그래 가지고 명지(명주)로 다가 인제 천수했는데, 그 그리구 전수해서, 이 산(용문산을 가리킴)에다 갖다 참 모셨는데, 그 다음에 인제 아버지 모시구, 돌아가신 다음에 그 아드님들이 과거를 보러갔는데, 아버지 일른대

로(아버지가 이르신 대로) 하지를 않구, 한 사람. 일 년에 한 사람씩만 봐라 했는데, 한꺼번에 세 사람이 다 가서 봐 가지고, 세 사람이 다붙었답니다. 그러니까 말하자면, 정부. 나라에서. 응?

"이게 무슨 조화지. 이럴 수는 없다."고

"이게 ○○○ 부모 산소가 잘 들었나 보다."고

그래 가지고, 여기 와서 파보니까 다 명지(명주)가 다 삭았는데, 요 발꼬락(발가락)에, 엄지 발꼬락(발가락)에. 엎드려서 일어날라고, 엎드렸는데, 용이 돼 가지구 엎드렸는데, 요만큼 이게 안 삭아서 요 엄지 발꼬락(발가락) 싸 가지구, 그것 때문에 못 일어나구 있었답니다. 근데 그 아니 바빠서 그만, 얼마 안 있으면 올라 갈 텐데 못 올라 가구, 엎드렸는데, 패보니까(파보니까) 그러니까.

거기서 인제, 나라에서 인제, 캐 가지고는 용이 돼서, 다 되고 인제 발꼬락(발가락)만 ○○ 떨어지지 않는. 그래 가지고는 거기서 캐 가지고, 요 능골이라고 있어요. 바로 고 옆이 능골이야, 고기가. 능지처참을 해서 아주 얼마든지 때리고, 또 때리고 두들기고 해두, 뭣 뭐 사람으로선 아주 못 하겠으니까, 용을 끌구선, 요렇게 그 용마루로, 요 짝(쪽)으로 오믄(오면) 그 당골이라고 있어요. 당골인데, 거기가 어디냐믄 쬐끄만 고갠데, 이렇게 넘어서 저 하색2리로 넘어가게 돼있어요? 질(길)이. 거기 서낭이라고 있어요. 어디 가던지 질(길) 옆에 크은 소나무나, 무슨 나무나 큰 게 있으믄, 옛날엔 거기서 서낭을 한, 시방 사람들은 모르겠지만, 서낭을 하고 갈 제면, 오고 가고 이렇게 인사를 합니다. ○○ 때 또 몸이 덜 좋으면 밥도 지어서 해다 놓고 빌고.

거기 와서 매달고. 하두(하도) 안 돌아가니까, 거기다 큰 낭구(나무)에다 매달구 두드려도 안 돌아가니까 도로, 이제 당골이 매단 데래서 당골이에요. 매단 데서. 그래서 인제 도로 끌고서 능지처참했다는 데를, 그 장댕이를 저얼루 타구 올라가면, 넓은 들판이 좀 있는데, 거기가 쇠맥이에요. 이름이. 쇠맥인데. 거기 가서 해두 돌아가지 않으니까, 옛날에 그 무쇠라구 있어요. 시방은 철솥이라 그러는데, 무쇠 솥은 아주 깨지지도 않고 그러는데. 그걸 녹혀서(녹여서). 불에다 녹혀서(녹여서) 입을 벌려 가지고, 거기다가 잔뜩 입에다 넣으니까 돌아가셨데는 거예요. 그래서, 그래서 거기는 쇳물을 끓여 부어서 쇠맥이라고 짓고, 그리고 또 여기 산소에서 캐낸 데는. 캐내 가지구 거기서, 능지처참을 한데는 능골이라고 지었어요. 그래 거긴 능골. 그 다음에 여기 쪼끔 더 와서 매달구서 두드려도 안 돌아간 데는 당골. 매달았다고, 매달렸다고. 당골이 거기 들어갔는데, 한자가.

그래서 그뿐이지. 뭐 다른, 더 이상은. 시(세) 군데가 그렇게 이름이 나고, 저 산을 이름을 짓구, 그래서 옛날에 책에도 나왔더라구요. 몇 백 년이 됐는지, 책에도 나왔는데, 시방 그 산이, 거기가 하두(하도) 좋으니까. 유씨네가 또 썼어요. 또 거기다 산소를 쓰구, 시방 잘 해놓구 있는데, 내가 일루 출가를, 일루 핸지가 한 육십 년이 되요. 그래, 보니까는 사람이 뚝 하나 다녀. 가차운(가까운), 그 분 가차운(가까운) 사람 한 분이 또 시제를 차, 차려 가지구 이 동네 신용출이라고 있는데, 그 사람이 먹고살기가 어려우니까는 밭을 ○구요. 한 천 평 될까 그런 밭을, 고 밑에 있더라구요. 그래 그 밭을 해놓구 신용출이가 지사(제사)를 지내더라구요. 지사(제사)를 지내는데, 사람이 둘도 안 오고 한 분만 와. 그러니까는 가차운(가까운), 아주 한 분만 왔던 거야. 그런데 이제 그게 어떻게 소문이 나가지고, 시방은 아주 산소도 잘해놓고, 많이들 오세요. 아주 여러 분이 많이들 오시더라구요. 그래.

잘 차려서 시방은, 가차운 뭐는 없다 해도, 유씨네라 하면 요기 요 곁에 한 집이 어서(어디서) 온 집이가 있는데, 그이네가 같이 거기 가서 지사(제사)지내고 요집에 와서 ○○○ ○○○ 잡숫고 그러시더라구요. 그래 그것뿐이지 뭐, 더가 뭐. 또 있을텐데.

(청중 : 그래요? 그게 인제 딴 사람 묘는 용으로 돼서 나가구, 딴사람을

썼다든지. 뭐,)

　응. 그거는 인제 그 집 집안이지.

　(청중 : 예. 딴 사람이 썼다는 말이 없고.)

　응. 그 딴사람이 남이 아니라, 유씨네가 썼지. 그래서 인제 한동안 몇
십 년은 그냥 내버려 둬서 ○○○이에요. 아주 뭐, 임자 없는 뭐 이름으로
돼있더니, 아주 요즘에는 자알 해놨어요. 유씨네가 몰랐던 게 소문이 나
가지고, 유씨네가 많이들 오셔가시구, 가을이면. 지사(제사)를 차려 가지
구 와서 지내는데, 거기 무척 계시단 분은 그 집 일가들이지. 일가들인데,
그 전엔 어리고 뭐, 몰르고 뭐 어렵고 그러니까는 뭐 오지도 않구 있다가,
소문이 인자 자꾸 차차차차 나구 그러니까 서울서도 오구, 저 강원도 거
기서도 오구 많이들 오시더라구요.

안반지 (3)

자료코드 : 02_01_FOT_20090225_SDH_SOK_0002
조사장소 : 가평군 가평읍 하색1리(제보자의 자택)
조사일시 : 2009.2.25
조 사 자 : 신동흔, 노영근, 이홍우, 한유진, 구미진
제 보 자 : 신옥균, 여, 82세
청　　중 : 1인(제보자의 조카)
구연상황 : 가평 안반지 장자이야기에 대해 아시는지 묻자, 기억하고 계시는 대로 구연해
　　　　　주셨다.
줄 거 리 : 가평 안반지의 골짜기에는 예전에 부잣집들이 몇 채 있었다. 그러던 어느 날,
　　　　　어떤 중이 한 부잣집에 꽹과리를 두드리며 찾아와 시주를 청하자, 인심 사나
　　　　　운 부자는 쇠똥만 퍼주었다. 그러자 중은 별다른 말없이 감사의 인사만 하고
　　　　　그 집을 나왔는데. 별안간 큰 비가 내리더니 집은 순식간에 물이 모두 다 떠
　　　　　내려가 버렸다. 그리고 그 집안의 마음씨 고운 며느리는 그전에 마침 친정에
　　　　　가 있어 결국 혼자 살아남게 된다.
　　　　　한편 부자의 집에는 놋으로 만든 떡 치는 안반이 하나 있었는데, 그것이 그

곳에 묻혀 있다고 하여 이름이 안반지가 되었다.

안반지(현 경기도 가평군 가평읍 달전리)는요. 저두 잠깐 들었는데, 안반지. 저기 나가면 보입니다. 저기가. 골짜구니(골짜기)가? 거기 부자가 몇 집이, 세 집인가, 몇 집이 살았는데. 중이 이렇게 꽹과리, 있지 않습니까? 이만한 거, 그거를 가져가서 인제 꽹과리를 이렇게 치면서.

만약에 이 보살님은 다, 누구든지 주지, 안 주진 않거든요? 난 보살님이 오면 없거나 있거나, 한 됫박씩 다 주거든요? 참, 걸인이라고 댕기면, 그분은 내가 쪼끔씩 이렇게 떠주지만, 보살님은. 어떻게, 절에도 안 다니면서도, 그래도 좋더라구요.

그래서 인제 ○는데, 옛날엔 인제, 거기를 ○○을 바래고 가서, 목탁을 치구, 꽹과릴 두드리고 인제 이랬는데. 그, 거기 그 제일 큰 할아버지가. 그 며느님은 벌써 맘이 좋으니까 어떻게 되서 친정을 가구요. 그 제일 큰 할아버지가, 소 뒤음(두엄('소똥'의 의미임))을 이렇게, 이렇게 치다가, 걸인당 걸인당이라구, 이 ○○ 여기 멧(몇) 가들 이렇게 걷는데, 하날 퍼 가지구, 꽹과리에다 담아 줬데는 거야.

"이거나 받아 가져가쇼."

부자가.

"감사합니다. 감사합니다."

멧(몇) 마디를 하고, 돌아서서 갔는데. 금방 소낙비가 그냥, 화악 그냥. 거기 그이네 집만 그냥 확 씰려서(쓸려서). 무섭죠. 스님은 그 뒷산이 높기 때문에, 이렇게 됐는데. 그 씰믄(쓸면) 그냥 씰려(쓸려) 나가는 거지 뭐. 그래, 그 며느리 한 사람만 살구 다 죽었답니다. 그래서 이 안반지가 시방 두 놋 안반지가 있데요. 근데 찾지를 못해 그렇지. 그 하두(하도) 부자래서, 옛날엔 낭구(나무)에다가 이렇게 떡을 쳤는데, ○○ 놋, 놋으로 안반질 만들었데는 건 첨 들었어요.

그 그냥, 소내기(소나기)가 쏟아져서 내리 씰리니까(쓸리니까), 아주 씰려서(쓸려서) 저기 안반지라구 있지. 거기 와 묻혔다는 거야. 그런데 그거를 찾을래두, 원체 비가 많이 오구, 수십 년 됐으니까 ○○ ○○죠.

용묘(龍墓)의 유래 (2)

자료코드 : 02_01_FOT_20090202_SDH_SYS_0001
조사장소 : 가평군 가평읍 하색1리 346번지(제보자의 자택)
조사일시 : 2009.2.2
조 사 자 : 신동흔, 노영근, 이홍우, 한유진, 구미진
제 보 자 : 신용실, 남, 50세
청   중 : 1인(신영범 : 신용실 씨의 아버지)
구연상황 : 제보자는 '용묘(龍墓)의 유래 (1)' 이야기가 끝나자 곧바로 이어서 구연하였다.
줄 거 리 : 소목이는 용을 죽이기 위해 시체를 녹여서 부은 곳이다. 소목이는 용묘(龍墓)와도 관련이 있다. 용묘는 유몽인이 죽으면서 자신의 묘자리를 그 곳에 써달라고 했다. 그러면서 세 아들들에게 한꺼번에 과거에 응시하지 말라고 유언하였으나, 아들들은 아버지의 유언을 잊고 한꺼번에 응시하여 세 아들 모두 과거 급제를 하게 되었다. 한 가문에서 세 아들이 모두 급제를 하니까 나라에서는 묘를 잘 썼기 때문에 그리 되었을 것이라 생각하고 묘를 파보게 했다. 그랬더니 그 자리에서 용이 나왔다.

용묘(龍墓)는 그 여러 분들이 이야기를 하시는데.

그때 인제 그 소목이, 소맥이(갱골에서 경반리로 넘어가는 막다른 골짜기 지명으로, 소목이는 소의 모가지(項)처럼 우묵하게 들어간 고개라는 뜻과 쇠를 녹여 농기구를 만드는 대장간이 있던 곳이라 쇠를 먹는 골, 소를 사육하던 곳 등의 여러 설이 있음)래는 데가 있고, 그래요. 인제 거기서 인제 그 용을 죽이려고 쇠를 거기서 녹아서 부었대는가 그래요. 그래서 소맥이라고 그렇게 말하는데, 거기 인제 용묘하고 같이 관련이 돼있죠.

(조사자 : 용을 왜 죽이려고 했다고 하던가요?)

그러니까는 어, 그분이 돌아가실 때 돼 가지고 죽은 다음에 거기다가 묘를 쓰는데, 그렇게 써달라고 하고, 아들들한테 그, 과거에를 한꺼번에 응시하지 말라 그렇게 얘기를 했대요. 근데 아들들이 한꺼번에 응시를 하게 돼 가지고, 세 아들이 아들들이 다 인제 급제를 하게 됐다는 거죠.

그니까 급제를 하니까 나라에서 쫌(좀) 이상하게 생각해 가지고. 그, 묘를 잘 썼기 때문에 이렇게 그 훌륭한 아들들이 나왔을 거다고 그래 가지고, 묘를 한번 파보라고 그랬대요. 그랬더니, 그 묘를 파니까 거기서 인제 용이 나왔다.

까마귀가 된 의붓딸

자료코드 : 02_01_FOT_20090131_SDH_YSJ_0001
조사장소 : 경기도 가평군 가평읍 개곡1리 781-11번지 마을회관
조사일시 : 2009.1.31
조 사 자 : 신동흔, 노영근, 이홍우, 한유진, 구미진
제 보 자 : 이순자, 여, 83세
청   중 : 조사자 외 5인
구연상황 : 계모 이야기를 청하자 바로 구연했다.
줄 거 리 : 계모가 의붓딸을 모함하기 위해 딸이 자는데 치마 속에 죽은 쥐를 넣어 놨다. 새빨간 쥐의 시체를 보고 유산을 했다고 모함하고 때려서 내쫓았다. 내쫓은 딸을 죽이라고 자신의 아들에게 시켰는데, 의붓딸은 자신의 오빠에게 돌아가면서 발자국을 보라는 말을 하였다. 오빠는 여동생을 죽여서 버리고 오면서 여동생의 말대로 발자국을 들여다보니 피가 배어 있었다. 계모가 죽은 의붓딸의 옷을 태우자 죽은 딸의 혼이 까마귀에 되어 날아갔다.

옛날에 그렇게 계모 옛날에, 계모 손에서 자랄 적엔 그, 딸 그 모해(謀害) 잡느라고 쥐를 잡아다가 그, 그 딸 자는 삼지 치마 속에다 넣었대잖아.

그래 가지구성 딸이 자니까 딸을 깨우더래잖아. 그래 딸을 깨우니까는

그 딸이 일어나, 벌떡 일어나니깐 새빨건 이렇게, 참 쥐새끼 같은 거 튀어나오니깐 서방질해서 애 가졌다고, 애 가져서 띠었다고(떼었다고) 그렇게 모해를 잡고,

(보조 조사자 : 모함을 했네요.)

그럼, 그 딸을 두들겨 주더래잖아. 두들겨 내쫓더래잖아.

그런 전설이 있었지.

(보조 조사자 : 그래서 내쫓긴 애는 어떻게 됐대요?)

그래 내쫓겨 가지고, 모르지 그건, 어떻게 됐는지 글쎄 내쫓겨 가지구성. 내쫓겨 가지고 어떻게 됐다고 하더라.

다 잊어버렸어.

어, 내쫓겨서 그 오빠가 하나 있는데, 오빠가 실어다 어따('어디다'의 의미임.) 참 내다 버렸대. 죽이라고 그래서, 죽이라고 그래서.

그래 갖다가 내다, 그걸 갖다가 어따 두고 내불고 오는데 그 동상이(동생이) 허는 소리가, 오라버니 가다가 그 발자국을 들여다보라고 그러더래, 발자국. 그래 그 자기 디리고(데리고) 간 발자국. 오다보니까 피가 하나씩 잔뜩 뱄더래잖아.

그래, 그런 전설이 있더라고, 그전에 옛날에.

그래 가지고선 그 딸은 그래 나가 죽고.

그래 딸이 와서 그 딸을, 그 동상을 내뻴고(내버리고) 와 가지고성, 오니까는 그 의붓어멈이 의붓어멈이 그 옷 입던, 그 딸에 옷 입던 걸 갖다가 죄 갖다 불을 놓더래잖아.

불을 놓음서 뺑뺑 돌아댕김서 뭐라고 푸념을 허니까는 거기서 까마구가(까마귀가) 되서 훅 날라가(날아가) 그래. 까마구가 그래 그 의붓달이 된 까마구래 그게. 그래서 그게, 죽은 혼이 됐던 거, 까마구가.

(보조 조사자 : 까마구가?)

그래서 까마구만 짖으면 사람이 죽잖아. 하하하.[웃음]

고흥 유씨와 용묘

자료코드 : 02_01_FOT_20090225_SDH_CKS_0001
조사장소 : 경기도 가평군 가평읍 하색1리 하색1리 마을회관
조사일시 : 2009.2.25
조 사 자 : 신동흔, 노영근, 이홍우, 한유진, 구미진
제 보 자 : 최광순, 남, 76세
청   중 : 4명

구연상황 : 마을 분들께서 제보자가 상여소리를 잘하신다고 하여 청했으나, 혼자서는 구
         연하시기 어렵다고 하시며 대신 마을의 전설을 말씀해 주시겠다고 하셨다.

줄 거 리 : 옛날 강원도 땅 가정리에 고흥 유씨 집안이 있었다. 어느 날, 그 집안의 아버
         지가 돌아가시면서 남은 사형제에게 유언하기를, 자신이 죽거든 절대 한꺼번
         에 과거를 보지 말고 일 년에 한 사람씩만 과거를 보라 하였다. 그러나 아들
         들은 아버지가 돌아가시자, 유언을 거스르고 셋이 한꺼번에 과거를 보아 모두
         급제하였다.
         한 집안에서 네 명이니 한꺼번에 급제하자, 나라에서는 이를 수상히 여겨 조
         상의 묘를 잘 썼는지 살피라 하였다. 그리하여 사람을 보내 그 아버지의 묘를
         파보니, 아버지가 완전한 용이 되지 못한 채 있었다. 그러자 나라에서는 용을
         끌고 쇠맥이에 파묻었으나, 용은 다시 나와 능골로 도망을 갔고, 또 죽이려하
         자 당골로 달아났다. 결국, 용은 당골에서 붙잡혀 달아 매이게 되었다.
         이후로 유씨 집안은 나라에서 삼족을 멸하여 크게 망하게 되었고, 오랜 시간
         동안 묏자리는 그냥 버려두었다고 한다. 그러나 그 후손이 나타나고, 하나 둘
         소문이 나면서 이제는 유씨 집안사람들이 나서서 묘를 잘 가꾸고, 제사를 모
         신다고 한다.

　옛날에 인제 용묘 ○○○라구, 말하자면 용이 됐데는, 그래서 용묘○○
○라는 게 있거든? 그런데 인제 그걸 어떻게, 아는 거냐면 이제 글방선생
님이라고 계셨는데, 그분이 얘기를 하는데, 인제 그 집안(이야기 후반부에
부연하여 설명하신 부분에 등장하는 유씨 집안을 의미함)이, 그 자리를
잡구 여기다 쓰구선

　"너희가 사형제니까 옛날에 한, 일 년에 한 사람씩만 벼실(벼슬)을,"

　인제 이,

"과거를 봐라."

그랬데는 거지. 그랬는데, 저기다 묘를 쓰구, 한꺼번에 다 가서 네 분이 과거에 합격이 됐데는 거지. 그랬는데 인제 그, 말하자면 이씨 조선 오백 년이라는데, 그 저 테레비(텔레비전)에 나오니까, 사백팔십 년을 약 오백 년이라고 하지 않수. 그거 독재 아냐?

(조사자 : 예.)

그 인제 그, 나라에서

"야 이놈의 집은 어떻게 된 집인지 가봐라."

이제 이런 ○○로 인제 말했데는 거지. 그 인제 그 부하에 있던 사람들이 그, 가보니까 산자락이 기가 막히게 ○○, 그랬다 그래 가지구 설랑.

'아 이거 안 되겠다.'

구, 그래 그전에는 독자주의(왕권정치의 뜻으로 말씀하신 듯함)니까

"아 가서 파내라."

그러다가 파니까는 용이 못 다 됐더래는 거지. 아주 옛날에 전설 내려 오는 게 그거야. 우리 들은 게. 못 다 됐는데, 이제 처음에 파니까 ○○ 이 뻗쳐 가지구 이게 안 되더래는 거지. 그래서 쇠맥이라는데다 ○○를 갖다가 파묻어 죽여 놓구, ○○끊어 놓구 그걸 파니까는 파져서, 그래, 능 골이라는 데가 있어요?

(조사자 : 예.)

인제 글루 냅뛰어서, 용이. 당골로 또 냅뛰어 가지고, 당골 가서 달아매 가지고, 인제 그걸 잡았데는거지. 그거를. 잡았다고 그래, 그렇게 나왔어 요. 그래 당고개라고 있었어요?

(조사자 : 예.)

그래, 인제 그런 얘기는 있었구.

또 예전에 뭐, 말하자면 그렇게 이제 됐는데, 또 유서방네 그 사람넨 내가 지사(제사)를 옛날에 차려줬었는데, 그게 거, 예전에는 그 사람네 집

안을 이제 뭐, 삼족을 멸했데는 거지. 그래 인제 삼족, 외, 외, 외 외가까지 멸했다던가, 그래 인제 삼족을 멸했다는 거야. 그래 인제, 그 집안을 아주 일어나지 못허게 하느라구 말이지. 삼족을 멸했더니.

그래 인제 그, 위에 산소하고 그 밑에 산소하구 그랬는데, 그 위엣 산소는 ○○씨네라구 그 분이 인제 채리면(차리면) 밑에 건 내가 채렸거든(차렸거든). 원 용묘 일은 그분이 허시던 거야. 그래서 말하자면 ○○○ 걸, 말하자면 여기다 ○○ 죽었는데, 임자가 찾아오질 안더라는 거야.

그래 그 가정리(강원도 춘천시 남면 가정리를 말함. 예로부터 춘천의 가정리는 고흥유씨의 집성촌이었다.) 유씨래는 거야. 유씨네가 썼데는 거야. 가정리. 고흥유씨라고 말야. 그래 썼는데, 찾아오는 사람이 없다는 거지. 그래서 그 저, ○○○○○○ 자제네가 유씨라고 ○○, 저 올 거라고 찾아 나섰데. 그래서 우리 그 지사 차리는데, 유광성씨는, 한 구십 넘었지? 그분이 그런 얘길 하더라구. 옛날부터 그렇게 내려오는 건데, 삼족을 멸한다고 해서 임자가 나서질 못했는데, 그 분이 나서 가지구 그래 찾았다 거기다 썼다구, 인제 그런 전설은 여기 있어.

안반지 (4)

자료코드 : 02_01_FOT_20090225_SDH_CKS_0002
조사장소 : 경기도 가평군 가평읍 하색1리 하색1리 마을회관
조사일시 : 2009.2.25
조 사 자 : 신동흔, 노영근, 이홍우, 한유진, 구미진
제 보 자 : 최광순, 남, 76세
청   중 : 4명
구연상황 : 앞 이야기에 이어 마을에서 전해지는 또 다른 전설을 해주셨다.
줄 거 리 : 옛날 장자골에 한 장자가 살았다. 하루는 어떤 중이 찾아와 시주를 청하자, 인심 사나운 장자는 쇠똥을 퍼주며 박대하였다. 그러자 중은 별다른 말없이

감사의 인사만 하고 그 집을 나왔는데, 뒤따라 나온 장자의 마음씨 고운 며느리가 시아버지를 대신하여 머리를 숙여 용서를 구하였다. 그러자 중은 며느리에게 무조건 집을 나와 뒷산으로 도망갈 것을 일러준다. 중의 말을 믿고 며느리가 몸을 피하자 별안간 물이 차 장자의 집은 다 떠내려가고 며느리만 살아남게 된다. 한편 장자의 집에는 떡을 치는 구리안반이 하나 있었는데, 그것만 가라앉아 그 곳의 이름이 안반지가 되었다.

아 여기, 저 장자골이라는 데가 있어요. 장자골.

(조사자 : 장자골이요?)

응. 옛날에 거기, 장자골이라는데, 장자(長者(큰 부자를 이르는 말)가 살아서 장자골이라고 인제 그렇게 소문이 났었데지. 근데 이제 중이 가서 시주를 허라고 그러니까는 장자가 이렇게 마구를 치다가 시주를 하라니까,

"아무것도 없다. 인마, 쇠똥이나 가져가라."

그러니까

"아유, 고맙다."

그러고 싸서 그걸 망태기에다 넣으니까는 그 집 며느리가 와서 뭐라고 허는 고니,

"아유, 그저 지발, 잘못해서. 이렇게 아버님이 잘못해서 이렇게, 살려 달라." 하니까,

"아유, 아무소리 말고, 저 뒷동산에 올라가라."

그러더래는 거죠. 근데 이제, 올라가는데 얼마 안 있다, 장마가 져 가지구. 그, 말하자면 지금 강물 거기 갖다가 집을 져, 집을 지었었는지. 그냥 장마가 져 가지구 터져나갔데는 거지.

그래 가지구 구리, 거 사는 사람이, 구리안반이 있었데. 안반이라는 건 우리 떡 처먹는, 인제 떡 치는, 구리안반이 있었데는 거지. 그래 그 강에 파묻혔다 그래서 여기 안반지라구 여기, 달전리인데, 안반지라는 게 옛날부터 내려오는 거지. 그거지 그거.

6·25 때의 경험

자료코드 : 02_01_MPN_20090202_SDH_SYB_0001
조사장소 : 가평군 가평읍 하색1리 346번지(제보자의 자택)
조사일시 : 2009.2.2
조 사 자 : 신동흔, 노영근, 이홍우, 한유진, 구미진
제 보 자 : 신영범(愼英範), 남, 93세
청   중 : 1인(신용실 : 신영범 씨의 막내 아들)
구연상황 : 신용실 씨가 제보자에게 6·25때의 이야기를 청하자 제보자는 바로 구연
했다.
줄 거 리 : 제보자는 육이오(6·25) 이후 먹고 살기에만 급급하고 역사에는 무관심했던
당시에 뜻이 맞는 사람들과 모여 독립운동에 대한 역사를 지필 했다. 독립운
동가의 자손들이 조상이 독립운동 했던 사실을 몰랐으나, 제보자가 만든 책으
로 인해서 그 사실을 알게 되었다. 제보자가 문화원장을 했던 당시에 뜻이 맞
는 사람들과 함께 돈을 모아 항일운동 기념비를 세웠다.

그 땐 뭐, 참 여기는 북면이 삼팔(3·8)선이 경계선이었었거든.

그래 가지고 육이오(6·25) 육이오(6·25)가 생겨 가지고 인제 전투를
허는 동안에, 맥밀렸다 맥밀렸다('막밀렸다 막밀렸다'와 같은 뜻으로 보
임.) 몇(몇) 번 여그(여기) 그렇게 헌거예요. 그래서 가평 시내가 아주 전
부 파괴가 되고 아무것도 없었던 거지.

그래 인제, 그래 가지고 인제 육이오(6·25)가 인제 진정이 되고 그러
니까, 뭐 먹고 사는 데에만 분주했지. 무슨 뭐 역사, 조예 그런 건 아 아
는 분이라고 허는 사람도 없었, 그렇게 됐었던 거예요.

그런 걸 나허고 몇(몇) 사람이 모여 가지고 그 한국 말년에 독립운동에
대한 역사를 만들었어요.

그 역사를 만들어 가지고 보니깐두루 독립운동허는 분의 자손들을 있

는데, 자기 할아버지가 독립운동헌 걸 몰라. 왜그러냐허면 일본놈헌테 그 박해 당허 당허까봐(당할까봐) 그 어머니 되는 분들이 아무 얘기를 안해 줬거든. 모르고 있었어.

그래서 인제 독립운동 역사를 갖다가 그 보훈청에 댕김('다니면서'의 뜻임.) 추적을 허고, 저 서울터 서공에 추적을 허고 그래서 인제 만들어 놓으니까 그제서 인제 자기 할아버지가 독립운동을 했다는 걸 알게 된 거지. 그래서 인제 보훈청에 신청을 해 가지고 연금도 타게 되고. 허허. [웃음]

그래서 그 ○○○○에 항일운동 기념비도 세웠는데 관청에서 공무원들 이 거기 대해서 아무 것도 모르기도 허구 알을려고('알려고'의 뜻임.) 허 지도 않다. 그래서 우리 인제 참 나이 많은 사람들이 이렇게 뜻을 모아 가지고, 그 민간 측에서 관에서는 전현(전혀) 관여 안하는 걸, 민간 측에 서 돈을 모아 가지고 거기다 항일운동 기념비를 해 세운 거예요. 흐음, 그 래서 내가 그 문화원장을 그때 사(4)년을 했는데, 그 문화원장을 허는 동 안에 내 이름으로 전부 돈을 모아 가지고 거기다 세웠어요.

한석봉(韓石峯)이 꿈에 나타난 이야기

자료코드 : 02_01_MPN_20090202_SDH_SYS_0001
조사장소 : 가평군 가평읍 하색1리 346번지(제보자의 자택)
조사일시 : 2009.2.2
조 사 자 : 신동흔, 노영근, 이홍우, 한유진, 구미진
제 보 자 : 신용실, 남, 50세
청   중 : 1인(신영범 : 신용실 씨의 아버지)
구연상황 : 조사자는 장수, 이인, 명의, 지관에 대한 이야기를 청하였으나 신영범 씨는 갑
          자기 질문해서 잘 모르겠다고 답하거나, 혹은 별로 없다고 답하였다. 그러자
          제보자가 한석봉이 꿈에 나타난 이야기를 신영범 씨에게 청하였는데, 신영범

씨는 질문을 잘 못 알아들어서 이에 대한 이야기를 구연하지 못했다. 그러자 제보자는 아버지 신영범 씨에게 들은 이야기라며 대신 구연했다.

줄 거 리 : 30년 전 즈음 현리 사람에게 들은 꿈 이야기이다. 어떤 사람의 꿈에 과거 가평 군수를 했던 한석봉(韓石峯)이 나타나서 자신의 가슴에 못을 일곱 개를 박아놔서 답답해서 못살겠다고 얘기를 했다. 꿈을 꾼 사람이 이를 예사롭지 않게 여겨 군수에게 말을 했다. 군수 또한 대수로운 일이 아니라 생각하여 사람들을 시켜 가평 군청 앞을 조사하게 했다. 그랬더니 한석봉이 군수 할 때에 군청 앞에 심어놓은 나무에 플랜카드(placard)를 걸기 위해 일곱 개의 못을 박아놓은 것을 발견하고, 바로 제거를 했다.

그러니까 이거는 이제 요 근래에 얘긴데.

한석봉(韓石峯) 선생이 그 군청 앞에다 군수를 할 때, 거기다 나무를 심어놓은 게 있어요, 지금 그 큰 나무.

근데 인제 어떤 사람의 꿈에, 한 삼십 년 정도 됐을 거야, 아주 오래진 않을 거예요. 아니, 난 나는 직접 들진 않아서. 근데 그 어떤 사람의 꿈에 이렇게 나타나서

"내가 한석봉인데, 누가 내 가슴에다가 이렇게 못을 일곱 개를 박아 놔 가지고 가슴이 답답해서 못 살겠다."

이런 얘기를 했단 말예요. 그래 가지고 그 꿈을 꾼 사람이 이상하다 해 가지고, 그 보통 예사롭진 않고 그러기 때문에, 군수헌테다 인제 그 얘길 했어요. 그 군수 또 가만히 생각해보니까, 그 이상한 거 같애서 그냥 대수롭지 않게 여기진 않고, 실제로 나가서 그러믄 그 군청 앞에 뭐가 있는가 그런 걸 자세히 한번 조사를 해보라고 그랬어요.

가보니까, 왜냐면 그 꿈속에서 인제

"내가 군청 앞에 사는데 내 가슴에 누가 막 못을 박았다."

그랬거든요.

근데 군청 앞에 뭐가 있나보니까, 분명히 한석봉 선생하고 관련된 건 그 나무가 있단 말예요. 그 전에 심어놨대요. 그 나무에 플랜카드(placard)

를 붙이느라고 거기다 이렇게 못 박아 놨대는 게 일곱 개였다. 그래서 이젠 이 못을 제거했다는 거죠.

(조사자 : 그게 언제 적 얘긴가요?)

한 삼십년 전.

(조사자 : 삼십년이요.)

(보조 조사자 : 꿈을 누가 꾸셨나요?)

그것은 그 왜 한석봉 꿈 있잖아요. 그 군청 앞에. 군청 앞에 그 못 못을 박았다 해 가지고요. 에, 군청 앞에 못을 박아놨다가 나중에 그 뺐다 그랬잖아요, 나무에.

(보조 제보자 : 나무에?)

네, 군청 앞의 나무.

(보조 제보자 : 그거는 읍어, 읍어.)

(조사자 : 어르신한테 들으신 얘기예요?)

예, 제가 직접 들었어요. 여기 현린가('현리인가'의 뜻임.) 어디 사람인데.

(조사자 : 나무, 신기하네요.)

(보조 조사자 : 재밌는 이야기네요.)

동무들아 잡지 마라

자료코드 : 02_01_FOS_20090131_SDH_YSJ_0001

조사장소 : 경기도 가평군 가평읍 개곡1리 781-11번지 마을회관

조사일시 : 2009.1.31

조 사 자 : 신동흔, 노영근, 이홍우, 한유진, 구미진

제 보 자 : 이순자, 여, 83세

청　　중 : 조사자 외 5인

구연상황 : 어렸을 적에 친구들과 놀며 불렀던 노래를 청하자 구연하였다. 제보자는 노래
　　　　　를 구연한 후, 일제 강점기에 처녀들이 위안부로 끌려가면서 부른 노래라는
　　　　　설명도 부연하였다.

　　　동무들아 잡지 마라

　　　각개 높으니

　　　기차소리 한번 나면 고만이란다

　　　산도 슬고(설고) 물도 슬어(설어)

　　　타향에 가서

　　　우리 같은 슬픈 맘을 몰라주느냐

베 짜는 아가씨

자료코드 : 02_01_FOS_20090131_SDH_YSJ_0002

조사장소 : 경기도 가평군 가평읍 개곡1리 781-11번지 마을회관

조사일시 : 2009.1.31

조 사 자 : 신동흔, 노영근, 이홍우, 한유진, 구미진

제 보 자 : 이순자, 여, 83세

청　　중 : 조사자 외 5인

구연상황 : 구연자가 아는 옛날 노래를 청하자, 오빠들에게 들어본 노래라며 구연하였다.

오널날도(오늘날도) 하 심심한데
벼틀이나(베틀이나) 노아나 볼까
낮에 짜는 건 일광단이여
밤에 짜는 건 월광단이로다
일광단 월광단 하루바삐 짜여놓고
서방님의 뒤를 거들어주세

2. 북면

▌조사마을

경기도 가평군 북면 백둔리(栢屯里)

조사일시 : 2009.2.1, 2009.2.3
조 사 자 : 신동흔, 노영근, 이홍우, 한유진, 구미진

경기도 가평군 북면 백둔리 전경

　북면 백둔리의 1차 답사는 2월 1일에 이루어졌다. 원래의 답사 일정이
지도상의 동선에 따라 이루어졌기 때문에 도대리 답사 후에 자연스럽게
들르게 된 마을이다. 여느 마을과 다름없이 백둔리의 경우도 우선 마을회
관에 들러 노인 회장을 만나는 수순으로 답사가 시작되었다.

　마을회관에는 아홉 명 정도의 노인들이 있었는데, 모두들 둘러 앉아 화
투를 치면서 소일하고 있었다. 노인 회장에게 마을에서 이야기를 잘 하는

분을 소개해 달라고 하자, 주요 제보자인 윤청용(尹淸用) 씨를 추천해 주었다. 윤청용 씨는 탁월한 이야기꾼이었는데 조사자들이 따라 요구하지 않아도 자연스럽게 이야기들을 연결해서 구연해 주었다. 다만, 조사하는 중에 청중들이 이야기에 자주 개입을 한다거나 서로 갑론을박하는 경우가 많이 발생해서 조사 환경은 썩 좋지 않은 편이었다. 그럼에도 불구하고 윤청용 씨를 필두로 몇몇 제보자들로부터 '아홉마지기 고개', '호랑이에 홀린 여자', '고려장', '서낭당 앞에서 넘어진 아버지', '황장군', '만고충신 김덕령', '김응서 장군', '사명당', '마의태자와 지팡이', '놀고 먹을 팔자', '강감찬과 개구리', '여우아들 강감찬' 등의 설화와 생애담을 청해 들을 수 있었다.

북면은 조선말엽까지 상북면과 하북면으로 나눠져 있었는데, 백둔리는 이 중에서 상북면에 속했었다. 그 후 1914년 행정구역 폐합 때 고암, 천리밑, 평반리, 깊은골, 홍덕(붉은덕이)를 병합하여 북면에 편입되었다. 노인회 총무인 윤청용 씨의 증언에 의하면 원래 백둔리는 잣이 많이 나서 마을 사람들은 '잣 둔지'로 불렸는데, 6·25 때를 즈음에서 백둔리로 이름이 변경되었다고 한다.

목동에서 제령리를 지나 가둘기 모퉁이를 지나 돌아가면 백둔교(栢屯橋)가 나타나는데, 이곳에서부터 좁은 계곡을 따라 군도가 형성되어 있다. 협곡으로 흘러내리는 물은 명지산 계곡과 연인산 깊은 골에서 내려오는 물줄기인데 깨끗함을 자랑하고 있다.

백둔리는 구나무골, 한터, 고암, 천리밑, 평반, 양지말, 죽터, 깊은 골 등으로 자연부락을 형성하며, 마을 앞뒤로 겹겹이 쌓인 산 능선은 특히 수려하다. 동쪽으로는 제령리, 서쪽은 하면, 남으로는 가평읍, 그리고 북으로는 도대리와 인접하고 있으며, 명산인 명지산, 연인산, 송악산 등이 백둔리를 둘러 싸고 있어 아늑한 느낌을 주는 마을이다.

문화유적으로 백둔리 죽터에는 비석바탕의 망두석이 이곳의 수호신으로 되어 있다. 전체 마을의 가구 수는 215가구 정도 되는데 이 중에 토박이는 42가구 정도이다. 마을 주민 중에는 외지에서 이주해 온 사람이 많으며 주민들은 주로 잣농사와 포도농사를 주업으로 하고 있다.

경기도 가평군 북면 화악1리

조사일시 : 2009.1.22
조 사 자 : 신동흔, 노영근, 이홍우, 한유진, 구미진

경기도 가평군 북면 화악1리 503-11번지 마을 전경

조사자들은 가평의 마을을 전체적으로 조사하면서 가장 먼저 북면 마을의 조사를 시작하였다. 조사자들은 2009년 1월 22일 오전에 북면 화악1리 노인회관을 찾아가서 약 3시간 정도 조사를 하였다.

화악1리는 면소재지인 목동1리로부터 약 6Km 지점에 위치하고 있으

며, 북면에서 제령리 다음의 미곡 생산지이다. 이 마을은 북쪽으로는 강원도, 동쪽으로는 목동2리, 남쪽으로는 소법2리와 경계를 두고 있다. 화악1리는 강원도 지암리와 사창리로 넘어가는 두 갈림길, 목동1리에서 화악2리의 중간 마을에 위치하고 있다. 현재 청소년수련원으로 사용하고 있는 건물은 화악초등학교, 목동 초등학교 화악분교로 있다가 1997년에 폐교되면서 수련원으로 사용하고 있다. 화악1리는 신당, 홍적, 안새등이, 등지걸이 등으로 나뉘어져 있으며, 미곡생산 농가가 많으면서 사과와 한우가 유명하다.

본래 이 마을은 화악골 화악동으로 불려오다가 1914년 행정구역 통폐합에 따라 화악리로 부르게 되었다. 화악리의 옛지명은 광악(光岳)이었으나, 불교의 영향으로 인해 빛난다는 의미를 갖는 광(光)과 화(華)가 같다고 하여 화악(華岳)으로 바뀌었다. 화악1리와 화악2리가 분리된 시기는 6·25 이후이며, 1974년 화전정리 이전에는 150여 가구 정도가 거주하였으나, 산림정책에 따라 화전민이 이주하여 현재는 약 120여 가구가 거주하고 있다.

화악1리의 노인회관에는 조사자들이 조사하러 갔을 당시 제보자 이순홍, 정규홍, 이정원 외에도 두 명이 더 있었다. 이야기가 시작되자 다섯 명은 서로의 이야기를 적절히 끌어내고 경쟁적으로 이야기에 참여하면서 활발한 이야기판을 구성했다. 조사 당시 제보자들은 호랑이, 귀신 등에 홀린 이야기들을 집중적으로 구연했는데, 생애담까지 더해져 더욱 풍성한 이야기판을 구성해 내었다. 또한 제보자들의 젊었을 때 겪었던 생애담은 모든 제보자들이 빠지지 않고 구연했는데 보통 전쟁, 군대 시절의 이야기가 큰 비중을 차지했고 비교적 길게 구연되었다. 이야기판을 구성한 다섯 명의 구연자들 중 특히 제보자 이정원의 구연이 탁월했는데, 다른 구연자들이 경험담에 기초한 구연이 대부분을 차지한 것과 달리 이정원은 어렸을 때 들었던 이야기와 책에서 봤던 이야기들을 중심으로 구연했다. 또한 화악1리의 제보자들은 가평과 관련된 지명, 인물 전설보다는 마을에 살았던 사람들의 이야기에 대한 관심이 더욱 높았다. 이러한 제보자들의 사례를 통해 본다면, 본인들이 거주하고 있는 화악1리에 대한 이야기를 풍부하고 알고 있는 동시에 전승 또한 이루어지고 있음을 알 수 있다. 그리고 구비전승 되고 있는 이야기에 대한 가치를 제보자들도 인식하고 있었기 때문에, 이후에도 중요한 조사 지역으로서 가치가 높다고 생각된다.

경기도 가평군 북면 화악2리

조사일시 : 2009.1.22
조 사 자 : 신동흔, 노영근, 이홍우, 한유진, 구미진

경기도 가평군 북면 화악2리 874-15번지 마을 전경

조사자들은 가평의 마을을 전체적으로 조사하면서 가장 먼저 북면 마

을의 조사를 시작하였다. 조사자들은 2009년 1월 22일 오전에 북면 화악 1리 노인회관에서 조사를 마친 후, 화악2리의 조사를 시작했는데 조사는 약 두 시간 정도 이루어졌다.

화악2리는 북면소재지인 목동1리로부터 약 12km 지점에 위치하고 있으며, 강원도 화천군 사내면 사창리와 경계로 두고 있는 마을로서 경기도 최고봉인 화악산 아래에 있는 작은 마을이다. 화악2리에는 화악산 등산로가 있어 관광객이 많으며, 예전에는 군부대에서 입산통제를 하였으나 지금은 입산이 허용되고 있다. 화악산은 중봉(1468m)과 매봉으로 나누어지고, 광주산맥의 최고봉이며 국가주요시설물이 두 곳에 자리하고 있다.

화악산을 오르다 보면 약 700m 지점에 위치한 화악산 터널이 있고, 이 터널은 비상도로로 민간이 출입이 통제되었다가 얼마 전 허용되었는데, 최근에는 다시 위험시설로 판정되어 다시 출입이 통제되고 있다. 화악산 고개를 지나면, 강원도 화천군 사내면 소재지가 내려다보이며, 겹겹이 쌓인 산 능선이 마치 바다의 파도를 이루고 있는 듯한 광경이 펼쳐진다. 화악2리 계곡은 전혀 오염되지 않은 청정 계곡으로 여름이면 피서객들이 줄을 잇고 있으며, 가을단풍은 설악산에 버금간다고 한다. 1776년 숙종(肅宗)때 우의정이었던 허목(許穆)이 그해 이곳 화악산을 찾은 일이 있는데, 그는 빼어난 봉우리와 바위들이 운무(雲霧)에 휩싸여 있었다고 <유산록(遊山錄)>에 기록하고 있다.

화악2리는 신촌말, 버들아치, 솔경지, 중간말, 건들네, 원두앗(절골, 중봉) 등의 자연마을이 있으며, 지형지물로는 무당소, 가마소, 고인돌, 화악산, 줄바위가 있다. 한편 화악2리는 1974년 화전정리 이전까지는 마을주민의 90% 정도가 화전을 일구며 살아갔지만, 산림정책 이후에는 정부 지원으로 농업에 종사하고 있으며, 부업으로 청정 산나물을 채취하여 생계에 보탬이 되도록 하고 있다. 현재에는 관광업에 종사하는 외지인의 비율이 높으며 토박이는 10가구 정도에 불과하다.

화악2리에서는 주로 다섯 명의 구연자들이 서로의 이야기를 적절히 이끌어내며 경쟁적으로 이야기에 참여하면서 활발한 이야기판을 구성했다. 화악2리의 구연자들 중 특히 제보자 백남하의 구연이 탁월했는데, 제보자들 중 가장 많은 이야기들을 구연하였다. 백남하는 조사자들이 화악2리에 도착해서 이야기를 청하자 노인회관에 있던 사람들이 이야기를 잘하는 사람으로 꼽으며 자택으로 전화하여 회관으로 나오게 할 만큼 마을 내에서도 탁월한 이야기꾼으로 이름나 있었다. 백남하는 특히 가평의 지명과 관련된 이야기들을 많이 알고 있었고, 이외에도 호랑이를 소재로 한 이야기, 명당에 관련된 이야기를 다수 구연하였다. 화악2리의 이러한 제보자들의 사례를 통해 본다면, 제보자들은 가평을 비롯하여 화악1리에 대한 이야기를 풍부하게 알고 있는 동시에 전승 또한 이루어지고 있음을 알 수 있다. 그리고 구비전승 되고 있는 이야기에 대한 가치를 제보자들도 인식하고 있었기 때문에, 이후에도 중요한 조사 지역으로서 가치가 높다고 생각된다.

▌ 제보자

백남하, 남, 1929년생

주 소 지 : 경기도 가평군 북면 화악2리
제보일시 : 2009.1.22
조 사 자 : 신동흔, 노영근, 이홍우, 한유진, 구미진

백남하는 화악2리의 구연자 중 가장 많은
이야기를 구연한 제보자이다. 이날 다섯 명
의 구연자들이 구연을 하면서 화악2리에서
는 활발한 이야기판이 벌어졌는데, 대부분
의 이야기는 제보자 백남하가 구연을 하였
다. 백남하는 지명 전설, 민담, 생애담 등
다수의 이야기를 구연하였는데 그 중에서도
도깨비와 호랑이를 소재로 한 이야기에 특
히 관심이 많았다. 특히 밤새도록 호랑이와 싸운 경험담과 호랑이가 잡아
놓은 너구리를 얻은 이야기 등 백남하가 구연한 호랑이를 소재로 한 이야
기는 실로 다양했다. 또한 풍수와 도교에도 특별한 관심을 가지고 있어
이와 관련된 많은 이야기를 구연하였으나, 그 내용이 소략하여 채록에까
지 미칠 수 없었던 점은 아쉽다.

백남하는 목소리의 크기와 말하는 속도가 적당하였고, 이야기의 구성
능력이 탁월하여 짜임새 있는 이야기를 구연하였다. 또한 여든이 넘는 나
이에도 기억력이 좋아서 다른 구연자가 한 이야기를 바로 이어서 자세히
구연하기도 하였다. 그리하여 다른 구연자들의 이야기를 적절히 이끌어내
면서 활발한 이야기판을 구성하는 데에 큰 역할을 하였다.

제공 자료 목록

02_01_FOT_20090122_SDH_BNH_0001 아기장수와 용마

02_01_FOT_20090122_SDH_BNH_0002 산신당에 드린 치성

02_01_FOT_20090122_SDH_BNH_0003 도깨비에 홀린 사람

이순흥, 남, 1927년생

주 소 지 : 경기도 가평군 북면 화악1리

제보일시 : 2009.1.22.

조 사 자 : 신동흔, 노영근, 이홍우, 한유진, 구미진

제보자 이순흥은 이날 화악1리의 구연자 중 가장 나이가 많은 구연자였다. 여든 셋의 나이에도 불구하고 발음은 비교적 정확한 편에 속하였다. 목소리는 비교적 큰 편에 속하였고, 평안도 사투리를 간혹 쓰기도 하였다.

이순흥은 이날 총 일곱 편의 이야기를 구연하였는데, 생애담이 거의 대부분을 차지했다. 특히 이순흥은 일제 강점기에 인천의 양성소에서 기술자로 있었던 시절이 있었는데, 이 이야기에 특히 많은 시간을 할애하였다. 이외에도 일제 강점기를 겪으면서 힘들게 살아왔던 삶에 대해 오랜 시간 구연하였다.

이순흥은 작은 체구지만 혈색이 좋고 건강해 보였다. 또한 이야기판에 적극적으로 참여하며, 이야기를 이끌어내기도 하고, 다른 구연자의 이야기를 이어 받아서 구연하기도 하였다. 이순흥은 활발한 이야기판을 구성하는 데 큰 역할을 하였다.

제공 자료 목록

02_01_FOT_20090122_SDH_YSH_0001 항아리로 잡은 도둑

이정원, 남, 1939년생

주 소 지 : 경기도 가평군 북면 화악1리
제보일시 : 2009.1.22.
조 사 자 : 신동흔, 노영근, 이홍우, 한유진, 구미진

이정원은 이날 화악1에서 구연한 제보자
들 중 가장 많은 이야기를 구연했다. 이정원
은 민담과 지명 전설에 특히 많은 관심을
가지고 있었고, 이날 구연도 이를 중심으로
이루어졌다. 이정원이 이날 구연한 이야기
들은 부친과 함께 살면서 부친이 돌아가시
기 전까지 부친을 통해 들은 이야기들이 주
를 이루었고, 일부는 책에서 본 이야기를 구

연하였다. 이와 더불어 다양한 생애담도 두루 구연하였다. 이정원이 구연
한 생애담은 주로 마을에서 일어난 일들이 중심이 되었는데, 호랑이를 만
났던 사람이나 인색한 부자 이야기, 방화한 범인을 잡은 순사 이야기 등
으로 다양하였다. 이정원이 마을에서 일어난 일들을 구연할 수 있었던 것
은 아버지 때부터 화악1리에 터 잡고 살아왔기 때문에 가능한 일이라 보
인다.

이정원은 오랜 전에 들었던 이야기를 구연하면서도 비교적 정확하고
기억하고 있어 생생한 구연을 가능하게 하였고, 이야기를 구성하는 능력
이 탁월하여 짜임새 있는 이야기를 구연했다. 이정원의 목소리는 큰 편이
고 비교적 발음이 정확해서 청중들을 이야기판에 집중하게 하는 능력을
가지고 있었다. 그러면서도 제보자들이 구연을 할 때는 이야기판에 적극
적으로 참여하고 호응하면서 많은 이야기를 이끌어 내는 데에 중요한 역
할을 하였다.

제공 자료 목록

02_01_FOT_20090122_SDH_YJY_0001 노총각 장가보낸 어사 박문수
02_01_FOT_20090122_SDH_YJY_0002 불 낸 범인 잡은 순사
02_01_FOT_20090122_SDH_YJY_0003 반상(班常)을 알아보는 뱃사공
02_01_FOT_20090122_SDH_YJY_0004 황백삼(黃白三)
02_01_MPN_20090122_SDH_YJY_0001 글뚝에 넣은 개뼈 때문에 죽은 사람
02_01_MPN_20090122_SDH_YJY_0002 인색한 부자 최땡비

임호성, 남, 1933년생

주 소 지 : 경기도 가평군 적목리 조무락골
제보일시 : 2009.2.1
조 사 자 : 신동흔, 노영근, 이홍우, 한유진, 구미진

임호성에 대한 조사는 백둔리의 정용묵의 소개로 알게 되어 조사자들이 직접 자택을 방문하여 이루어졌다. 임호성은 1933년 생으로 일곱 명의 자제(子弟)를 두고 있으나, 현재에는 적목리 조무락골의 산 속에 혼자서 살고 있다. 아내와 사별한지는 11년 되었고, 밖으로 거의 나오지 않고 산 속에서 생활한다고 하였다. 이렇게 사람들과 접촉을 하지 않고 사는 것이 편안하다고 한 제보자 임호성은 조사자들이 늦은 시간에 방문하였음에도 반갑게 맞이하여 주었다. 그리고 산에서 직접 딴 머루와 토종꿀을 대접하며 조사자들이 좀 더 편안하게 조사할 수 있도록 많은 배려를 해주었다.

임호성은 무업 종사자로 천왕 도사로 불리는데, 무업을 하면서 어려운 사람을 돕고 살고자 한다고 하였다. 임호성은 주로 생애담을 구연하였는데, 대부분 산신에 대한 이야기였다. 또한 아홉 살에 죽음과 저승을 체험

한 이야기를 구연하면서 자신이 무업을 하게 된 계기에 대해서도 자세히 구연했다. 임호성은 말이 굉장히 빠른 편이고 거침없는 어투로 이야기를 구연했다.

제공 자료 목록

02_01_MPN_20090201_SDH_YHS_0001 저승 체험

정규흥, 남, 1939년생

주 소 지 : 경기도 가평군 북면 화악1리
제보일시 : 2009.1.22
조 사 자 : 신동흔, 노영근, 이홍우, 한유진, 구미진

제보자 정규흥은 이날 총 네 편의 이야기
를 구연하였다. 정규흥은 말수가 적은 편이
었고, 보통 이야기를 주체적으로 이야기를
구연하기보다는 다른 구연자의 이야기를 받
아서 구연하거나 다른 구연자가 청했을 때
에만 구연하는 방식으로 이야기판에 임했다.
대체로 다른 구연자의 이야기를 듣고 이에
호응하며 이야기판에 참여하였다.

정규흥이 이날 구연한 이야기는 대체로 마을과 관련한 이야기들이었는
데, 이는 정규흥이 이 마을 토박이로 살아왔기 때문에 가능한 일이었다.
정규흥은 이날 마을 지명 전설 두 편과 생애담 한편, 마을 당제 이야기를
구연하였다. 정규흥이 구연한 네 편 중 채록한 한 편을 제외하고는 이야
기가 다소 소략하였다. 정규흥은 다소 부끄러움을 타는 성격처럼 보였는
데, 그러한 이유에서인지 이야기를 시작하면 빨리 마치려고 하는 경향을
보였다.

정규홍의 목소리 크기와 말의 빠르기는 보통이었고, 발음은 비교적 정확한 편에 속하였다.

제공 자료 목록
02_01_FOT_20090122_SDH_JGH_0001 청룡과 아기장수

아기장수와 용마

자료코드 : 02_01_FOT_20090122_SDH_BNH_0001
조사장소 : 경기도 가평군 북면 화악2리 874-15번지 마을회관
조사일시 : 2009.1.22
조 사 자 : 신동흔, 노영근, 이홍우, 한유진, 구미진
제 보 자 : 백남하, 남, 81세
청   중 : 조사자 외 5인
구연상황 : 앞 구연자 박찬수가 애기장수에 대한 이야기를 간략히 구연하자, 이어서 바로
          구연하였다.
줄 거 리 : 부모는 아기가 태어난 지 삼일 만에 이웃에 생일잔치가 있어서 다녀왔다. 다
          녀와서 보니 아기가 살강 꼭대기 위에서 놀고 있어서, 아기를 꺼내서 보니 겨
          드랑이에 날개가 돋아있었다. 장사가 나면 삼족을 멸했기 때문에 부모는 아기
          의 날개를 지져서 죽였다. 아기가 죽고 사흘 후에 한 스님이 아이를 달라고
          찾아오자 부모는 아기를 죽은 연유를 스님에게 말하였다. 그러자 스님은 절에
          데려가서 기르려고 하였는데 죽었다며 탄식하며 돌아가고, 그로부터 일주일
          후에 인늪에서 용마가 났다.

  옛날에 장사가 나믄 삼족을 멸했대는 거예요.

  (청중 : 거기, 거기 등밑터라고, 등밑터라고 그러지, 노인네.)

  집안을 집안을 전부 ○○○ 헌대.

  여 아래 가믄 인늪이래는 그런 동네가 있는데, 거기서도 그 장사가 났
대요. 장사가 나 가지곤 허는데, 삼일 만에 그 앞집에서 애기를 자니까 눕
혀 놓고서는, 저 생일 생일을 먹으러 갔는데 와보니까 애기가 없더래요.

  그선('그래서'의 의미임.) 어디로 갔나 허구 애길 찾아보니깐, 옛날엔
이런 게 없고 뭘 얹질려면 낭굴비에다 이렇게 해서 실, 실경이라고(살강
이라고(실경은 살강의 강원도 방언으로, 그릇 따위를 얹어 놓기 위하여

부엌의 벽 중턱에 드린 선반을 이른다.) 이렇게 해서 거기다 얹었는데, 실경 꼭대기에 올라가서 애기가 놀더래.

그래서 *끄내보니깐*(꺼내보니깐) ○○○ 겨드랑이 밑에 날개쭉지가 돋았더래요. 그래선 아 이거 장 장사가 나면 삼족을 멸헌대는데, 이거 큰일났다구. 우리가 다 죽게 생겼다구. 광석불을 캐 가지고 날개쭉지를 지져버렸대.

그러니깐 애기가 죽었대요. 죽었는데 애기 죽은 뒤로 사흘 만에 절에, 저 도사, 중이 와 가지고는 이 댁에 애기 낳대는데 애기 내노라고 그러니깐, 아 광, 에 겨드랑에 날개쭉지가 나서 지져서 죽였다고 그러니깐, 아 고동안을(그동안을) 못 못 참아서 죽이느냐고 말이야, 우리가 데려다가 기를 건데, 고동안을 못 참았느냐고.

그래 가지곤 야단을 치고선 갔는데, 그 뒤로 일주일 만에 그 늪에서 그냥 용마가 나 가지고 그냥, 울면서 뛰서('뛰고'의 의미임.) 돌아댕김서,

그래 가지고 인늪이 뒷산으로다가 바우가(바위가) 있는데, 말 발자구가 있대는 거에요, 지금도.

(보조 조사자 : 아, 지금도요?)

예, 그래서 그 인늪이가 인늪이가 그 늪에서 용마가 나와 가지고 뛰고, 그걸 살렸으면 큰 장사가 될건데 죽였대는 거죠.

고걸 오래 뒤두면은 그 애길 뒤두면 자기네가 기르는 게 아니고, 절에서 그냥 그걸 갖다가 공부도 시키고, 그 저, 술법도 가르치고 이래 가지고 기를 건데. 고동안에를 못 참아서 죽였다고 그런 얘기가 있고 그런데.

그 인늪이 늪에서 그 용마가 나 가지고 뛰어댕겼다는 그 지금도 전설인데, 그게 발자구가(발자국이) 있대요, 말발자구가.

(청중 : 어, 말발자구가 있대, 지금도? 거기에?)

산신당에 드린 치성

자료코드 : 02_01_FOT_20090122_SDH_BNH_0002
조사장소 : 경기도 가평군 북면 화악2리 874-15번지 마을회관
조사일시 : 2009.1.22
조 사 자 : 신동흔, 노영근, 이홍우, 한유진, 구미진
제 보 자 : 백남하, 남, 81세
청   중 : 조사자 외 5인
구연상황 : 앞 이야기에 이어 바로 구연했다.
줄 거 리 : 일제시대에 경춘선을 건설하기 위해 물안골에 공사를 하는데, 공사를 하는 중
        에 인부들이 많이 다쳤다. 현장 감독이었던 이팔룡이라는 사람의 꿈에 할아버
        지가 나와서 길을 닦지 말라고 하였지만, 이팔룡은 그저 꿈이라고 생각하며
        대수롭지 않게 여기고 공사를 진행했다. 공사 도중 사고가 끊이지 않자, 이팔
        룡은 그제야 산당에 정성스럽게 제사를 드렸다. 제사를 드린 후에는 사고가
        더 이상 일어나지 않았다.

내가 요기, 고 요 물안골(가평읍 승안리에 있는 마을로서, 물안골은 물이
풍부한 안골이라는 의미이다.)이래는 데, 그게 여기 저 왕소나무 있는데 거
기다가 산당(山堂)을 허고, 그전 옛날서부터 노인네들이 산제사를 지내요.

정월달허구 칠월달허구 일 년에 두 번씩 제살 지내거든요.

산치성을 올리는데, 요 그래 가지고 ○○○ 이렇게 나고 이래 가지고
산치성 올릴 적에, 길을 이렇게 일본놈들이 저 낭구를(나무를) 실어갈라고
닦는데, 그냥 일만 허면 그냥, 그 일허는 사람들이 남포돌을 그냥 남포돌
에 맞고 ○○○○ 다쳐요.

그래 가지고는 근데 그 감독이 저 팔룡이라고 이팔룡이라고 허는 사람
이 그 감독인데, 그 사람 눈에 하얀 할아버지가 나와선,

"일로(이리로) 길을 함부로 닦으면 안 되니깐 닦지 말아라." 그러더래요.

이거 뭐 꿈에야 미신인데 뭐 그거, 무신 그런 실제로 그러랴하고선 기
냥(그냥) 닦는데, 가서 일만 허면,

동네를 깨뜨릴라고, 옛날엔 지금 포크레인으로 뚫지 옛날엔 레미때로다

가(레미콘으로다가) 구녕을(구멍을) 뚫고선 깡을(깡은 광부들의 은어로, '뇌관(雷管)'을 이르는 말이다.) 집어넣고 터트렸거든요. 근데 깡을 넣고 그냥 터트리면 남포돌이 그냥 사람이('사람을'을 이야기한 것임.) 때려서 다치고 이래 이래요.

그서 글쎄 거기다가 돼지를 큰 돼지를 하나 잡아서 그날 전부 인부들 놀리고, 돼질 잡고 시루떡을 해서 ○○을 해서 올려서 이렇게 정성을 들이고.

그런 뒤로는 그 길을 닦았어요, 그 앞으로.

그렇게 정성 들인 뒤로는 사람이 다치지 않고 길을 닦아서, 왜 왜정 때 그 경춘사, 경춘철도다고 이래 가지고 그 여기서 철도 ○○○○ 가지고.

[건강 검진이 있는 날이어서 혈압 안 잴 것이냐 물었음.]

그래서 그렇게 인제 거기서 일을 했는데 그 뒤 그게 그래서 길 이가리가 산당이 있어 가지고, 번화허고 뭐 정말 참 그 앞으로 행여도 댕기고 이래니까 좋질 않다고 그래 가지곤,

이쪽 물안골로다가 산당을 윈겼어요(옮겼어요).

도깨비에 홀린 사람

자료코드 : 02_01_FOT_20090122_SDH_BNH_0003
조사장소 : 경기도 가평군 북면 화악2리 874-15번지 마을회관
조사일시 : 2009.1.22
조 사 자 : 신동흔, 노영근, 이홍우, 한유진, 구미진
제 보 자 : 백남하, 남, 81세
청   중 : 조사자 외 5인
구연상황 : 도깨비와 사귀었거나 친했던 사람의 이야기를 청하자 바로 구연했다.
줄 거 리 : 마을에 오두환이라는 사람이 살았는데, 그의 아들 오세주가 도깨비에 홀려서
        밤에 자는데 도깨비가 부르는 소리에 집 밖을 나갔다. 시커먼 도깨비를 따라
        오라고 해서 따라가자 도깨비가 개울에 오세주를 담궜다 꺼냈다를 반복한 후,
        최병덕이라는 사람의 집 앞까지 끌고 갔다. 인기척이 나서 최병덕이라는 사람

이 나와 보니, 오세주가 도깨비에 홀려서 있자 최병덕은 오세주를 업고 그의 집으로 데려다 주었다. 오세주는 제 명에 못살고 죽었다.

요 아래 오두환이라고 거기 저 길녘에 살았는데 그건, 오세주라고 그 저 아들이 사형젠데, 그 세 세주래는 애를, 애는 무척 똑했는데,[9)]

도깨비 홀려 가지고 밤에 자는데 부르더래요. 세주야, 세주야 허고 불러서 그래서 친구가 부르는 줄 알고 나갔더니 뭐가 시커먼 게 나와서 오라 그러더래. 그래서 쫓아가니깐 개울로 가 가지고 그 얼음이 얼구는('어는'의 의미임.) 데 물숨구녕(물숨구멍) 있는데, 그 물 속에다가 집어넣다 또 꺼냈다 집어넣다 끄냈다(꺼냈다) 그래 가지고는, 그서 저기 그 산비탈로 해서, 저 애 애기골(가평군 북면 화악리에 있는 골짜기다.)이래는 그 안목에 최병덕이라고 허는 사람의 집이 있는데 거길 끌고 갔는데, 끌고 갔대요. 그 도깨비 홀려 가지고.

그리고나서는 인적이 나서는 나가보니까, 그게 그 세주가 도깨비 홀려 가지고선 거기서 그 최병덕이라는 사람이 그, 가서 뉘켜 가지고(눕혀 가지고) 인제 거기서 업어왔는데,

그 사람이 올해, 사람은 단단해 보였는데 죽었어요. 제 명은 못살고 올해 죽었는데, 그래 가지고 그 도깨비 홀렸던 건 뭐 따지고 보믄 멫(몇) 년은 안돼요.

그 우리가 아는 저기니깐.

그래 가지고 그 도깨비 홀렸다는데, 그게 그 사람이 목을 뜨고 이렇게 허믄 그럴 수도 있는데, 대부분 그전에도 술이나 많이 인제 나가서 먹고 이렇게 들어오다 보믄은 도깨비한테 홀려 가지고 이렇게 하고 고생허고 있는데, 사람이 쬐금(조금) 못 찬 사람이 인제 그런데 홀리지 뭐, ○○사람은 홀리지도 않아요.

항아리로 잡은 도둑

자료코드 : 02_01_FOT_20090122_SDH_YSH_0001

조사장소 : 경기도 가평군 북면 화악1리 503-11번지 마을회관

조사일시 : 2009.1.22

조 사 자 : 신동흔, 노영근, 이홍우, 한유진, 구미진

제 보 자 : 이순홍, 남, 83세

청   중 : 조사자 외 5인

구연상황 : 앞 이야기에 이어 바로 구연했다.

줄 거 리 : 마을에서 쌀 한말을 도둑맞자, 마을사람들이 모여서 도둑을 잡기 위해 항아리
에 손을 집어넣게 했다. 항아리 속에 쥐가 있어서 죄가 있는 사람은 손을 깨
문다고 하였다. 모두 손을 집어넣고 꺼냈는데 한 사람의 손에만 먹물이 묻어
있지 않아서, 이를 통해 도둑을 잡았다.

그 저 이 내 고향에서 인제 들은 얘긴데, 나도 그걸 봤는데.

(청중 : 본 얘기는 안 잊어버려.)

쌀을 동네에서 쌀을 잊어버렸어,(잃어버렸어,) 쌀 한말을. 옛날에 쌀 한
말이면은 대단한 거유.

그거 내가 실제 봤는데, 실제 내가 봤죠, 우리 고향 저 산 이런대서요.

쌀을 잊어먹었는데,(잃어버렸는데,) 아 이걸 누가 가져갔는데 알 도리가
없나, 없다구 이걸, 쌀을 잊어버렸는데.(잃어버렸는데.) 그래서 동네 사람
들이 인제 애들 적이니까는 동네 어른들이 주욱 방에, 이런 방에 모입디
다. 모여 가지고 항아리에다가, 이런 건 책에도 없는 얘기예요, 이거는.
지금 얘기헌 건 책에 다 나오는 얘기고, 그런 건 다. 이런 항아리에다가
이렇게 해 가지고 뭘 갖다 놓구요.

불을 꺼, 캄캄, 불 인제 뭐 등잔불이니까는 뭐 그냥 불을 끄고 캄캄허
지, 캄캄헌데.

이, 쭉 인제 앉아서들 이 속에 왜 이 쥐가 있는데, 죄가 있는 사람은 인
제 이 손을 넣어봐 가지고 이렇게 에 손을 넣으면은 죄 있는 사람은,

(청중 : 깨밀고.(깨물고.))

어, 깨밀고, 죄 없는 사람은 깨밀지 않는다. 허니까는 여길 넣어봐라 손을들. 그니깐 하나씩 하나씩 이제 캄캄헌 데서 늪디다들.('넣읍디다들.'의 의미임.).

내 아주 애들 적에 봤죠, 내가. 그건 내가 실제 본거니까.

넣구, 다 이제 넣었어, 하하.[웃음] 넣고 나서 허허.[웃음] 이제 불 켜놓고 손 내보니까는 한 사람이 아무것도 안 묻어 있어, 딴 사람들은 전부 묻어있는데. 묻었대는 게 그 안에다 인제 물감을 해놓고, 인제 먹물 해놓고 그렇게 됐던 거여. 그러니 뭐 백프로(100%)죠, 뭐 그 뭐 딴 사람은 그냥 뭐 다 그냥 시커멓게 이렇게 묻었는데, 허허허허.[일동 웃음] 한 사람은 안 묻어있어.

(청중 : 형식적으로 거 넣기만 헌거네, 그럼.)

죄 있는 사람은 뭐 깊이 넣지도 못하고 위에서 물릴까베.(물릴까봐.)

그런 일이 있었다고.

그건 책에도 없는 얘기여, 그런 거는. 내가 실제로 본거여.

노총각 장가보낸 어사 박문수

자료코드 : 02_01_FOT_20090122_SDH_YJY_0001
조사장소 : 경기도 가평군 북면 화악1리 503-11번지 마을회관
조사일시 : 2009.1.22
조 사 자 : 신동흔, 노영근, 이홍우, 한유진, 구미진
제 보 자 : 이정원, 남, 71세
청   중 : 조사자 외 5인
구연상황 : 이전에 어른들에게 들었던 이야기를 청하자 박문수 이야기를 구연했다.
줄 거 리 : 박문수가 산길을 가다가 한 총각이 떼빨네를 부르는 소리를 들었다. 박문수가
         이러한 연유를 묻자 총각은 나이 사십이 넘었는데 장가를 못가고 있는 처지

인데, 떼빨네라는 동네 처녀에게 마음이 있다고 말하였다. 박문수는 마을에 내려가면 어사 박문수 삼촌을 만났다고 거짓말을 하라고 시켰고 총각은 박문수 말대로 하였다. 노총각이 어사 박문수의 조카라는 말을 듣게 된 떼빨네는 그와 결혼하면 평생 호강하고 살 수 있을 것이라는 생각에 그 노총각과 결혼을 하였다.

지금 세상이나 그때 세상이나 총각이 있었던 모양이야, 총각 노총각들, 에? 노총각은 있겠죠, 아무 때도. 지금은 노총각은 더 많아요, 내가 가만히 볼 때, 그죠? 옛날보다 더 많은 게 지금 세월 같더라고, 노총각이.

그 왜냐허면 박문수 박어사가 암행어사로다 설설 다니다 보니까, 노인네들 참 거짓말도 잘해. 내가 들어보니까 그런 거 같은데, 그 왜냐.

가다보니까 덤불캉 밑에서 그 무신 떼빨네야, 떼빨네야 허고선 앉어선 중얼중얼허는 소리가 나더래는 거야, 이렇게 산길을 가다보니까.

"그래 이상허다. 여길 좀 이게 뭐 짐승의 소리냐, 사람의 소리냐."

하고선 박문수가 인제 살펴보니까, 아주 떠꺼머리 총각이 댕기고리가 한 바름 된 녀석이 부대지고리가 틀려서 대가리를 빗지도 못허고, 그걸 부두두 허면서 덩불컹 밑에서 떼빨네만 찾고 앉었더래는 거야. 그래

"너 누구냐."

그러니까

"아유, 나 이 동네 아무 데 사는 아무개."라고, 아 이러더래는 거야.

"아 그래 너 무신 사연으로 떼빨네만 찾고 앉었느냐." 그르니깐

"아이고, 어르신네. 말씀도 마십시오. 나이 사십이 넘어가도록 여태 총각으로 이렇게 늙는데, 하아 우리 동네 떼빨네라는 처녀가 하나 있는데 맘에는 있는데, 이게 이자를 얻을 수가 없다."

이런 얘기를 허더라고, 이 총각 녀석이.

"그래? 그러면 너 나 시키는 대로만 허라." 이거야, 어사가 박문수가.

"어떻게 허믄 됩니까?"

그르니까

"너 오늘 집에 내려가면 즉시 내려가서, 카 삼춘을 만났다고 해라." 허허.[웃음]

"아, 삼춘을 누구를 만났다고 허렵니까?"

그니까

"그저 박문수만 만났다고 해라. 박문수 어사 삼춘을 만났다고 해라."

아, 동네 가서 이 녀석이 미친척허고 좋다고 뛰가면서(뛰어가면서) 박문수 박어사 만났다고, 삼춘을 만났다고 아주 좋아서 미쳐 뛰거덩. 그니깐 동네 놈이 가만히, 동네 어른들이 보니깐 아 박문수 박어사믄은 암행어산데, 암행어사야 저 손주가10) 저 조카란 말이야.

아 이거 참, 그 때빨네가 가만히 또 동네 어른들 얘기허는 소리를 들어보니까는, 야 저놈헌테로다가 시집을 가면은 괜찮겠거덩.

어? 허허.[웃음] 옛날에.

에? 아, 지금은 안 그렇겠어요?

저놈헌테로 시집을 갔으믄 진짜 호강허고 살겠어.

그래, 동네 사람들이 그 그 녀석을 불러다놓고 너 박문수가 ○○ 그렇게 집안 어르신이 되냐 그니까,

"아유 그러믄요. 아주 뭐 그렇죠."

아주 시치미 딱 띠고서(떼고서) 아주 그렇다고 데굴데굴 구르거든, 좋다고. 아 그래 가지고 이 총각 녀석이 장가를 그, 때빨네한테 잘 가더라는 거 아니냐고. 그래 지금 총각들도 대충 그짓말을(거짓말을) 해면은(하면은) 장가를 잘 가지 않을까, 하하하하.

[일동 웃음]

---

10) '조카가'라고 해야 할 것을 잘못 말한 것임.

불 낸 범인 잡은 순사

자료코드 : 02_01_FOT_20090122_SDH_YJY_0002
조사장소 : 경기도 가평군 북면 화악1리 503-11번지 마을회관
조사일시 : 2009.1.22
조 사 자 : 신동흔, 노영근, 이홍우, 한유진, 구미진
제 보 자 : 이정원, 남, 71세
청   중 : 조사자 외 5인
구연상황 : 항아리로 범인을 잡은 앞 이야기에 이어, 자연스럽게 구연하였다.
줄 거 리 : 동네에 불이 자주 났는데 범인을 잡지 못하였다. 일본순사들이 원래 도둑을
        잘 잡는데, 일본순사가 굴뚝에 귀를 대고 방 안에서 하는 소리를 들어 이웃사
        람이 범인이었음을 밝혀냈다.

도둑놈은(도둑놈은) 일본, 일본사람이 잘 잡는답니다, 도둑, 도둑은.

우리가 그전에 저 저 화천군 때 사백년에 이 동네서 도독이 그렇게 났
는데, 영 도독이 난 게 아니고 불이 그렇게 나대래는(나더라는) 거야, 불
이. 그런데 뭐 이건 뭐 세상 불이 나믄 밤중에 나 가지고 가끔가다 그냥
동네가 잿마당이 되고 잿마당이 되고, 전부 초가집이니까.

그걸 잡을 방비(防備)가 없더래는 거야. 근데 일정 때 그랬대니까는 야
우간, 일정 때.

그러니까는 이게 그 일본순사들이 그 도독은 잘 잡더라고, 우리 아버지
말씀도 그래.

우리 동네에서 그런 일이 생겼었는데, 거기 살 때.

일본순사들이 이거 도둑을 어떻게 잡는가 하고 보니까, 지금 그 저 항
아리 속에서 그거 그렇게도 잡겠지만, 노인네 말씀대로. 이 지금은 이렇
게 보일러 놨으니까 이게 굴뚝이 없는 집이지요.

옛 옛날 옛날에는 전부 굴뚝이 다 있어요. 불을 때면 굴뚝으로.

꼭 굴뚝에다 귀를 대 대고 있으믄 밤에, 방에서 아주 조그맣게 허는 소
리도 다 들린대는 거야. 굴뚝에 굴뚝에다. 그래 가지고 그 도독을 잡고,

잡고 보니까는 그 바로 이웃사람이 그 따우로(따위로) 흉해(凶害)를 허더래요. 그래 가지고 그 흉해헌 그렇게 남을 그렇게 흉해헌 사람도 결국은 안되더래는 거야. 그냥 망허더래요. 우연히 망허더래, 그냥.

[식사가 가능한지 묻는 소리]

흉해는 절대 못쓰고, 음해는 못쓰고.

반상(班常)을 알아보는 뱃사공

자료코드 : 02_01_FOT_20090122_SDH_YJY_0003
조사장소 : 경기도 가평군 북면 화악1리 503-11번지 마을회관
조사일시 : 2009.1.22
조 사 자 : 신동흔, 노영근, 이홍우, 한유진, 구미진
제 보 자 : 이정원, 남, 71세
청   중 : 조사자 외 5인
구연상황 : 고담, 전설을 청하자 젊은 사람들에게 교훈이 되는 이야기를 하나 하겠다며 구연하였다.
줄 거 리 : 한 백정이 과거를 보기 위해 서울에 오는데, 오는 도중에 강을 건너기 위해 배를 탔다. 양반은 본래 배 삯을 내지 않고 내리는데, 양반보다 잘 차려입은 백정에게 뱃사공은 배 삯을 내라고 하였다. 백정은 양반이라고 우기며 배 삯을 내기를 거부하자, 뱃사공은 세수를 해보라고 시켰다. 백정은 늘 하던 대로 옷을 벗어던지고 세수를 했고, 이에 뱃사공은 그가 백정임을 확인하였다.

지금은 대학을 배우고 유학을 배우고 이래야만 인제 출세를 하고 이르죠.(이러죠.) 옛날에는 이 서울에 성균관 대학이라, 성균관이라고 있어 가지고 각계에서 호남, 경남에서 다 이거 개나리봇짐을 해지고 문경세제를 넘어서 서울꺼지 걸어오는 거야, 그죠? 걸어오는 도중에 강도 만나고 인제 이래 오죠.

강을 건너고 ○○○○○○ 서울을 오는데, 한 선비가 거 과거를 보러가니까 돈은 있는데 성자(姓字)가 나빠 가지고 양반이 아니었더라는 거야,

그 사람이. 그러니까 야, 인물도 저놈보다 낫구, 돈도 저놈 양반보다 많구, 어? 그런데 한 가지 성자가 나빠 가지고 과거를 못 보게 되니까, 한번 어디 나도 저놈 과거 보믄 붙으면 나도 붙을 수가 있다. 한번 간다.

개나리봇짐을 해지고선 그냥, 한없이 걸어오다 보니깐 강을 만났는데 강을 건너야 헐꺼 아녀, 건너야 헐꺼 아녀.

전라도서부터 서울꺼지 올려면 강을 몇 개를 나드릴 건너야 오는데, 그러다 보니까 이놈이 양반은 배삯값을 안내고 얼마든지 건너는 강인데, 양반은 그냥 돈 안내고 건너는데, 상놈은 배 뱃사공이 사람만 보믄 안다는 거야, 그니깐 거기는.

그 사공이 유명헌 사람이야.

참 그러니까 이 그 상놈이 아주 뭐 저 갓을 쓰고 정제(整齊)를 허고, 양반보다 더 잘 채렸는데(차렸는데), 탁 배를 양반허고 같이 양반들허고 탔는데, 이제 내리는데 양반은 뭐 하여튼 남루헌데도 가라 그러고, 잘 채렸는데 돈을 내라는 거야. 어, 양반보다 잘 채렸는 데도.

(청중 : 그 그 그거 아주 관상쟁이네, 아주.)

아주 그 뱃놈이 아주 그냥 잘 허는거야, 그러니까.

(청중 : 관상쟁이야.)

왜 나도 양반인데 돈을 내야, 안 안 낸다. 내라커니('내라고 하고'의 의미임.) 안내라커니('안낸다고 하고'의 의미임.) 이제 옥신각신헌거지. 저도 양반이래는 거지.

"그러면 양반이면 가 세술 좀 해보시오."

헌거야, 사공이. 세수를 허는데 아주 잘허는 척허고 웃도리를 훌훌 벗어내빌고 팔때길 훌렁 걷고, 허허.[웃음]

세수를 해고선 "이만 함 됐느냐." 그러니깐 "이 어서('어디서'의 의미임.) 소나 잡던 녀석이 와 가지고."

하 이러는거야. 이 백정이라 이거야, 백정.

"백정이 팔을 걷고 세술허지, 상놈이. 양반이 팔을 걷고 세술 허느냐."

[일동 웃음]

옛날엔 양반은 세술해도 고냉이(고양이) 세수를 했대는 거 아네요. 그쵸? 젊은 사람도 그런 것도 좀 알아두는 게 좋긴 좋겠죠.

황백삼(黃白三)

자료코드 : 02_01_FOT_20090122_SDH_YJY_0004
조사장소 : 경기도 가평군 북면 화악1리 503-11번지 마을회관
조사일시 : 2009.1.22
조 사 자 : 신동흔, 노영근, 이홍우, 한유진, 구미진
제 보 자 : 이정원, 남, 71세
청   중 : 조사자 외 5인
구연상황 : 고담집에서 본 이야기라며 구연하였다.
줄 거 리 : 살인범이 노란 종이에게 세 개의 백(白)자를 써놓고 갔다. 이에 노란 종이는
          황(黃)씨 성, 세 개의 백자는 백삼(白三)으로 해석하여 살인범의 이름이 황백
          삼(黃白三)임을 알아냈다. 전국을 뒤져 황백삼이라는 이름을 가진 사람을 찾
          아 범인을 잡았다.

이 살인범의 옛날에도 잡는데 말이에요.

탁 허니 영 못 잡는디, 범인이 무신(무슨) 자를 써놓고, 써놨고 허니 인제 저 물어보니까 어떻게 됐는고 허니, 이런 방바닥처럼 노란 종이에다가 흰 백(白)자만 세 개를 딱 써놨더라는 거야. 이걸 풀어야 되는데, 그래야 범인을 잡을 텐데, 잡을 수가 없다는 얘기야, 이걸 세상에.

그래 가지고 그걸 고민 고민 허는데, 나중에 이걸 알고 보니까는, 누런 종이는 황(黃)가다 이거여, 황가. 이게 누러니까, 종이가. 그러면, 이거 이 거 이거를 처음부텀 해야 재미가 좀 있긴 헌데 잊어버렸어.

(청중 : 대충해.)

줄거리만 따서. 허허.[웃음]

이 백(白)자, 백자가 세 개는 삼(三)이다, 삼이다 이거여. 그러믄 황가에다가 백삼이다 이거여. 황백삼이다 이거야.

이래 가지고 임금이 그럼 전국에다가 황백삼이를 찾아오너라 허고선 인제 저걸 내리는 거야. 어? 지금으로는 뭐야, 그거 저거, 수사망을 핀 거야. 전국을 털치니까는 그 황백삼이래는 놈이 있어 가지고, 결국은 그 놈을 갖다 조지니까는 이놈이 살인범이래는 거야. 그렇게도 잡더래요.

청룡과 아기장수

자료코드 : 02_01_FOT_20090122_SDH_JGH_0001
조사장소 : 경기도 가평군 북면 화악1리 503-11번지 마을회관
조사일시 : 2009.1.22
조 사 자 : 신동흔, 노영근, 이홍우, 한유진, 구미진
제 보 자 : 정규흥, 남, 71세
청   중 : 조사자 외 5인
구연상황 : 청룡박에 대한 이야기를 청하자 구연했다.
줄 거 리 : 아기가 태어난 지 삼일 만에 살강에 올라가서 있는 것을 본 부모는 집에서
         이상한 사람이 나면 삼족을 멸한다는 이야기 때문에 다른 사람들 몰래 아기
         를 죽였다. 아기가 죽고 청룡말이 웅덩이에서 나와서 삼일동안 울다가 죽었다
         고 해서 그 뜰을 청룡고개, 청룡뜰이라고 한다.

그 뭐, 노인네들헌테 그 전에 어렴풋이 들은 소린데, 그게 뭐 전부 장군이 나와 가지고서는 그전에는 에, 뭐야 그 집안에서 뭐 이상한 사람이 나오게 되믄 뭐 뭐 뭐, 삼족을 멸허느니 무슨 역적이니 뭐 어쩌니 해 가지고 게, 뭐야 나와 가지고선 이제 ○○○ 출생헌 지 삼일 만엔가 보니까는 뭐 실경에11) 올라가서, 뭐 드러눴더래나(드러누웠더래나) 앉아더래나

---

11) 살강에 : 실경은 살강의 강원도 방언으로, 그릇 따위를 얹어 놓기 위하여 부엌의 벽

해 가지고선 누구도 몰래 해치웠대는 얘기더라고.

해치워 가지고서 어, 청룡뜰이래는 고 고개가 고개가 있고, 고 고 옆쪽이 뜰인데,

뭐 청룡말이래는 자체가 거기를 나와 가지고 삼일동안을 오르내리다가 그 뭐야, 그냥 저거해서 죽었다 해 가지고 그러헌

(청중 : 그 용마가 나왔지, 용마가 나온 거잖아.)

용마까지 나왔는데 그니까 임자가 읍어 가지고(없어 가지고) 어, 죽었대는, 어 이러한 전설이라고 허는데 그게 진짜지 아닌지는.

게 뭐 그전에도 저거를 해 가지고 저, 뭐 저한테는 뭐 잡지 그 저 뭐기, 기자라고 허더라고.

그 사람들이 와 가지고 그런 얘기를 해서 물어봐 가지고 가져간 바도 있고 헌데, 뭐.

말은 뭐 그전에 뭐 우리집안에서 이제 그러한 현상이 있었다 인제 그러한 얘기꺼정도(얘기까지도) 뭐 돌기는 돌았었어.

근데 그게 우리가 얼른 생각헐 때는 그게 꼭 그럴 거 같지는 않단 말예요. 뭐, 근데 뭐 저들은 뭐야.

(청중 : 전설이지.)

저 이 뭐야 여기에 무슨 뭐 뭐 날개가 뭐 달렸느니 뭐가 뭐가 달렸느니 어쨌느니 뭐 그러한 얘기가 있었다고 해 가지고 청룡뜰이래는 자체는 그래서 생겼다고 해, 허더라구요.

노인네들 얘기여, 인제 그런데 그 자초지종 자세헌거는 우리네로서는 알 수가 없잖아요.

중턱에 드린 선반을 이른다.

굴뚝에 넣은 개뼈 때문에 죽은 사람

자료코드 : 02_01_MPN_20090122_SDH_YJY_0001

조사장소 : 경기도 가평군 북면 화악1리 503-11번지 마을회관

조사일시 : 2009.1.22

조 사 자 : 신동흔, 노영근, 이홍우, 한유진, 구미진

제 보 자 : 이정원, 남, 71세

청   중 : 조사자 외 5인

구연상황 : 앞 구연자가 귀신에 홀린 사람 이야기를 한 뒤 자연스럽게 구연했다. 구연자의 아버지에게 들은 이야기라고 하였다.

줄 거 리 : 마을에 살았던 금호할머니가 도라지 반찬을 만들어 놨는데 그것을 이웃사람이 훔쳐갔다. 이것을 알고 금호할머니가 야단을 하니 훔쳐간 이웃사람이 노여워하며 금호네 굴뚝에 삼베로 싼 개뼈를 넣어 놨다. 그 뒤로 금호 큰아버지를 비롯한 두 사람이 죽자, 무당을 불러 점을 쳤다. 점을 치고 100일 만에 밖에서 개가 죽는 소리가 나서 나가보니 솥뚜껑이 날아가는 등 난리가 났다. 무당은 개뼈가 유인하는 대로 따라가 굴뚝 안에서 개뼈를 찾아냈다.

저거 있어요, 저 뭐냐 지금 금호네가 어디 살았냐면은 버들아치 내 재당숙(再堂叔)네 집 그터에 살았거든, 그니깐 어?

(청중 : ○○○ 아니야?)

아니야, 버들아치 살다가 인제 거기 사는데 아주 금호네가 그때나 이때나 요부(饒富)였어.

(청중 : 먹고 살만했지.)

아유, 그럼요.

그런데 여름에 모를 닐라고 금호할머니가, 응? 도라지를 까자, 도라지 반찬이면 옛날에 그것도 괜찮은 거지.

(청중 : 특식이지.)

어, 그걸 까서 도라매를 담가놨는데, 고거를 이웃사람이 하나 아주 그 저 훔쳐갔다, 응. 그러니깐 이 양반이 금호할머니가 억셌어요.(억셌어요.) 야단을 했대요.

그랬더니 이게 좀, 자기 죄는 생각치 않고 좀 노엽다 이거지. 그러니깐 이 금호네 집에다 갖다가 이 그집에서 뭘 어떻게 했는가하면 개, 개 마른 종아리, 개뼉다구(개뼈다귀). 그거를 삼베로다 싸 가지고 일곱 매끼(매끼는 곡식 섬이나 곡식 단 따위를 묶을 때 쓰는 새끼나 끈을 말한다.)를 묶어 가지고.

[일동 웃음]

(청중 : 아아, 진짜 진짜 고약하게 했네.)

어, 굴뚝에다 갖다 집어넣은 거야.

아 이집에서 이 금호큰아버지도 다 있었거덩. 갑자기 변사(變死)가 난 거야, 금호네 집에서. 하, 이거 그니까 누가 아느냐고 이걸, 도통 모르는 거지.

(청중 : 그거야 뭐 굴뚝에다 갖다 집어넣은 걸)

굴뚝에다 집어넣어놨으니

(청중 : 보이기를 해 뭘해.)

(청중 : 굴뚝에다 집어넣은 걸 알 수가 없지.)

그 굴뚝 굴뚝을 전부 이거 돌로 요렇게 쌓아올렸잖아요.

(청중 : 그렇지.)

쌓아올려서 한질 이상 싼 거기다가 집어넣으니깐 모르지 않냐고.

야, 이거 환장허지.

아, 그래 가지고선 정월 석달 열흘을 점을 읽어대는데 찾아낼 사람, 금호큰아버지 갑자기 죽구, 또 누가 죽었대나. 그래 가지고 둘인가 갑자기 죽어놓으니까 이게 난리가 난거지.

점쟁이가 찾아내야헐텐데 아 점을 냅다 읽다보니까 석달 열흘을 읽다가 그 백일이 차던 날 저녁에 아주 밖에서 개가 죽는 소리를 치더래는 거야, 우리 아버지 말씀이. 개가 아주 죽는 소리를 쳐서 그 그냥 이상허다고 그냥 보니까는, 그냥 솥안 뚜껑을 그냥 이게 그냥 홀러덩 날라가고(날아가고) 난리를 치더래는 거야.

방에서는 점을 뚝딱대고 읽어대는데, 그래서 이게 개 가재는(가자는) 개 막대기 가자는 대로만 돌아댕기다 보니까 굴뚝을 가서, 이놈의 개 막대기가 에.

(청중 : 이제 찾았구면, 이제.)

아, 그래 굴뚝을 헤치고선 보니까 그 짓을 해놨더래는 거 아냐, 응? 그래서 석달 열흘 만에 그걸 찾아내고, 사람은 이미 죽었지 인제, 응? 그리고서는 그집,

(청중 : 그 남의 집구석만 망했고만.)

그럼, 그집을 떠나서 금호네가 일리(이리로) 내려온 거야, 여 지금 사는 터로, 그 집을, 그 터를 나와 가지고.

(청중 : 고약한 사람들이고만.)

남을 그렇게 음해를 허면은, 그런데 그 음해헌 사람이 잘 됐느냐.

그집도 망했더라는 거야.

(청중 : 그게 잘 될 날짜가 있어, 그게.)

그니깐 항상 우리 아버지는 그래. 항상 남한테 니가 잘못, 싸우면은 잘 잘못이 있으면은 그 자리서 서로 풀 풀고 해야지, 음해는 절대 못신다(못쓴다) 이건 대대로 망가진다.

(청중 : 고럼.)

이런 얘길 허더라고.

(청중 : 그거 참 좋은 얘기요.)

그런 얘기를 허시더라고. 그 얘기도 벌써 난지가 그니깐 한 팔구십년 되는 얘기야, 이게. 우리아버지가.

(청중 : 옛날 얘기지, 옛날 얘기야.)

팔구십년.

인색한 부자 최땡비

자료코드 : 02_01_MPN_20090122_SDH_YJY_0002
조사장소 : 경기도 가평군 북면 화악1리 503-11번지 마을회관
조사일시 : 2009.1.22
조 사 자 : 신동흔, 노영근, 이홍우, 한유진, 구미진
제 보 자 : 이정원, 남, 71세
청   중 : 조사자 외 5인
구연상황 : 가평에 살았던 큰 부자 이야기를 청하자 짧게 강부자 이야기를 구연한 뒤에
         이어서 바로 구연하였다.
줄 거 리 : 마을에 최씨 성을 가진 부자가 살았다. 장날이 되면 자신이 돈 빌려준 소장사
         들에 점심을 얻어먹기 위해 매번 장에 나가고, 버스비도 깎을 만큼 구두쇠였
         다. 심한 구두쇠였기 때문에 땡비(땅벌을 이르는 강원도 방언으로서, 성질이
         급하고 못된 사람을 일컫는 말로도 사용된다.)라는 별명을 얻어 최땡비라고
         불렸다.

지금까지도 그러지만 부자들을 보믄 지가 돈 벌어서 부자된 게 아니야.

(청중 : 근데 최땡비는 그렇지가 않대며?)

최땡비는 원래 노랭이야(노랑이야).

(보조 제보자 : 카, 여북해야 땡비야.)

버스값도 깎았다는데 말 다했잖아.

[일동 웃음]

아니 버스값을 깎았대, 버스값.

(청중 : 야는(얘는) 십원이래도.)

그때 차장 있을 땐데, 차장 차장. 차장 있을 땐데, 우리도 봤는데 그
영감.

만날 그저 벙, 저 저 가죽 벙테긴가.

(보조 제보자 : 중절모.)

누런 거 누런 거 다 헤진 거 하나 쓰고 장마당이믄 나가. 장마당에 왜 나가냐.

이 영감이 돈이 많으니까는 전부 소장사들이 전부 그 영감 돈 안 쓴 사람이 없어요.

(보조 제보자 : 고럼.)

그니깐 장마당이면 나가면은 노랭인줄은 알지만은 누구든지 붙들고 들어가서 점심을 대접을 헌다고, 점심을. 점심을 대접을 허니까 그거 먹는 재미에 그냥 장마당이믄 나가는 거야.

그리고 차, 버스를 타면

"야, 애야 노란돈 하나만 깎자." 이거야.

[일동 웃음]

십원만 깎자는 거야, 없다구.

(청중 : 버스비도 깎았다는 겨, 나 이걸.)

그때 ○○○일 때 우리도 본 걸 뭐, 우리도 뭐 그 영감이 그랬는데.

(보조 제보자 : 아 그래, 요새는 고물장사들 차 갖고 다니면서 하지만은 옛날에는 지게에다 이제 고무신짝, 헌 고무신짝 이걸 뭐야 엿하고 바꿔서 갔단 말여.)

그래 이제 영감은 자기 신발 이제 거 돈 주고 사는 게 아니고 계속 엿장사 오면은 자기 신발보다 좀 성한 거 바꾼대. [웃음] 바꿔서 신으려고 그러지, 바꿔서 신으려고.

(보조 제보자 : 얼마나 지독하게 땡비 노릇을 했는지, 땡비가 인제 땡비는 왜 땡비냐 그러면, 산에 그저 조그만 벌 땅속에, 인제 거기서 그게 대단히 지독하거든.)

달라붙으면 안 떨어지잖아.

(보조 제보자 : 고 그거 저 보다 더 지독하다는 뜻에서 이제 최, 성은 최씬데 이제 최땡비, 별명이 붙은거여, [웃음] 참.)

저승 체험

자료코드 : 02_01_MPN_20090201_SDH_YHS_0001
조사장소 : 가평군 북면 적목리 조무락골(제보자의 자택)
조사일시 : 2009.2.1
조 사 자 : 신동흔, 노영근, 이홍우, 한유진, 구미진
제 보 자 : 임호성, 남, 77세
청   중 : 조사자 외 5인
구연상황 : 이야기를 청하자 바로 구연했다.
줄 거 리 : 구연자가 아홉 살 때 이웃집에 혼례가 있어서 국수를 먹다가 잠이 들었다. 꿈
         속에서 큰 바다가 펼쳐져 있고 시커먼 저승사자 두 명이 따라오라고 해서 따
         라갔다. 저승사자를 따라가서 철갑을 두른 염라대왕을 만났고, 염라대왕은 아
         직 죽을 때가 되지 않았으니 살려서 보내준다고 하며 공덕을 쌓으라고 하였
         다. 다시 돌아가게 된 구연자는 외나무다리를 건너라는 저승사자의 말에 따라
         다리를 건넜는데, 도중에 다리가 끊어지면서 꿈에서 깨어나게 되면서 다시 살
         아났다.

우리집 말고 요 집에 평안도 사람이 있었어요. 와 가지구선 저 이북서 인제 저 에, 휴전 돼 가지고 넘어 와 가지고 거기 산대. 그 아가씨가 시집을 가는데, 에 남자가 인제 가매(가마), 그땐 가맬 타고 왔다고 이리. 가맬 타고 오는데, 게 신랑이 어떤가.

그땐 나도 남자니깐 어떤 놈이 그런 여잘 데려가나 하고 먼저 가서 들춰봤어요. 아 들춰보고 있는데, 이제 그렇허구 이제 올라왔어 올라왔어, 인제.

낮에 금방, 그 옛날엔 멍석을 가마니라고요.

국수 먹는 자리가, 그래 펴놓고선 국수를 한 반 그릇 먹었는데, 아 이

상허게 졸립더라고요. 숟갈 힘도 없어, 이게. 그러고 견딜 수가 없더라고. 그 나도 모르지, 글고 팍 시려져(쓰러져) 버렸거든. 그래, 에 나도 인제 그렇게 자는 줄 아는데, 아 그 이튿날 낮에 보니까는 이걸 묶었더라고.

아주 다 기냥 이게 가마니 뚤뚤 말아 가지고 이게 잴록잴록 허더라고.

어 그래 그 전에 자는 채 허는데 아주 큰 바다더라고, 바단데, 외나무다리예요.

아 한 놈의 새끼는 앞에 가고, 한 놈의 새끼는 뒤에 섰더라고. 빨리 가자고 지랄허더라고, 그 새끼가, 새카맣게 입은 놈의 새끼가. 아 그래 가지고 빨리 들어갔지 그래서. 가재니까.(가자니까.) 그래 가서 떡 허니, 우리 저 에 우리 군대로 말허믄 보초소 똑같아요, 아주.

근데 좌측에 불 불항아리가 있더라고. 불도가, 쇠를 녹이는 게, 무서운 게 있더라고, 좌측으로. 그래 좌측인데 거기서 인제 두 놈들이 이렇게 막고 섰는데, 근데 열어줘 들어갔는데 거 있는 놈은 아주 또 번쩍번쩍헌 아주 무신 쇠뭉구리만 입고 앉았더라고.

그놈 보더니 앨 왜 데려왔냐고 막 호령을 허더라고.

그럼서 넌 살아, 넌 살아 내보내줄테니깐 나가서 공덕을 허라고 글더라고. 넌 죽을 사람이 아닌데 얘를 어떻게 끌어왔냐고 글더라고.

그래 가지고 그냥 고 두리번두리번 다 봤지.

멫 칭이야, 멫 칭,(몇 층이야, 몇 층,) 가면서 지키는 게.

그래 가지고선 에 급해 가지고선 실적(슬쩍) 보고 실쩍 보고 인제 돌아가다가, 인젠 무서우니깐.

게 나와선 또 외나무다리를 타라 글더라고. 그 담엔 이놈들이 앞에 안 섰어요. 외나무 딱 있는데 나를 갖다가 세워놓더니 가래는 거야, 그냥. 그 놈의 새끼들은 거기 섰구, 두 놈들이.

그래 냅다 오는데, 어 가다가 털럭 끊어지더라고, 다리가. 걸어가다가 터럭 빠져버리더라고. 깜짝 놀랬지.

그래, 깬 거여 살았다고.

그래 아침 그날 열시면 갖다 묻을라고 말아놨시니까,(말아놨으니까,) 가마니떼개다가 으른들이(어른들이) 그래 가지고 노인네들, 그 노인네 아니믄 그 날로 묻었지.

노인네들은 아 이렇게 살(殺) 맞은 건 놔둬보라고, 글면 피해나는 수도 있다고. 그니깐 하루 멍석을 말아서 한(寒) 데다 됐대요, 여름에. 그래 깨 가지고 일어나니까 아주 잘록허더라고, 얼마나 디리 묶어놨는지. 이것도 아프지, 여기도 아프지, 이것도 갖다가 사지를 이렇게 했는데. 무지게(무지하게) 아파. 걸을 수가 없더라고.

아홉 살 먹어서. 그래 살았다고, 내가. 그래 그 저승길에는 무서운 줄 알아야 해. 가시밭이고 뭐고.

(조사자 : 거기 그럼 다시 돌아가라고 한 게 염라대왕인가요?)

그 사람이 왕이여. 우리나라로는 대통령이라고. 전부 털, 철갑을 하고.

(조사자 : 철갑을 했다구요?)

뒤집어 쓴 게 철갑이더라고. 눈만 빠끔빠끔하고. 그런 놈이 아주 왕이더라고, 안에서.

(조사자 : 눈만 보이고 다 철갑이라구요?)

다 철갑이야, 몸땡이가.(몸뎅이가.) ○○○○ 안 비켜주고 소릴 지르니까 애들이 꼼짝을 못하더라고 그냥, 밑에 놈들이.

(조사자 : 까만 옷 입은 사람들은 그냥 모자도 썼구요?)

고거는(그것은) 아주 다 뒤집어썼고, 새카매 모자도, 그것들은.

(조사자 : 강물이 그냥, 강물이 넓은가요?)

아 그냥 바다래니까 바단데, 외나무다리에선 내다보니까 착 내다뵈지도 않아, 거기가.

3. 상면

▌조사마을

경기도 가평군 상면 율길1리

조사일시 : 2009.2.23

조 사 자 : 신동흔, 노영근, 이홍우, 한유진, 구미진

경기도 가평군 상면 율길1리 전경

경기도 가평군 상면 율길리는 가평읍을 중심으로 반시계방향을 따라 위치한 상면 내에 있는 마을이다. 율길리는 1리, 2리로 나뉘어져 있다. 율길리는 원래 부락 내에서 '반길이', '밤길이'에서 '뱅길이'로 부르던 것을 뱅은 밤율(栗)자로, 길이는 길할길(吉)자를 써서 현재의 지명을 갖게 되었다.

마을의 인원 가구 구성은 대략 178가구이며, 농가수가 63가구 정도 이

고, 마을 내에 군부대가 있다. 특히 이 지역의 특산물은 난과 포도로서, 임야를 제외한 농경지의 비율은 논과 밭보다 과수원이 대부분을 차지한다. 이 마을은 포도 재배에 적합한 기후와 지형 조건으로 맛과 향이 뛰어나고, 당도가 높아 그 맛이 좋기로 유명하다. 그러므로 '포도향이 흐르는 마을'이라는 또 다른 이름을 내걸고 여러 가지 프로그램이 마련된 녹색농촌체험마을로 지정되어 있다.

서울경기2지역 팀은 총 4회에 걸쳐 2009년 동계 가평 현장조사를 실시하였는데, 상면은 4차 조사(2.23~26) 지역으로 선정되었다. 조사당시 마을회관에는 열다섯 명 이상의 할머니들만이 둘러앉아 담소를 나누고 계셨다. 할머니들만 모이신 마을회관이므로, 주로 생애담과 민요를 중심으로 구연하실 수 있도록 여러 가지 질문을 하였다.

청중으로 계시는 할머니들의 수가 많은 편이라 다소 산만한 분위기였지만, 대부분의 할머니들께서 조사의 목적과 내용을 듣고는 적극적으로 호응하여 원만하게 조사를 시작할 수 있었다. 할머니들과의 대화를 통해 박종숙 씨라는 분이 강원도 강릉 출신임을 알게 되었는데, 강원도 민요를 아주 잘 구연한다고 이미 마을 분들 사이에선 소문이 자자하였다. 그리하여 민요를 청하니 곧 여러 편의 '아리랑'과 '베틀가', '댕기 노래', '동무 노래', '따북녀 노래', '총각 낭군 무덤에' 등의 강원도 민요를 포함한 다양한 민요들을 제보해 주셨다. 이러한 분위기에서 청중으로 계시던 김옥상, 김복님 씨 역시 어린 시절 부르던 '이거리 저거리', '자장노래', '성주풀이', '노랫가락' 등 여러 가지 민요들을 불러 주셨다.

경기도 가평군 상면 율길2리

조사일시 : 2009.2.23
조 사 자 : 신동흔, 노영근, 이흥우, 한유진, 구미진

경기도 가평군 상면 율길2리 전경

율길2리는 양지교를 중심으로 율길1리와 분할되어 있으며, 동쪽으로는 태봉2리와 서쪽으로는 포천군 내촌면, 남으로는 상동리와 경계를 이루고 있다. 행정구역상 자연부락이 수역, 솔안, 자작골, 아래자작골(충청골)로 나눠져 있으나, 자작골과 아래자작골의 두 마을 민가8호는 행정 편의상 율길1리에서 관할하고 있다. 율길2리 답사 또한 가평군 상면 조사 시 율길1리 조사에 이어 이루어졌다.

이곳 마을의 생김이 소가 누워 있는 모습과 같다고 하여 와우형상(臥牛形象)이라고 하는데, 지명이나 지형지물의 명칭도 소와 관련된 것들이 많았다. 솔안 마을은 소가 누운 상태의 안쪽과 같으며, 수역은 쇠궁이(소밥그릇), 가마소(가마솥), 마루골 동산(소머리), 삼태봉(소여물을 날라다 주는 삼태기 모양의 것) 등이 있다. 그래서인지 이 마을 사람들은 황소와 같이 열심히 일하고 부지런하여 모두가 풍요롭고 넉넉한 생활을 하고 있다 한다.

또한 이곳에는 진등이라는 산이 있었는데, 산릉선이 길게 내려와 진등이라 하였으나, 현재는 군부대가 들어오면서 없어졌다. 대장골에는 장성급 대장이 많이 배출된다고 하여, 군부대에서 배출된 장성이 무수하다고도 전해온다. 또한 남자의 성기와 같다는 자지봉(일명 자주봉이라고도 함)에는 문무를 겸한 뛰어난 문무백관이 나온 듯하다. 마을에서 저 멀리 보이는 개주산(介冑山)을 따라, 바지골, 볼기골, 구세골, 대장골 계곡이 마을을 따라 뻗어 있고, 울창한 숲은 자연경관을 더욱 아름답게 꾸미고 있다.

한편 율길리의 주요 특산물은 포도로, 율길2리 또한 포도 재배에 적합한 기후와 지형 조건을 갖추었다. 따라서 이 마을에서 수확되는 포도는 향이 뛰어 나고, 당도가 높아 그 맛이 좋기로 유명하다. 그러므로 최근에는 가평군에서 재배된 포도로 만든 포도즙을 미주지역으로 수출하여 그 우수성을 세계적으로 알리는 사업을 하고 있는데, 상면 율길2리의 포도작목반은 이러한 활동의 주축을 이루고 있다.

이번 조사에서는 율길2리 마을회관을 방문하였는데, 율길1리와 마찬가지로 마을회관에는 할머니들만이 많이 모여 계셨다. 대부분 담소를 나누거나 화투를 치며 시간을 보내고 계셔서 조사를 시작하는데 있어, 처음에는 다소 산만하였고 적극적인 협조가 이루어지는 분위기는 아니었다. 이후 조사의 목적을 설명하고 분위기가 형성된 뒤, 여러 제보자들에게 조사를 시도했으나, 대중가요를 부르는 분들이 많아서 제대로 된 조사가 진행되기는 어려웠다.

그 중 제보자 심복임에게도 옛날이야기를 해달라고 청하니, 이야기를 많이 하면 가난해진다며 거절하다가, 금세 우스운 이야기가 하나 있다고 하시면서 구연하셨다. 제보자는 원래 전라도 광주 출신으로 23세에 가평으로 시집와 여전히 가평에서 거주하고 있다. 재치와 유머가 있고 낙천적인 성격이어서 우스운 이야기를 많이 알고 있으며, 농담도 잘 하였다. 이번 조사에서는 우스운 옛날이야기로 '기지로 호랑이 고개 넘은 여자'와 '징검다리 놓은 효자' 이야기 등을 구연하였다. 구연 뒤에는 항상 재미있는 농담이나 삶의 지혜가 담긴 교훈적인 말도 더하여 주었다.

경기도 가평군 상면 태봉1리

조사일시 : 2009.2.24

조 사 자 : 신동흔, 노영근, 이홍우, 한유진, 구미진

경기도 가평군 상면 태봉1리 전경

태봉리(胎封里)는 중종(中宗)의 태(胎)를 봉하였다는 태봉산 아래에 있는 마을이라고 하여 태봉골 또는 태봉리로 부른다는 설이 있다. 반면 영창대군(永昌大君)의 태비(胎碑)가 발견된 곳이라 하여, 1606년(선조39) 선조대왕의 유일한 정비(正妃)의 소생으로 태어난 왕자 의(儀), 즉 영창대군의 태

를 묻은 뒤부터 태봉이라 하였다는 설도 있다.

조사팀은 이곳에 4차 조사기간에 방문하였는데, 현재까지는 마을사람들에게도 태실(胎室)의 주인공이 영창대군으로 알려져 있었다. 그러나 명문이 마멸되어 그 주인을 추정하기 어렵고, 대략 만력30년1월1일 이후부터 34년 7월 28일 이전에 태어난 왕손에 해당하는 정도로 파악이 된다고 한다. 이 시기에 출생연도를 파악할 수 있는 왕손은 정명공주(貞明公主), 인흥군(仁興君), 영성군(寧城君), 영창대군(永昌大君)으로 압축된다. 따라서 몇몇 역사학자들에 의하면 현재로서는 태의 주인공을 단정할 수 없으며, 보다 충분한 자료와 연구가 필요하다고 한다.

태봉리는 1리와 2리로 분할되어 있는데, 태봉1리는 매우 유서 깊은 마을로 새능안, 윗말, 아랫벌 등의 자연부락이 나눠져 있다. 이 중 새능안은 현재 광릉(光陵)의 능을 원래 경기도 광주에 있는 능안산에 옮기려 했다가, 한양에서 너무 멀다는 이유로, 한양과 가까운 광릉(光陵)에 옮겼다고 하여, 위와 같은 이름으로 부르게 되었다 한다. 특히 이 마을에는 조선조 4대 명필이며, 천하의 문장가로 알려진 월사(月沙) 이정구(李廷龜)와 그의 아들 명한, 손자 일상의 3대 대제학의 묘가 있으며, 이 가문의 묘소는 도지정 문화재 79호로 지정되어 있기도 하다.

새능안은 지형으로는 태봉1리의 아래쪽에 위치해 아랫말이라고도 하며 40여 세대가 거주하고 있다. 윗말은 약 20여 세대가 거주하고 있으며, 마을의 중심부로서 마을회관도 이곳에 있다. 태봉2리와 경계를 두고 있는 능선 아래는 인두모양을 한 인두바위와 마을의 번영과 주민의 안녕을 위해 매년 음력 초하룻날, 돼지를 잡아 제를 올리는 제석과 제목이 있다. 또한 옛날에 석수장이들이 바위에 글자를 새긴 흔적이 있다는 석수바위도 이곳에 있다. 윗말에서 아랫벌로 넘는 마을 안길에는 우무정 고개가 있고, 이 고개를 넘으면 우무정골이 나타난다. 우무정골은 마을에 있는 우물이 깊고 물맛이 좋다는 데서 이름이 붙여진 자연부락으로, 이곳에도 민가 몇 채가 있다.

　조사팀은 태봉1리 마을회관을 중심으로 제보자를 찾던 중, 적당한 제보자를 찾지 못하고 마을 어른들의 추천으로 소리를 아주 잘한다는 분의 자택을 방문하게 되었다. 그러나 조사팀이 찾던 할아버지는 번번이 부재중이거나 술에 많이 취해서 제보가 불가능한 상황이었고, 그 시간동안 우연찮게 자택에 계신 할머니와 이야기를 하게 될 자리가 마련되었다.

　특히 태봉1리는 넓은 면적으로 인해 수십 년 전부터 군부대가 다수 있는 지역이다. 제보자의 자택 또한 마을회관과 민가가 비교적 많이 모여 있는 마을 중심이 아니라, 군부대와 한적한 도로 주변에 외따로 떨어져 있는 위치이다. 제보자는 원래 전라남도 강진 출신이나, 가평으로 시집와 태봉1리에 거주한지 50년 가까이 된다. 그러므로 제보자는 시집올 즈음에 군부대가 들어선 일들과 부대가 들어서면서 마을에서 일어난 여러 가지 사건과 본인의 경험담을 많이 기억하고 있었다. 이번 조사에서는 '귀신 붙은 고목나무', '남의 마른 돼지 먹여서 재산 얻기', '나물 캐러 갔다 간첩으로 몰린 사연', '새색시의 실수', '첫날밤 도망 가려했던 새색시' 등 주로 시집 온 이후, 태봉1리에 거주하면서 군부대와 얽힌 사건이나 신혼 초에 있었던 일들을 매우 재미있게 구연해주었고, '도깨비불'과 같이 다소 신이한 체험담도 제보해 주었다.

경기도 가평군 상면 태봉2리

조사일시 : 2009.2.24
조 사 자 : 신동흔, 노영근, 이홍우, 한유진, 구미진

　영창대군(永昌大君)의 태비(胎碑)가 발견된 곳이라 하여, 1606년(선조39) 선조대왕의 유일한 정비(正妃)의 소생으로 태어난 왕자 의(儀), 즉 영창대군의 태(胎)를 봉하였다는 설에 따라 이름 붙여진 마을 태봉리(胎封里)는

경기도 가평군 상면 태봉2리 마을 전경

1958년에 행정구역이 현재와 같이 1리와 2리로 분할되었다.

태봉2리는 아랫마을, 응달말, 윗말로 자연부락이 나눠져 있으며, 동으로는 태봉1리, 서로는 율길리, 남으로는 상동리와 경계를 이루고 있는 전형적인 농촌마을의 모습이다. 특히 소재지가 하면 소재지와 인접하여 상권이 갖추어 있지 못하고, 이 때문에 생활편익시설이 하면소재지 편중된 경향이 있어, 소득기반시설 형성 미흡으로 청장년층의 인구감소가 심화되었다고 한다.

그러나 태봉2리는 수변(水邊)과 산림이 조화되어 자연경관이 수려하며, 축령산, 서리산 등 천혜의 자연자원 보유하고 있는 청정지역이다. 따라서 고품질의 무공해의 잣, 포도, 난, 배, 고로쇠수액, 표고 등 유명 농·특산물의 생산지이기도 하다. 면 특히 이 마을은 2000년을 전후로 총 면적 이천 평에 달하는 T.MR 공장이 40여 농가의 출자와 정부 지원 사업의 일

환으로서 건설되었다. 따라서 공장이 가동되면서 관내 축산농가와 주변 낙농가들에게도 도움을 주어 축산 발전에 기여하고 있다.

한편 이 마을에는 원홍사(元興寺)라는 절이 있어 원홍리라고도 불린다. 특히 과거 이 절의 스님이 불법은 물론이고, 부처님의 자비로움으로 병을 치료하는 신기한 힘이 널리 있다고 알려져 많은 사람들이 이 절을 찾아와 병을 치료했다는 이야기가 전해오고 있다. 이때부터 이 절이 있던 곳이 민간불심(民間佛心)의 터전이 된 곳으로 알려지며, 원홍부락이라는 이름으로도 알려지게 되었다고 한다.

태봉2리의 조사는 상면 조사 시 함께 이루어졌는데 태봉2리 마을회관에 방문했을 때 대부분의 마을 어른들은 화투를 치고 계셨다. 그러므로 조사하려는 목적과 내용을 말씀드려도 대개 무관심한 반응을 보이거나, 다른 마을에 가볼 것을 권하셨다. 이 과정에서 담배를 피우고 계시던 제보자 오정환이 갑자기 민요를 부르기 시작하였고, 제보자의 구연이 시작되니 다른 마을 어른들도 하나 둘 집중해서 들으며, 장단을 맞추고 중간중간 박수를 치기도 하였다.

제보자는 평소 노래를 부를만한 자리가 있거나, 마을 사람들과 함께 놀러간 자리에서도 노래를 부른 적이 없다고 하는데, 이번 조사를 통해서 노래실력을 보여주어 주변 분들도 놀라게 하였다. 현재는 치아가 없어 입 주변이 움푹 들어가 있고, 발음이 다소 명확하지 못하다. 또한 담배를 많이 피워 숨이 자주 차고 호흡하는 것을 불편해 하였다. 이번에 제보한 민요는 '어랑 타령'으로 젊은 시절에 자주 불렀던 노래라고 한다. 숨이 자주 찼음에도, 비교적 긴 노랫말을 정확하게 기억하고 끝까지 구연하였다.

▌제보자

김복님, 여, 1933년생

주 소 지 : 경기도 가평군 상면 율길1리
제보일시 : 2009.2.23
조 사 자 : 신동흔, 노영근, 이홍우, 한유진, 구미진

　　제보자 김복님은 원래 전라남도 목포가
고향이다. 일찍이 가평으로 시집와, 현재까
지 오십년이 넘게 가평에 거주하고 있다. 말
투에 여전히 전라도 사투리가 묻어나며 목
소리가 다소 걸걸하고 큰 편이다. 성격 또한
활발하며 쾌활하였다.

　　이번 조사에서는 '성주 풀이', '노랫가락'
등을 아주 구성지게 구연하였고, '아리랑'과
어린 시절 놀이를 할 때 불렀다는 '이거리 저거리', '너냥 나냥'을 제보하
였다.

제공 자료 목록
02_01_FOS_20090223_SDH_KBN_0001 성주 풀이
02_01_FOS_20090223_SDH_KBN_0002 너냥나냥
02_01_FOS_20090223_SDH_KBN_0003 아리랑
02_01_FOS_20090223_SDH_KBN_0004 이거리 저거리
02_01_FOS_20090223_SDH_KBN_0005 노랫가락

김옥상, 여, 1932년생

주 소 지 : 경기도 가평군 상면 율길1리
제보일시 : 2009.2.23

조 사 자 : 신동흔, 노영근, 이홍우, 한유진, 구미진

　제보자 김옥상은 원래 전라도 출신으로, 젊은 시절 가평에 시집 온 뒤 현재까지 거주하고 있다. 청중으로 조사현장에 참여하던 중, 민요를 들으며 장단을 맞추거나 쾌활하게 잘 웃으며 시종 활발하고 적극적인 모습을 보여주었다. 손자들을 돌보면서 아기를 재울 때 부르던 노래가 없었냐고 여쭈어보자 곧바로 자장노래를 불러주기도 했다. 이 외에도 어린 시절 고향마을에서 놀면서 불렀던 노래가 없는지 묻자 방안에서 다리를 걸고 놀며 불렀다던 '한알 때 두알 때'라는 짧은 노래를 제보해 주었다. 체격은 다소 퉁퉁한 편이고, 말투에 전라도 사투리의 억양이 남아있다.

제공 자료 목록

02_01_FOS_20090223_SDH_KOS_0001 자장가
02_01_FOS_20090223_SDH_KOS_0002 한알 때 두알 때

박종숙, 여, 1923년생

주 소 지 : 경기도 가평군 상면 율길2리
제보일시 : 2009.2.23
조 사 자 : 신동흔, 노영근, 이홍우, 한유진, 구미진

　박종숙은 1923년, 계해생(癸亥生)으로 원래 강원도 강릉시 출신이나, 열일곱에 가평으로 시집온 뒤 현재까지 가평에서 거주하고 있다. 27세에 일찍이 남편과 사별하고,

아들 형제를 키우며 병든 시부모를 30년 넘게 모시며 살았다고 한다. 성품이 온화하고 얌전하며, 효부로 알려져 마을 사람들에게도 좋은 평을 들었다. 현재는 며느리와 함께 살고 있는데 가족 간의 문제로 갈등이 있어 마음고생을 하고 계신듯하였다. 그래서 제보자가 연이어 노래를 부르자 주변 분들께서 이렇게나마 마음을 풀라는 말들로 중간 중간 위로를 건네기도 하였다.

제보자의 말투에서는 여전히 강원도 사투리가 남아있으며, '정선아라리'를 비롯하여 '베틀가', '따북녀 노래' 등 주로 강원도 민요를 구성지게 구연하였다. 노래를 부를 때는 다소곳한 자세로 앉아 약간 수줍은 듯, 얼굴을 살짝 내리고 주로 방바닥을 보면서 불렀다. 말을 하거나 노래를 부를 때, 대개 입을 크게 벌리지 않는 편이라, 발음이 정확하지 않은 부분도 있으나, 노래가사는 비교적 정확하게 기억하였다.

제공 자료 목록

02_01_FOS_20090223_SDH_PJS_0001 정선 아리랑
02_01_FOS_20090223_SDH_PJS_0002 아리랑
02_01_FOS_20090223_SDH_PJS_0003 아리랑
02_01_FOS_20090223_SDH_PJS_0004 댕기 노래
02_01_FOS_20090223_SDH_PJS_0005 베틀가
02_01_FOS_20090223_SDH_PJS_0006 따북녀 노래
02_01_FOS_20090223_SDH_PJS_0007 동무 노래
02_01_FOS_20090223_SDH_PJS_0008 총각 낭군 무덤에
02_01_FOS_20090223_SDH_PJS_0009 아리랑
02_01_FOS_20090223_SDH_PJS_0010 아리랑

심복임, 여, 1934년생

주 소 지 : 경기도 가평군 상면 율길2리
제보일시 : 2009.2.23
조 사 자 : 신동흔, 노영근, 이홍우, 한유진, 구미진

제보자 심복임은 전라도 광주가 고향인데, 현재의 광주광역시 광산구 송산동 출신이라 하여 마을 사람들에게 모두 송산댁이라고 불리었다. 23세에 가평으로 시집와 지금은 자식들을 모두 혼인시켰고, 여전히 가평에 거주하고 있다.

재치와 유머가 있고 낙천적인 성격이어서 우스운 이야기를 많이 알고 있으며, 농담도 잘 하였다. 이번 조사에서는 우스운 옛날이야기로 '기지로 호랑이 고개 넘은 여자'와 '징검다리 놓은 효자' 이야기 등을 구연하였다. 구연 뒤에는 항상 재미있는 농담이나 삶의 지혜가 담긴 교훈적인 말도 더하여 주었다.

제공 자료 목록
02_01_FOT_20090223_SDH_SBI_0001 기지로 호랑이 고개 넘어간 여자
02_01_FOT_20090223_SDH_SBI_0002 징검다리 놓아 준 효자

오정환, 여, 1927년생

주 소 지 : 경기도 가평군 상면 태봉2리
제보일시 : 2009.2.24
조 사 자 : 신동흔, 노영근, 이홍우, 한유진, 구미진

제보자 오정환은 1927년 정묘생으로 가평군 태봉리에 거주하고 있다. 평소 노래를 부를만한 자리가 있거나, 마을 사람들과 함께 놀러간 자리에서도 노래를 부른 적이 없다고 하는데, 이번 조사를 통해 자신의 노래실력을 보여주어 주변 분들도 놀라게 하

였다.

현재는 치아가 없어 입 주변이 움푹 들어가 있고, 발음이 다소 정확하지는 않았다. 또한 담배를 많이 피워 숨이 자주 차고 호흡하는 것을 불편해 하였다. 이번에 제보한 민요는 '어랑 타령'으로 젊은 시절에 자주 불렀던 노래라고 한다. 숨이 자주 찼음에도, 비교적 긴 노랫말을 정확하게 기억하고 끝까지 구연하였다.

제공 자료 목록
02_01_FOS_20090224_SDH_OJH_0001 어랑 타령

홍순자, 여, 1943년생

주 소 지 : 경기도 가평군 상면 태봉1리
제보일시 : 2009.2.24
조 사 자 : 신동흔, 노영근, 이홍우, 한유진, 구미진

제보자 홍순자는 1943년생으로 원래는 전라남도 강진 출생이지만, 19세에 상경하여 중매인의 소개로 가평으로 시집와 현재까지 거주하고 있다. 제보자와의 인연은 태봉리 어르신들의 추천으로 소리를 아주 잘하신다는 제보자의 남편 분을 만나기 위해 찾아간 자리에서 시작되었다. 하지만 제보자의 남편께서 계속 자리를 비우시거나 매번 술에 많이 취해서 제보가 불가능한 상황이었고, 그 시간동안 우연찮게 제보자와 이야기를 하게 될 자리가 마련되었다.

제보자는 몸집이 자그마하고 마른 편이며, 웃음기가 있는 얼굴이다. 말투에는 전라남도 사투리의 억양이 다소 남아있다. 가평으로 시집온 후,

주로 농사를 지으며 살았는데 식당을 운영하거나 포도즙 등을 제조하여 파는 일도 하였다고 한다. 제보자의 남편이 늦둥이 외아들인지라 시부모님이 연로하여 처음 시집왔을 때는 손녀딸처럼 귀여움을 받았다고 한다.

그러나 남편 분께서 결혼한 이후부터 현재까지도 마음고생을 많이 시켰고, 혼인한 6남매 중 큰따님이 폐암 말기로 고생하고 있는 등 개인적인 아픔과 힘든 사연이 많았다. 제보자의 자택 또한 마을회관과 민가가 비교적 많이 모여 있는 마을 중심이 아니라, 군부대와 한적한 도로 주변에 외따로 떨어져 있는 위치이므로, 특별히 이야기를 할 사람도 없이 대부분의 시간을 혼자 보내며 다소 외롭게 지내고 있었다. 그럼에도 제보자는 유머와 재치가 있어 이야기를 매우 재미있게 구성하였다. 특히 신혼 초의 일화나 실수담 등 자신의 생애담을 매우 흥미롭게 구연해주었다. 제보자는 이야기를 들려주시며 오랜만에 기분이 아주 좋다는 말씀을 자주 하셨는데, 덕분에 시종 즐거운 모습으로 재미난 이야기를 제보해주셨다.

제공 자료 목록
02_01_MPN_20090224_SDH_HSJ_0001 귀신 붙은 고목나무
02_01_MPN_20090224_SDH_HSJ_0002 도깨비불
02_01_MPN_20090224_SDH_HSJ_0003 새색시의 실수
02_01_MPN_20090224_SDH_HSJ_0004 남의 마른 돼지 먹여서 재산 얻기
02_01_MPN_20090224_SDH_HSJ_0005 나물 캐러 갔다 간첩으로 몰린 사연
02_01_MPN_20090224_SDH_HSJ_0006 첫날밤 도망 가려했던 새색시

기지로 호랑이 고개 넘어간 여자

자료코드 : 02_01_FOT_20090223_SDH_SBI_0001
조사장소 : 경기도 가평군 상면 율길2리 마을회관
조사일시 : 2009.2.23
조 사 자 : 신동흔, 노영근, 이홍우, 한유진, 구미진
제 보 자 : 심복임, 여, 76세
청　　중 : 7명
구연상황 : 옛날이야기를 해달라고 청하니 이야기를 많이 하면 가난해진다며 거절하시다
　　　　　가, 우스운 이야기가 하나 있다고 하시면서 구연하셨다.
줄 거 리 : 옛날에 어떤 여자가 친정에 가려면 늘 고개를 넘어야 했는데, 그 고개는 항상
　　　　　호랑이가 있어서 넘어갈 수가 없었다. 그러던 어느 날, 용기를 내어 길을 나
　　　　　섰는데 고개에 이르자 호랑이가 나타났다. 여자는 순간 매우 당황했으나, 얼
　　　　　른 치마를 뒤집어쓰고 호랑이에게 자신을 잡아먹으려거든 먼저 더러운 것부
　　　　　터 먹으라고 한다. 그러자 호랑이가 사람 입은 옆으로 찢어졌는데, 여자의 것
　　　　　은 위아래로 찢어져 있다며 더럽다고 먹지 않아 목숨을 건질 수 있었다.

　옛날에 한 여자가 친정에를 갈라고 하는데, 그 고개를 넘어 호랭이(호
랑이)가 있음 못 간다더래요.

　'에라, 내가 오늘 한번 간다.'

　호랭이(호랑이)가 나타나더래요. 그러니 어떡해요? 기왕 나타났으니까
이거, 가지도 못허고 오지도 못허고 어차피 죽겠으니까는 여자가 치마를
훌렁 뒤집어써서

　"기왕 날 잡아 먹을라면, 더러운 것 먼저 먹어라." 그랬더니, 호랭이(호
랑이)가 딱,

　"세상에 사람 입은 옆으로 찢어졌는데, 너는 무슨 아가리가 우알로(위
아래로) 찢어졌냐."고. [웃으면서] 더럽다고 안 먹더래요. [일동 웃음]

징검다리 놓아 준 효자

자료코드 : 02_01_FOT_20090223_SDH_SBI_0002
조사장소 : 경기도 가평군 상면 율길2리 마을회관
조사일시 : 2009.2.23
조 사 자 : 신동흔, 노영근, 이홍우, 한유진, 구미진
제 보 자 : 심복임, 여, 76세
청   중 : 7명
구연상황 : 앞의 상황에 이어 또 다른 이야기를 해달라고 청하니, 곧바로 구연하셨다.
줄 거 리 : 옛날에 어떤 홀아버지의 아들과 냇가 건너 사는 어떤 홀어머니의 딸이 있었
            는데, 둘이 서로 가깝게 지내는 것을 보고, 사람들이 혼인을 해주려고 하였다.
            그런데 어느 날부터인가 아들은 냇가에 징검다리를 놓더니, 혼인하지 않겠다
            고 말한다. 그 이유를 묻자, 자신의 아버지가, 처녀의 어머니를 좋아하는데,
            아버지의 마음을 알면서 어찌 그 처녀와 혼인하겠느냐고 한다. 그리하여 처녀
            는 크게 상사병이 났고, 이 소문을 들은 고을에서는 부모에게 효도하는 사람
            을 부르도록 한다.
            한편 어떤 부잣집의 아들도 효자로 알려졌는데, 그는 친구들을 만나 주막에서
            술을 먹고 싶다는 아버지를 나가지 못하게 하고 대신 집에서 더 좋은 술을
            대접한다. 또 시래깃국이나 보리밥이 드시고 싶다는 아버지께 그런 하찮은 음
            식 대신 고기반찬을 드시라며 잘 대접하였다.
            이 둘을 불러다 자세한 사연을 들은 고을에서는 징검다리를 놓은 아들에게
            그 이유를 물으니, 자신의 혼인은 포기하고 처녀의 어머니를 좋아하는 자신이
            아버지를 위해 편하게 왕래하실 수 있도록 징검다리를 놓아드리는 것이라 하
            였다. 그 말을 들은 고을에서는 그를 진짜 효자라고 칭하며, 큰 상을 내리고
            장가도 보내주었다. 재산이 많다고, 아무리 좋은 옷에 좋은 음식을 해드려도
            부모가 진정 원하는 것을 알고 그것을 해주는 이가 진짜 효자라는 것이다.

옛날에 홀애비(홀아비)의 딸인데, 아들은 과부의 아들이야. 아 그러는데
인제, 그 남녀가 가찹게(가깝게) 지내. 그래서는 인자 잔치를 해줄라고, 가
만히 보니까는 그 홀애비에, 과부에 아들이. 아 보니까는, 아들이 이렇게
징검다리를 놓더래. 옛날에 이렇게 도랑 건너가는 디(데)를. 그래 가지고
는 왜 근가(그런가) 그랬더니. 아 나중에는 남자가, 그 처녀가 싫데드래.

"왜 그냐?" 그러니까,

"아부지가 그 처녀의 엄마를 좋아해(처음에 구연하신 부분과 혼동하신 듯하다. 이후부터는 아들의 경우가 과부가 아닌, 홀아비의 자식으로 나온다.). 그러는데 어떻게 내가 그 처녀한테로 장가를 가느냐. 장가를 못 간다." 그래 갖고 이 처녀가 상사병이 들었어. 그래서 인자 원에서, 법에서. 부모한테 제일 효도하는 사람, 아주 인자 불렀어. 딱 불르니까는(부르니까), 그 동네에서 이렇게 추적추적해 갖고, 이 사람이 부모한테 효도를 해 갖고는, 이 사람이 가게 됐고. 또 한사람은 제일 부잣집이, 참 저거 한 사람이 갔어.

딱 조사를 하니까는 부잣집 사람은 즈 아버지가 나가서 친구들하고 술을 먹을락 허면은.

"아부지, 주막거리 가서 추접스럽게 그 늙은이들하고 왜 술을 먹느냐. 집에서 술을 자셔라."

고기반찬에 잘 대접을 하는데, 맛이 없어. 암만 해줘도.

"아부지, 뭐가 젤 좋으세요?"

"나는 옛날에 그 보리밥 시래깃국이 좋다."

"그까짓 것 음식이라고 왜 먹어요."

그래도 도저히 음식이 맛이 없어. 아 그랬는데, 또 한 사람. 그 남녀가 좋아한 사람은

"너는 어째, 여자가 이렇게 상상병을 들게 했느냐?"

"우리 아버지가, 그 여자의 어머니를 그토록 좋아하시는데, 내가 장가를 들게 되면은 그 여자의 어머니하고, 아버지하고 맺어주지를 못하지 않우. 그래서 밤이면 아부지 건너 댕기라고 내가 이렇게 징검다릴 놔 줬습니다." 그러더래, 그래, 법에서 이 사람을 큰 상을 줬어.

"너는 진짜 효자다."

그리고 아부지가 그까짓 게 음식이라고, 그 시래깃국 왜 먹느냐, 나가

서 사먹지 말란 아들은 빵점이 되.

부모가 아무리 보리밥을 좋아하던, 그야말로 막걸리를 좋아하던, 부모 하는 대로 이렇게 대접을 했어야 되는데, 잘 산다고 비단옷에 암만 잘해 주면 뭐해. 그래 가지고, 그 사람은 빵점이 되고, 징검다리 놔 준 아들은 큰 효자가 돼 갖고, 법에서 상을 내려 가지고 장가를 보내줬데요. 그게 맞 잖아요. 그게 부모한테, 그게 부모한테 진짜 효자지.

귀신 붙은 고목나무

자료코드 : 02_01_MPN_20090224_SDH_HSJ_0001

조사장소 : 경기도 가평군 상면 태봉1리(제보자의 자택)

조사일시 : 2009.2.24

조 사 자 : 신동흔, 노영근, 이홍우, 한유진, 구미진

제 보 자 : 홍순자, 여, 67세

청   중 : 조사자

구연상황 : 시집 온 이후로 마을에서 들으신 재미있는 이야기나 전설이 있는지 묻자, 제
         보자 자택 주변에 있는 군부대와 관련해서 생각나신 이야기를 구연하셨다.

줄 거 리 : 제보자가 시집 온지 얼마 되지 않아, 집근처에 군부대가 들어왔다. 원래 그
         자리에는 서낭나무가 한 그루 있었는데 부대가 들어오면서 민간인의 출입이
         통제되었고, 서낭나무도 썩어버리게 되었다. 그러자 군인들은 썩은 나무를 잘
         라다 땔감으로 쓰게 되었다. 그런데 나무를 땔감으로 써서 불을 피울 때마다
         모든 사람들이 다 쓰러져 버렸다. 마을 어른들은 모두 나무에 귀신이 붙어 있
         는데, 그것을 함부로 자른 벌을 받은 것이라고 여겼다. 그러나 그것은 썩은
         고목을 태웠을 때, 방출되는 유해가스로 인한 소동이었다고 한다.

그러니까는 부대가 나 시집오던 그 해에 이 부대도 오구, 일월 달에 오
구, 나는 십일 월달에 시집을 왔거든요? 그런데 그 재밌는 얘기가 진짜
하나 있기는 있어요.

그랬는데, 뭐냐면요. 큰 고목 낭구('나무'의 의미임)가 있었는데, 옛날에
인제 그게 무슨 왜 시골에서는 뭐, 서낭당이라고 해 가지고 인제 거기다
가 뭘 했는데,

(조사자 : 예예.)

부대가 들어오면서 인제 거기를 민간인이 출입을 못하잖아요. 그랬는
데, 그, 그 나무를 갖다가, 군인들이 이제 민간인 출입 못하고 그 낭구를

짧르니까 이제 그것이 고목이 돼서 이제 썩잖아요?

(조사자 : 네.)

그러니까 옛날에는 군인들이, 그 지금들은 이렇게. 참 저거 기름때고 그러지만 그때는 빼찌까라고 있잖아요?

(조사자 : 예예.)

인제 그 석탄? 그거 땔 때, 뭐야 밑에 불 하느냐고, 거기서 인제 그 나무를 잘라다가 장작을 패서 인제 그거를 땠데요. 그것만 피면은 다 쓰러져 가지고 다 까무러쳐 버리는 거야. 그것만 만져서 갖다가 다 집어 넣으면은. 그러니 사람이 이상하잖아요?

(조사자 : 네.)

한두 명도 아니고, 거의 아주. 한 거의 땐 사람들은 돌아가면서 인제 있잖아요. 그런데 그 사람들이 다 정신을 잃으는 거예요. 그러니까 인제 그거를, 옛날에는 인제 노인네들이 모르니까 귀신 붙었다고 그랬잖아요. 그런데 그 나무 자체가 오래 된 나무래서, 거기서 ○ 이 나오면, 가스가 나오게 돼있데요. 그래 가지고 인제 가스 냄새를 맡고 그런 거를 귀신이 붙었다고 그래 가지고. 아주 뭐 난리가 났어요. 그게 화젯거리였어요. 진짜루. 그런 일이 있었어요.

도깨비불

자료코드 : 02_01_MPN_20090224_SDH_HSJ_0002
조사장소 : 가평군 상면 태봉1리(제보자의 자택)
조사일시 : 2009.2.24
조 사 자 : 신동흔, 노영근, 이홍우, 한유진, 구미진
제 보 자 : 홍순자, 여, 67세
청   중 : 조사자
구연상황 : 귀신이나 도깨비에 대해서 이야기하던 중 도깨비불에 관해서 갑자기 생각나

신 이야기를 구연하셨다.

줄 거 리 : 제보자는 열아홉의 나이에 전라남도에서 가평으로 시집와, 넉넉하지 못한 형
편으로 시어머니와 함께 살았다. 시집 온지 오년 쯤 되던 해, 시아버지의 제
삿날이 되었는데, 제보자는 살림이 조금 넉넉했던 시누이가 제사지낼 때 쓸
멥쌀을 가져오길 기다리고 있었다. 그런데 밤이 깊어지도록 시누이에게는 소
식이 없었다. 비까지 부슬부슬 내리는 날씨라 제보자는 시누이를 기다리며 밖
을 내다보고 있었는데, 갑자기 파랗고 둥근 불들이 이상한 소리를 내면서 논
두렁을 따라 빠르게 움직였다. 그러더니 동글동글한 새끼 불들로 퍼지며, 산
위로 올라가 버렸다. 제보자의 시어머니는 그것이 도깨비불이라고 하며, 집
안으로 들어오게 하였다. 제보자는 그날 밤 꼭 도깨비가 자신을 덮치는 것 같
은 기분이 들만큼 매우 오싹하였다고 한다.

인제 시집을 와 가지고, 한 오년 됐었거든요?

(조사자 : 예예.)

그런데 옛날에는, 나 시집오니까 아주 아무것도 없어요. 쌀도 없고. 인
제 내가 열아홉 살에 시집을 왔어요. 그랬는데. 열아홉 살에 시집을 와 가
지고 사는데. 옛날에는 참, 서울에서 인제 있다가 여기를 어떻게 해서 시
집이라고 왔는데. 철이 없어 가지고, 쌀이 있는 건지 뭐 된장이 있는 건
지. 간장이 있는 건지. 그런 것도 몰랐어요. 진짜.

그랬는데, 인제 뭐야. 시어머니가 맨날 어디 가서 쌀, 이렇게 바가지에
다가 쪼금. 어디 가서 꿔오고, 보리쌀도 꿔오고 그러더라고요. 근데 나는
그게 뭔지도 몰랐어요. 왜 그런지도 몰랐어요. 그런데 그게 이 부엌에 이
렇게 있는데 옛날에는 불 땠잖아요?

(조사자 : 네.)

그러면 인자, 한쪽에 이렇게 부엌이 넓어요. 근데 거기가 웬 놈의, 이것
만한 저기, 뭐야. 저걸로, 짚으로 엮은 둥그래미 같은 거, 바가지 같은 거,
이남박(쌀 기타 곡물을 씻거나 일 때 쓰는 함박) 같은 거. 그런 거를 아주
무척 많이 놔둔 거예요. 근데 나는 그게 뭔지도 모르고 그걸 갖다 다 밥
아서 다 때버렸어. 그거를.

(조사자 : 하하.)

그랬는데, 가을에 인제 그거를 다 한 됫박을 썼으면은, 그거를 인제 뭐야. 한 됫박을 우리가 꿔왔으면은, 가을에 가서 한 됫박 반을 주는 거래요. 그 바가지에다가. 그런 걸 갖다가 내가 싹 다 때 버린 거야. 그거를. 하나도 아니고 엄청 많은 거를. 그래 가지고 쫓겨날 뻔 했어요. (조사자 : 하하하.)

그래 갖고, 인제 한 오 년 정도 이제 애를 한 둘 낳고 있었는데. 그때도 인제 없는 거는 마찬가지였거든요. 인제 우리 시아버지 제사가 인제 돌아왔어. 그날 사월, 그 음력 사월 그믐날인데. 아이 그런데 우리 시누가 이 넘어서 사는데, 시누가 쌀을. 제사 지내는 진멥쌀('젯메쌀', 제사지낼 때 쓰는 쌀을 의미함.)을 가져와야지 인제 제사를 지내는 거예요. 시누 네는 그래도 꿔다 먹고 그러진 않고 자기 농사를 짓고 살거든요?

그런데 이제 열시가 되도 안 오고, 열한 시가 되도 안 오는 거야. 그런데 비가 부슬부슬 오는데 아니 무슨 퍼러런 불이. 퍼런 불이요. 칙칙칙칙칙칙 하면서. 이렇게 그냥 불씨가 이렇게 칙칙칙칙 하면서 이렇게 저쪽으로 이렇게 해서 논두렁 길로 이렇게 해서 오더란 말이에요? 그래서 인자 나는

'저게 뭔가. 이상하다.' 그러고 있는데 우리 시어머니가

"애야 들어오너라." 그래서 인자

"왜요?" 그랬더니 그게 도깨비불이래.

그래 가지고 나는 인자 제사도 안 지내고. 진메[12]를 인제 해야지 제사를 지내잖아요? 그래 우리 시어머니('시누이'를 잘못 말하심.) 오시지도 않았지. 그래 가지고 인제 그냥 쌀이 쪼끔 있는 걸로다 우리 시어머니가 가서 밥을 끓이는데, 나는 꼭 도깨비가 나를 덮치는 것 같아 가지고 거길

---

12) 제사 때 올리는 밥을 가리키는 '젯메'의 잘못된 표현.

나가지도 못했어요. 진짜로. 그런 일이 있었어요. 옛날에는 도깨비도 있었나 봐요. 그게 도깨빌까?

(조사자 : 하하하하.)

(조사자 : 불이 막 환해요? 지나가면?)

그러니까 퍼런 불이. 퍼런 불이 이렇게 뚱그렇게 막 오더니 칙칙칙칙 하면서

(조사자 : 소리도 나구요?)

예. 무슨 소리가 나면서 막 양쪽으로, 막 퍼지는 거야. 불이, 동글동글한 게 하나씩. 그래 갖고 퍼지면서 저 위로, 산 있는 데로 짝 올라가면서 그 새끼불도 다 없어져 불더라구요(버리더라고요). 그런데 우리 시어머니가 그게 도깨비불이라 그러더라고요. 그거는 봤어요. 진짜.

새색시의 실수

자료코드 : 02_01_MPN_20090224_SDH_HSJ_0003
조사장소 : 가평군 상면 태봉1리(제보자의 자택)
조사일시 : 2009.2.24
조 사 자 : 신동흔, 노영근, 이홍우, 한유진, 구미진
제 보 자 : 홍순자, 여, 67세
청   중 : 조사자
구연상황 : 시집오신 후 있었던 일화들을 말씀해 주시던 중 재미있었던 실수담들을 구연해 주셨다.
줄 거 리 : 열아홉에 시집온 제보자는 모든 것이 서툴렀는데, 어느 여름 날 일꾼을 데리고 밭에 가서 일하시는 시어머니가 콩국수를 해오라고 하였다. 그런데 콩국수를 해 본 적이 없었던 새색시는 콩물을 뜨겁게 끓여서 이고 갔는데, 시원한 콩국수를 기대했던 사람들은 벌컥벌컥 마셨다가 모두 깜짝 놀라고 만다.
또 한 번은 논으로 일을 가신 시어머니가 밥을 넉넉히 지어 오라고 하였다. 넉넉히 해오라는 말에 한 가득 보리쌀과 물을 부어놓고 밥을 지었으나, 밥은 바닥은 까맣게 타고, 위에는 죽이 되어 버렸다. 당황한 새색시는 도망갈 궁리

를 하였으나, 때가 지나도 소식이 없자 일하다 말고 집까지 찾아온 시어머니의 도움으로 위기를 넘길 수 있었다.

 우리 시어머니가, 밥을, 아니 일꾼을 얻어 가지고. 뭐야 일꾼을 무척 많이 얻어 가지고 콩밭을 매는데, 콩국수를 해오라고 그랬는데, 콩국수를 할 줄 몰라 가지고 그걸 갖다가. 왜 콩물 있잖아요. 콩물? 시원하게 콩물을 해 가지고 국수를 따로 해서 말아야 되잖아요. 그런데 갖다가 콩물을, 콩을 삶아 가지고 걸러서 그걸 다시 또 끓였어. 그걸 가마솥에다 넣고. 아휴, 그래 가지고는 내가 또 그렇게 해서 펄펄 끓은 거를 이고, 그 밭에를 갔잖아요.

 (조사자 : 아하하하.)

 아니, 세상에 사람들이 이러는 거야.

 "아 시원한 콩국물이나 좀 먹어야지." 그러고 내려오는데요.

 (조사자 : 하하하하.)

 그런데 나는

 '콩국물이 왜, 날, 펄펄 끓는 콩국인데 왜 시원하다고 그러나?'

 이상한 거예요. 그래 가만히 있으니까는, 이 어차피 내려야 되잖아요? 그래 내리는데

 "앗 뜨거!" 그러더니 다 산으로 뛰어 올라가 버리는 거예요.

 (조사자 : 아하하하하.)

 그래 가지고

 '왜 이, 왜 그걸 뜨겁다 그러나, 이상하다. 콩국물인데.'

 이제 나는 그랬거든요. 그때는 이제 어려서, 이제 아무것도 모르니까 그냥 냉수에다가 그 콩국물을 걸르면은(거르면) 설사병을 할 줄 알았죠. 인제 설사 난 줄 알았지. 그래서 인제 그거를 끓이니라고(끓이느라고) 얼마나 고생을 했는지 몰라요. 그래 가지고 그걸 끓여서 인제, 군인가족이

이제 우리 건넌방에서 사는데, 군인가족 그 홍대위 아줌마라고 있는데, 그 아줌마가 이제, 이제 밀가루로 해서 국수를 만들었잖아요. 그런데 그거를 거기다 집어넣어서 끓이자 그랬어. 나는 인제 몰라 갖고. 그랬더니 그 아줌마가 그거는 따로 끓여 가지고 삶아서 갖고 가는 거래요. 그래서 또, 그런 것도 인제는 참 추억이에요. 그것도.

(조사자 : 참 재밌네요.)

참 그렇게 몰랐나 몰라. 그래 가지고 또 한 번은요. 얘깃거리가 없으니까 해야지.

(조사자 : 아유, 너무 재밌네요.)

한 번은 인자 우리 시어머니가 논을 인제 매러 간다고 밥을 하래요. 그런데 보리쌀밥을 하라는데, 보리쌀을, 쌀은 하나도 없이 보리쌀만 넣고 밥을 하래요. 그런데 인제 사람을 둘을, 남을 얻어서 셋이 하는데, 보리쌀밥을 하라고 하는데

"얼마나 할까요?" 그러니까는

"아이, 니가 알아서 해." 그러길래. 그때나 지금이나 손이 크거든요. 내가 뭐든지 많이 해요. 근데 이제 보리쌀을 한 말을 꿔온 거를 보리쌀을 한 세 바가지를 넣고, 또 한 바가지는 반 바가지를 해 가지고, 세 바가지 반을 해 가지고,

"물을 얼마나 부을까요?" 그러니까는 니 알아서 부으래.

[일동 웃음]

"그러면은 한 바께스('들통', '양동이'를 의미함) 부어요?" 그랬더니

"아니 글쎄 넉넉히." 부으래.

'아니 그러면 한 바께스는 적겠지.' 그래서 한 바께스 반을 부었어. 그래 가지고 그거를 있잖아요. 남들은 밥을 다 갖다 주고 왔는데, 나는 그때까지 세상에 불을 때고 앉았었는데.

[일동 웃음]

한 시가 넘은 거야. 그런데 위에는 다 죽이 돼 가지고 밑에는 다 타 버린 거야. 밥이. 그래 가지고 인제, 나는 인제 큰일 났어.

'임병헐,13) 이제 어디로 도망을 가버릴까 어쩔까.' 그러고 있는데 인제 우리 시어머니가, 딴 사람들은 밥을 다 먹고, 다 왔는데 나는 밥을 안 갖고 갔으니 기가 맥히지(막히지) 뭐에요. 그래 오시더니

"아니 너는 왜 밥을 안 갖고 오냐?" 그래서 가만히 있었지. 그래 뚜껑을 열어보니까 밥이 아니고, 죽도 아니고, 아무것도 아니고, 다 타 버린 거야. 밑에는 다 타버리고. 그래 가지고 인제 우리 시어머니가 보리쌀을 이렇게 다 타 가지고는, 거기다가 또 쌀을 어디 가서 쪼끔 꿔 가지고, 밥을 해 가지고는 그걸 이고 가재. 그래서는

"나 챙피해서(창피해서) 안 간다."고 [일동 웃음]

그렇게 어려, 그렇게 철이 몰라 가지고, 전설이 아니라 진짜 내가 전설이래니까요. 진짜.

[일동 웃음]

남의 마른 돼지 먹여서 재산 얻기

자료코드 : 02_01_MPN_20090224_SDH_HSJ_0004
조사장소 : 가평군 상면 태봉1리(제보자의 자택)
조사일시 : 2009.2.24
조 사 자 : 신동흔, 노영근, 이홍우, 한유진, 구미진
제 보 자 : 홍순자, 여, 67세
청   중 : 없음
구연상황 : 젊은 시절 넉넉하지 못한 생활로 고생했던 이야기들을 해주시던 중, 제보자의
           노력으로 남의 마른 돼지를 돌보아서 재산을 불리게 된 경험담을 들려주셨다.
줄 거 리 : 젊은 시절 형편이 넉넉하지 못했던 제보자는 이웃 초등학교의 교감선생이 키

---

13) '염병할'의 의미로 매우 못마땅할 때 욕으로 쓰는 관형사의 전라도 사투리.

우던 돼지가 잘 먹이지 못해 말라있는 것을 보게 된다. 그리하여 제보자는 집 근처의 부대에서 남은 음식을 얻어다 매일 지게에 짊어지고, 돼지가 있는 곳으로 가서 먹이기 시작했다. 그러자 돼지는 살이 찌고 다시 건강하게 되었고, 제보자는 그 돼지를 팔아서 돈을 얻게 되었다.

인제 옛날에는 그렇잖아요? 뭐 먹을, 아침에 밥 끓여먹으면 점심 먹이(먹을거리)를 인제 걱정을 해야 되고, 저녁 먹이를 걱정을 해야 되잖아요. 그럴 시댄데. 저기 저기, 연하초등학교(현 경기도 가평군 상면에 있는 공립초등학교)에 여기에 인제 교감선생이, 돼지를 한 마리를 길렀는데. 그 돼지를 아무것도 안 맥여 가지고(먹여 가지고) 있잖아요. 돼지가 일어나지도 못하고, 아프리카에 꼭 저기 말라죽은 사람처럼, 돼지가 일어나지도 못 한 거야. 자기도(교감선생을 가리킴) 인제 푸줏간보고 가져가라 그래도, 그런 거 안 가져간다 그러고.

그래서 내가 그거를, 인제 군인들이 인제, 저기 그 왜 산에, 저기 저 땡크(탱크) 인제, 전쟁나면 인제 할라고, 빵 둘러서 다 땡크 구멍 파놨어요. 그랬는데, 그걸 파러 인제 일개 대대가 들어왔거든요? 그랬는데 내가 밭이 있었는데, 그 밭을 안 해먹고 그 군인들을 줬어. 인제 거기다가 텐트치고 자라고. 그랬더니 거기서 인제 짬빵(짬밥, 남이 먹다 남은 음식물의 찌꺼기. 주로 돼지의 먹이에 이용된다.)도 우리를 전체를 인제 다 밀어주고, 여러 가지를 인제 내가 도움을 다 많이 받은 거야.

그래서 인제, 그 땀, 짬빵을 져다가 이제 그 연하초등학교, 여기서 한, 그래도 한 오백 메다(미터), 천 메다(미터)도 넘어. 그렇게 되는데, 지게로 져다가 그거를 한 한달 정도 맥이니깐요(먹이니까요.) 그래도 그, 큰 개, 저 저기 돼지가 막 걸어 다니는 거예요.

(조사자 : 아.)

근데 거기다 놔뒀다는 그 사람도 욕심이 생겨서 안 되겠는 거야. 그래서 인제 그거를 모가지를 끌고 인제 집으로 와 가지고 인제, 막대기로 인제 이렇게 해 가지고 돼지우리를 해서 거기다가 그거를 지어서, 그 짬빵을 멕여 가지고(먹여 가지고), 그래도 그땟 돈 삼십 삼 만원을 받았어. 그래서 그것도 큰돈이잖아요?

(조사자 : 그렇죠. 예.)

그래도. 내가 좀 극성맞아요. [일동 웃음]

나물 캐러 갔다 간첩으로 몰린 사연

자료코드 : 02_01_MPN_20090224_SDH_HSJ_0005
조사장소 : 가평군 상면 태봉1리(제보자의 자택)
조사일시 : 2009.2.24
조 사 자 : 신동흔, 노영근, 이홍우, 한유진, 구미진
제 보 자 : 홍순자, 여, 67세
청   중 : 없음
구연상황 : 앞에 상황과 같이 생애담을 구연하시는 과정에서 생각나신 재미있는 일화를 들려주셨다.
줄 거 리 : 신혼시절 제보자는 시어머니가 시킨 일을 하다말고, 나물을 캐러 산길을 따라 들어가게 된다. 그런데 산에서 우연히 북한에서 날려 보낸 인쇄물을 주워 캐어놓은 나물 사이에 숨겨두었다. 그러나 산길이 서툴렀던 제보자는 그만 부대 안으로 들어가게 되었고, 간첩으로 몰려 붙잡히고 말았다. 궁지에 몰린 제보자는 당시 건넌방에 살던 군인가족의 이름을 대며 풀려날 수 있었고, 부대에서는 혹시 북한에서 보낸 선전물을 가지고 있을지 모른다하여 나물바구니를 검사했는데도 운 좋게 발각되지 않아 위기를 면하게 되었다.

부대를, 저기 나물을 하러 갔는데. 그때 그러니까 나물도 없을 때야. 그 시어머니가 무슨 쌀을, 뭐 벼를 쪼끔 남은 걸 절구에다 찧으라고 해서. 근데 그걸 찧으니까는 밖, 밖으로 다 나가버리고 안 찧어지는 거예요. 그래서 그냥 절구깽이(절굿공이)를 그냥 냅버려(내버려) 버리고는 나물하는 아가씨를 쫓아갔어. 쫓아갔는데, 지금 요기야 요기. 요기 오부대대라고 있는

데. 그리 가지 말라고 하는 거를 가만히 생각해보니까, 나는 산을 생전 안 가봐서 산길을 몰라 가지고, 그냥 부대를 막 들어갔지 뭐유.

그런데 들어가기 전에, 산에서 옛날에 그 삐라[14]들 많았잖아요. 삐라를 갖다가 아주 편지 접듯 아주 쪼끄맣게 접어 가지고, 그걸 집에 가서 볼라고 그거를, 요만한 종댕이(작은 바구니를 의미함)에다 넣어 가지고 인제, 나물 쪼끔 한 주먹 캐 가지고 인제, 여기다 차고 왔거든요?

(조사자 : 예.)

그 인제 부대에서 간첩이라고 몰린 거야. 내가. 근데 이병소에다가 놓고 무슨, 뭐 헌병대를 저 연락을 하고 난린 거예요. 해는 다 가 갖고 껌껌한데. 그런데 큰일 났어. 이제 나는. 시집살이도 못하고 쫓겨나게 생겼어. 인자. 그런데 마침 우리 건넌방에 사는 홍대위가 우리 부대에 살았었어. 그런데 홍대위 이름을 몰라 갖고 내가.

"홍대위라는 사람이 우리 건넌방에 산다. 살았다. 지금도 있다." 그랬더니

"어디서 사냐?" 그래서 이 넘어라 그러니까. 그래서 인제 그 양반이 인제 얘기를 어떻게 해 가지고는. 아이, 방첩대를 넘으면, 그러니까 민간인은 방첩대(방첩 부대)를 넘기는 것이 아니라, 지서(支署)로 넘겨야 된데. 민간인은. 근데 큰일 났어. 그래서 인제

"나는 여기서 그리 가게 되면, 나는 시집살이도 못하고 쫓겨나니까 나 좀 봐 달라."고 막 울었어. 그런데 그 소위가 그 저기, 병장보고 혹시 삐라 주셨는지(주웠는지) 모르니까, 그 저기, 뒤져보라는 거야. 그 종댕이를.

(조사자 : 아휴.)

그런데 이제 클났어(큰일 났어). 근데 이제 그것만 저거하면, 영락없이 간첩이지 뭐유. 그래 가만히 있으니까는, 그 병장이 이렇게 뒤집어 보더니

"아무것도 없습니다." 그래. 그래도 나물 쪼끔 한데, 그 가운데가 들었

---

14) '전단'을 의미하는 북한어로, 당시 북한에서 날려 보낸 선전용 인쇄물.

는거아들어 있는 거야). 그게. 그래 가지고 그게 발견이 안 돼 가지고 있잖아요? 그래도 그, 간첩으로 안 몰렸다니까. 그래 가지고 내가 늦게 인자 껌껌해서 집에 오니까는

"뭐 하고 자빠졌다가, 어떤 놈하고 만났다가 인제 오냐."고

아주 난리가 난거야. 아주. 그러니 어떡허면 좋우? 글쎄. 큰일 났지? 그걸 누구, 증인이 있으니 댈 수가 있소. 이거는 뭐 누가 보기를 했으니, 그거를 증인을 댈 수가 있소. 그래 큰일 났어. 그래 가만히 생각하니까, 건넌방에 있는 그 홍대위가 이제, 그 부대에서 마치 증인이 된 거예요. 그래 가지고 그 허물을 벗었어요. 안 그랬으면, 쫓겨났지.

[일동 웃음]

첫날밤 도망 가려했던 새색시

자료코드 : 02_01_MPN_20090224_SDH_HSJ_0006
조사장소 : 가평군 상면 태봉1리(제보자의 자택)
조사일시 : 2009.2.24
조 사 자 : 신동흔, 노영근, 이홍우, 한유진, 구미진
제 보 자 : 홍순자, 여, 67세
청   중 : 없음
구연상황 : 혼인 첫날밤은 어땠는지 묻자 재미있는 일화가 생각나신 듯 곧바로 구연하셨다.
줄 거 리 : 제보자가 가평으로 시집 온 첫날, 혼례를 치르고 첫날밤을 보내게 되었다. 그런데 새신랑의 첫 마디가 자신은 앞으로 장가를 한 번 더 간다는 것이었다. 그러자 화가 난 새색시는 벌떡 일어나 자신도 안 살겠다며 나가겠다고 하였다. 그 바람에 집안은 발칵 뒤집히고 한바탕 소란이 나고 말았다.

첫날밤에, 이제 나이 열아홉 살에 시집을 왔는데.

첫날밤을 이제 딱 치르는데, 우리 신랑이 하는 말이. 저기, 딱 첫 마디가 하는 말이.

"나는 앞으로 장가를 또 한 번 간다."는 거예요.

(조사자 : 허어. 첫날밤에요?)

(조사자 : 허허. 네.)

첫날밤에. 나(제보자의 남편을 가리킴)는 장가를 또 한 번 간데는 거야. 그런데 열아홉 살 먹어 갖고, 아무것도 모르고 시집을 왔는데, 그런 말을 하는데, 그게 말이 되요?

(조사자 : 허. 그러니까요.)

그래서 내가

"아휴, 무슨 소리를 하냐. 나는 그럼 안 산다."고

그러고 그냥 뻘떡 일어나 가지고요. 옷 다 줏어 입고(주워 입고) 나왔어요. 그랬더니 인제, 뭐야. 인제 우리 시누들 뭐 해서 인제, 창구멍으로 인제 뚫고 해서 이렇게 봤잖아요?

(조사자 : 허허. 네.)

그랬더니 인제, 색시란 게, 쬐끄만 게 벌써 뽈딱(벌떡) 일어나서 문을 열고나오니까, 난리가 난거야. 온 집안이. 기껏 없는 돈 들여서, 없는 돈 들여 가지고 이? 뭐야, 마당에서 인자 ○○○하고 다 절하고 했는데, 이? 아니, 그 난리를 쳤으니 그 되겠어요? 안되지.

(조사자 : 그렇죠.)

그래 가지고는 아니, 나도 생각하니까 그게 말이 안 된 거야.

"아니, 나 안 산다."고 그랬더니,

안 사는 게 뭐내. 살아야 된데. 또 신랑이. 그래서

"내가 그 소릴 듣고 어떻게 사냐고, 난 안 산다."고. 그랬는데,

인제 시어머니가 막 난리를 치고, 시누가 막 난리를 치고, 그래 가지고 그래도 그냥 살았어요. 지금까지 그냥 그렇게 하고.

(조사자 : 아. 영감님 왜 그런 말 했다 그래요?)

그래, 그렇게 철이 없어. 그이도. 철이 없어.

성주 풀이

자료코드 : 02_01_FOS_20090223_SDH_KBN_0001
조사장소 : 경기도 가평군 상면 율길1리 393-3 율길1리 마을회관
조사일시 : 2009.2.23
조 사 자 : 신동흔, 노영근, 이홍우, 한유진, 구미진
제 보 자 : 김복님, 여, 77세
청   중 : 11인
구연상황 : 청중으로 조사현장에 함께 계시던 중, 적극적인 태도로 조사에 많은 관심을 보이셨다. 조사자가 알고 계신 민요가 있는지 묻자 자연스럽게 구연을 시작하셨다.

성주~로다 성주로다~
성주 근본이~ 어데 메드냐
경상도라~ 완도 땅

솔씨 한나(하나)를 이 평 데 평 던져놓고
그 솔이 점점 자라~나
낮으로는 뱃네를 쐬고
밤으로는 참이슬 맞고
참나무, 참다듬고
굽은 나무, 굽다듬고

도리지둥(기둥) 쌍시어 낳느냐
에헤라 만석~
헤라~ 데신야~

너냥나냥

자료코드 : 02_01_FOS_20090223_SDH_KBN_0002

조사장소 : 경기도 가평군 상면 율길1리 393-3 율길1리 마을회관

조사일시 : 2009.2.23

조 사 자 : 신동흔, 노영근, 이홍우, 한유진, 구미진

제 보 자 : 김복님, 여, 77세

청   중 : 11인

구연상황 : 젊은 시절 놀면서 부르셨던 노래를 청하자, 생각나신 듯 이어 불러주셨다.

너냥 나냥

두리둥실 노~냐

낮이 낮이나~ 밤이 밤이나~

참사랑이로구나~

남의 집~ 서방님은

징칼을 찼는데

우리집이~ 처잡놈은~

부엌 식칼도 못찬다~

너냥 나냥

두리둥실 좋구요~

낮이 낮이나 밤이 밤이나~

참사랑이로구나~

남의 집 서방님은

고기잡이를 갔는데~

우리집 서방님은~

[노래를 멈추고 더는 기억이 안 나신다는 표정으로]

하하하.

[일동 웃음]

아리랑

자료코드 : 02_01_FOS_20090223_SDH_KBN_0003
조사장소 : 경기도 가평군 상면 율길1리 393-3 율길1리 마을회관
조사일시 : 2009.2.23
조 사 자 : 신동흔, 노영근, 이홍우, 한유진, 구미진
제 보 자 : 김복님, 여, 77세
청   중 : 11인
구연상황 : 앞의 노래에 이어 불러주셨다.

　　　아~리랑~ 아~리랑~

　　　아~라~리~요~~

　　　아리랑~ 고개로~

　　　넘~어간다

　　　나를~ 버리고~ 가시는 임~은

　　　십리도~ 못 가서~

　　　발병난다~

이거리 저거리

자료코드 : 02_01_FOS_20090223_SDH_KBN_0004
조사장소 : 경기도 가평군 상면 율길1리 393-3 율길1리 마을회관
조사일시 : 2009.2.23
조 사 자 : 신동흔, 노영근, 이홍우, 한유진, 구미진

제 보 자 : 김복님, 여, 77세

청   중 : 11인

구연상황 : 어린 시절 이야기를 하던 중 다리를 걸고 놀면서 부르던 노래가 기억나시냐
고 묻자, 바로 구연해주셨다.

이거리 저거리 박거리

조리 장지 장두칼

짐 때기 열상면

까마우 까마우 앉은백이

도리야 사시야

방구야 퉁~태이

[일동 즐겁게 웃음]

노랫가락

자료코드 : 02_01_FOS_20090223_SDH_KBN_0005

조사장소 : 경기도 가평군 상면 율길1리 393-3 율길1리 마을회관

조사일시 : 2009.2.23

조 사 자 : 신동흔, 노영근, 이홍우, 한유진, 구미진

제 보 자 : 김복님, 여, 77세

청   중 : 11인

구연상황 : 앞의 노래에 이어 불러주셨다.

○○ ○○○ 속살긴 마음~

이월~ 메주에 맺어놓고

삼월~ 사쿠라 살라는 마음~

사월 ○○○ 어서 나여

오월 난초 나드란 날비~

유월~ 목단에 춤을 치고(추고)

칠월~ 홍백 꼴로 나누어

팔월 공산을 바라보니~

오동추야 달 밝은데~

임이야 마중을 나가보세

앉었~으니~ 임이 온가

누웠~으니~ 잠이 온가

잠도 잃고~ 꿈도나 잃고~

모든 것을 다 잃었네~

얼씨구나, 좋다 지화자 좋네~

아니 놀지는 못하리라~

[청중들 일제히 박수]

(조사자 : 아, 가락이 아주 좋으세요. 헤헤헤.)

아내와 같이 깊은 사랑

○○와 같이도 높은 사랑

칠년 대야 가무신 날에

빗발같이도 나 반긴 사랑

일 년 열두 달

삼백 육십 날

하루만 못 봐~도

난 못 살겠네~

[청중들 일제히 박수]

옛날에 씨알(쓸)때 없는 그런 노래야. 그게, 하하하.

[잠시 휴지를 갖고 쑥스러워 하시며]
(조사자 : 아휴, 예. 가락이 아주 좋으세요.)

 푸릇~푸릇~ 봄배추는
 밤이실(이슬) 오기만 기다리고
 옥에 갇힌 춘향이는
 이도령 오기만 기다린다
 어리씨구나~ 좋다
 정말로나 좋네~
 아니 놀지는 못하리라

[청중들 일제히 박수]
(조사자 : 이 노랜, 무슨, 노랫가락이라고 그러나요?)
(청중 : 응. 노랫가락. 노랫가락.)
[잠시 휴지]
(조사자 : 아, 이 마을 와 가지고 너무나 좋습니다.)

 백설 같은 흰 나비는
 부모님 거성을 입었는데
 새복(새벽)바람~ 찬바람에~
 울~고 가는~ 저 기러기~
 너나~ 슬피 울고나 가제~
 잠든 나를 깨우느냐
 어리씨구나~ 좋다
 정말로~ 좋네
 이렇게 좋다는~
 땅 팔아먹겠네.

자장가

자료코드 : 02_01_FOS_20090223_SDH_KOS_0001
조사장소 : 경기도 가평군 상면 율길1리 393-3 율길1리 마을회관
조사일시 : 2009.2.23
조 사 자 : 신동흔, 노영근, 이홍우, 한유진, 구미진
제 보 자 : 김옥상, 여, 78세
청   중 : 11인
구연상황 : 제보자는 매우 활발한 성격으로 조사현장에 함께 계시며, 적극적인 태도를 보이셨다. 조사자들과 손자손녀들에 대한 이야기를 나누며 아이들을 재우면서 부르시던 노래가 없었냐고 여쭈어보자 바로 자장노래를 불러주셨다. 마을 이장님의 방문으로 다소 소란스러운 분위기에서 채록하였다.

자장 자장 잘도 잔다
우리 아기 잘도 잔다

남의 눈엔 꽃을 보고
집안 간엔 잎으로 보고

동네 간에 화목 되니
집안 간에 우애드니

우리 아기 잘도 잔다
이쁘게도(예쁘게도) 잘 잔다

한알 때 두알 때

자료코드 : 02_01_FOS_20090223_SDH_KOS_0002
조사장소 : 경기도 가평군 상면 율길1리 393-3 율길1리 마을회관
조사일시 : 2009.2.23
조 사 자 : 신동흔, 노영근, 이홍우, 한유진, 구미진

제 보 자 : 김옥상, 여, 78세

청　　중 : 11인

구연상황 : 어린 시절 놀면서 재미삼아 부르시던 노래를 묻자 구연해주셨다.

한알 때 두알 때

영남 거지 팔대장군

고드래뿅 똥~꾸

정선 아리랑

자료코드 : 02_01_FOS_20090223_SDH_PJS_0001

조사장소 : 경기도 가평군 상면 율길1리 393-3 율길1리 마을회관

조사일시 : 2009.2.23

조 사 자 : 신동흔, 노영근, 이홍우, 한유진, 구미진

제 보 자 : 박종숙, 여, 87세

청　　중 : 11인

구연상황 : 할머니들만 모이신 마을회관이므로, 생애담과 민요를 중심으로 구연하실 수 있도록 질문하였다. 조사당일 선거관리위원회에서 마을회관을 방문하여 할머니들의 인적을 조사하기도 하였고, 청중으로 계시는 할머니들의 수가 많은 편이라 다소 산만한 분위기에서 채록을 시작하였다. 제보자의 인적사항을 자연스럽게 묻던 중, 강원도 출신임을 알게 되어 강원도 민요를 청하니 곧 노래를 불러주셨다.

정선 읍내야~ 물레방아는

물살을 안고선 싱글뱅글(싱글벙글) 노는데에~

우~리~집 저 멍텅구~린

말 한 ○ 할 줄 모르네~

아리랑~ 아리랑~ 아~라~리~요오~

아리랑~ 고개 고개로~ 날 넘겨주~게

아리랑

자료코드 : 02_01_FOS_20090223_SDH_PJS_0002
조사장소 : 경기도 가평군 상면 율길1리 393-3 율길1리 마을회관
조사일시 : 2009.2.23
조 사 자 : 신동흔, 노영근, 이홍우, 한유진, 구미진
제 보 자 : 박종숙, 여, 87세
청   중 : 11인
구연상황 : 앞 노래에 이어, 또 다른 강원도 민요를 부탁드리자, 곧바로 생각나신 민요를
          불러주셨다.

아우~라~지 뱃사공~아

배 좀~ 돌려 주~게~

싸리~골 검은 동박이~

다 떨어~ 지네~

아리랑~ 아리랑~ 아~라~리~요~~

아~리~랑~ 고개~고개로~

날~ 넘겨~주~게~

아리랑

자료코드 : 02_01_FOS_20090223_SDH_PJS_0003
조사장소 : 경기도 가평군 상면 율길1리 393-3 율길1리 마을회관
조사일시 : 2009.2.23
조 사 자 : 신동흔, 노영근, 이홍우, 한유진, 구미진
제 보 자 : 박종숙, 여, 87세
청   중 : 11인
구연상황 : 앞 노래에 이어 불러주셨다.

비가~ 올라~나

눈이~ 올라~나

억수장마가 질라~나~

만소산 검은 구름이 막 모여~드네~

아리랑~ 아리랑~ 아라~리~요~~

아리랑~ 고개고개로~~

날 넘겨~주~~게

댕기 노래

자료코드 : 02_01_FOS_20090223_SDH_PJS_0004

조사장소 : 경기도 가평군 상면 율길1리 393-3 율길1리 마을회관

조사일시 : 2009.2.23

조 사 자 : 신동흔, 노영근, 이홍우, 한유진, 구미진

제 보 자 : 박종숙, 여, 87세

청   중 : 11인

구연상황 : 어린 시절 즐겨 부르셨던 다른 노래가 없는지 묻자 불러주셨다.

한 냥 주고서 사 오신 당기(댕기)~

두~ 푼 주고서나 ○○○○

성 안에서~ 늘(널)을 뛰다가

성 밖에다가 잊~었으니

열다섯 먹~은 이도령아.

내 ○○○○○○○

영~글~렀네~ 영글렀구나~

내 댕지(댕기) 찾기는 영글렀네~

○○○으로 농을 짜서~

내 옷 넣고~ 내 옷 넣~고서~

살게 나 된다면 너를 주마.

영~글~렀네~ 영 글렀구나~

내 댕기 찾기는 영 글렀네~

오기 안에 노기를 걸어,

노기 안에다 밥 올리어

너와 나와 마주 앉어서(앉아서)

밥 먹게 되면은 너를 주마

영~글렀구나~ 영글렀구나~

내 댕기 찾~긴 영글렀네~

올리다 보니 소라 반자

내려다 본디 ○○○○

샛별 같은 논여우강을

발치나 발치~ 밀어놓고

요모조모 저 혼자 벽에

머린나~ 머리 밀어놓고~.

[쑥스러운 듯 웃으시며]

많이 빠졌어. <u>호호</u>.

베틀가

자료코드 : 02_01_FOS_20090223_SDH_PJS_0005

조사장소 : 경기도 가평군 상면 율길1리 393-3 율길1리 마을회관

조사일시 : 2009.2.23

조 사 자 : 신동흔, 노영근, 이홍우, 한유진, 구미진

제 보 자 : 박종숙, 여, 87세

청   중 : 11인

베틀 노~세~ 베틀 노~세~

옥난간~에 베틀 노~세~

베틀 다린~ 두 다리여~

이엣대는~ 세명 젤세~

물림대는~ 독신이요~

참대나무~ 가두지배~

대추나무~ 정부개~

한 없자구~ 한 없자니~

부구왔네~ 부구왔네~

대문 밖에 부구왔네~

시금실쩍 시어머니~

나는 가요~ 나는 가요~

예끼~망한~ 방절 할 년~

짜던 베를~ 못 다 짜고~

간단 말이~ 웬 말이냐~

[잠시 숨을 고르며]

에헤, 이젠 다 짰지 베를. 하하.

한 모랭이 돌아가니~

○○○의 높이 뜨고~

또 한 모랭이('모퉁이'의 강원, 경남, 충청지역 방언)돌아가니~

아홉 상제 우는 소리

또 한 모랭이 돌아가니~

행상소리 높이 떴네~

여보서요~ 여보서요~

그 행상을~

개똥밭에~ 놓지 말고~

쇠똥밭에~ 놓지 말고~

잔디밭에~ 놓아 주싱~

[살짝 민망한 듯 웃으시며]

또 오빠가 욕해써.

에끼~망한~ 방절 할 년~

엊그저께 왜 못 왔나

산이 맥혀(막혀) 못 왔어요~

물이 맥혀(막혀) 못 왔어요~

따북녀 노래

자료코드 : 02_01_FOS_20090223_SDH_PJS_0006

조사장소 : 경기도 가평군 상면 율길1리 393-3 율길1리 마을회관

조사일시 : 2009.2.23

조 사 자 : 신동흔, 노영근, 이홍우, 한유진, 구미진

제 보 자 : 박종숙, 여, 87세

청　　중 : 11인

구연상황 : 주변에 계신 청중들이 제보자에게 '따북녀 노래'를 청하자 구연하셨다.

따북 따북 따북네(녀)야~

니 어들로(어디로) 울고 가나~

몽진골로~ 울 어머니~ 찾아가요

가지 마라~ 오지 마라~

늬 어머니~ 오마더라~

우리 어머니

어느 천 년~오시는고

부뚜막에 삶은 밤이

삭(싹)나거든 오마더라

부뚜막에 삶은 밤이

어느 천 년 삭이 나나

구역 밑에 소뼈다구

살 붙거든 오마더라

구역 밑에 소뼈다구

어느 천 년 살이 붙나

젖 먹는 아기~ 젖 달라고

밥 먹는 아기~ 밥 달라고

젖을 짜서~ 가랑잎에~

바람결로~ 보내주소~

밥을 해서~

바람결로~ 보내주소~

울어머니~ 보시거든~

  하하.(제보자가 기억을 못하여 종료. 8세 된 따북녀가 젖먹이 동생만 놔
두고 떠난 엄마를 찾아간다는 내용으로 끝난다는 것만 기억하심)

동무 노래

자료코드 : 02_01_FOS_20090223_SDH_PJS_0007

조사장소 : 경기도 가평군 상면 율길1리 393-3 율길1리 마을회관
조사일시 : 2009.2.23
조 사 자 : 신동흔, 노영근, 이홍우, 한유진, 구미진
제 보 자 : 박종숙, 여, 87세
청　　중 : 11인
구연상황 : 앞 노래에 이어 또 다른 민요를 청하자 구연하셨다.

동무~ 동무~ 일 천 동무

당세 실로~ 맺은 동무~

재부 실로~ 그린 동무~

자네 집이~ 어듸(어디) 멘가~

이산 저산~ 넘어가서~

대추나무~ 여덟 가지~

첫 집일세~

자네 집에~ 구경 가세~

우리 집에~ 구경 없네~

뜰이 너버~ 뜰가밑에~

연당 파서~ 연당 나고~

양당 가에~

대를 심어 대가 나고

대금마더 ○○○○~

○○ 부모 젊어가고

우리 부모 늙어가서

이 빠져서~ 각시가고

머리 쇠서~ 먹칠 했네~

헤헤헤

[일제히 박수를 치며]

(청중 : 얼마나 이거 이미(의미) 있는 노래야!)

총각 낭군 무덤에

자료코드 : 02_01_FOS_20090223_SDH_PJS_0008
조사장소 : 경기도 가평군 상면 율길1리 393-3 율길1리 마을회관
조사일시 : 2009.2.23
조 사 자 : 신동흔, 노영근, 이홍우, 한유진, 구미진
제 보 자 : 박종숙, 여, 87세
청   중 : 11인
구연상황 : 앞 노래에 이어 또 다른 민요를 청하자 구연하셨다.

　　　　동박(동백의 강원도 사투리) 따러 간다고~

　　　　요리 핑계~ 조리 핑계 대더니

　　　　동박 나무 밑~에서

　　　　시집 갈 공론만 하노라

　　　　도라지 캐러 간다고~

　　　　요리 핑계~ 조리 핑계 대더니

　　　　총각~ 낭군~ 무덤에~

　　　　삼오제 지내러 가노~라

　　[일동 즐겁게 웃음]

아리랑

자료코드 : 02_01_FOS_20090223_SDH_PJS_0009

조사장소 : 경기도 가평군 상면 율길1리 393-3 율길1리 마을회관

조사일시 : 2009.2.23

조 사 자 : 신동흔, 노영근, 이홍우, 한유진, 구미진

제 보 자 : 박종숙, 여, 87세

청   중 : 11인

구연상황 : 앞의 노래에 이어 또 다른 강원도 민요를 청하자 구연하셨다.

시어머니~ 잔소리는~

○○○ 맛 같고~~

병드신~님 잔소리는~

약 참배 맛 같네~

아리랑~ 아리랑~

아~라~리~요~

아리랑~ 고개고개로~

날 넘겨~ 주게~

아리랑

자료코드 : 02_01_FOS_20090223_SDH_PJS_0010

조사장소 : 경기도 가평군 상면 율길1리 393-3 율길1리 마을회관

조사일시 : 2009.2.23

조 사 자 : 신동흔, 노영근, 이홍우, 한유진, 구미진

제 보 자 : 박종숙, 여, 87세

청   중 : 11인

구연상황 : 앞 노래에 이어 구연하셨다.

산~에15) 딱자구리16)는

---

15) 원래는 '무지봉산에'로 시작하는 노랫말.

16) 딱따구리의 함경도 방언.

참나무 둥기만 파는~데~

우~리~집 저 멍텅구린~

뚫어진 둥기도 못 파~네~

아리~랑~ 아리~랑~

아라~리~요~

아리~랑~ 고개~고개~로~

날 넘겨~주~게

어랑 타령

자료코드 : 02_01_FOS_20090224_SDH_OJH_0001

조사장소 : 가평군 상면 태봉2리 마을회관

조사일시 : 2009.2.24

조 사 자 : 신동흔, 노영근, 이홍우, 한유진, 구미진

제 보 자 : 오정환, 여, 83세

청   중 : 9명

구연상황 : 조사장소였던 태봉2리 마을회관에는 화투를 치시는 분들이 대부분이었고 매우 산만하였다. 그래서 조사하려는 목적과 내용을 말씀드려도 대개 무관심한 편이거나, 다른 마을에 가볼 것을 권하셨다. 이러던 중 담배를 피우고 계시던 제보자가 갑자기 민요를 부르기 시작하셨다. 제보자의 구연이 시작되니 옆에 계신 분들께서도 하나 둘 집중해 들으시며, 장단을 맞추고 중간 중간 박수를 치기도 하였다.

어랑 타령에~ 다 팔아먹고~

백수에 건달이 되었구나~

어랑 어랑 어허야~

어허야~더야~

내~ 사랑아~

시집살이를~ 못 허고
친정살이를 할망정
술 담배 끊고서
○○○ 나 못 살겠구나~
어랑 어랑 어허야~
어○○○라~
내~ 사랑아~

십 원짜리가~ 없~으면
오원에 두 장도 좋구요~
술집주모가 없으면
술장수 딸도나 좋다네~
어랑 어랑 어허야~
어라만마 이어라~
내~ 사랑아~

시집 간지~ 삼일 만에
하두 나 심심해 허길○
부뚜막 장단을 치면서
수심가 한 마딜 불렀더니
죽일 년아~ 살릴 년아~
야단에 법석이 났구려~
어랑 어랑 어허야~
어라만마 이어라~
내~ 사랑아~

오는 새~ 가는 새~ [장단을 두드리며]

덤불 덤불이 놀구요.
오는 임 가는 임은
내 품안에서 놀구나.
어랑 어랑 어허야~
어러만마 이어라~
내~ 사랑아~

며늘아기를~ 잘 했다고
칭찬 칭찬 했더니~
오강단질(요강 단지를) 모셔다가
찬장 안에다 넣었네~
어랑 어랑 어허야~
어러만마 이어라~
내~ 사랑아~

가을바람~ 부는 날엔
낙엽이 우수수 지구요
귀뚜라미 슬피 울어
나무 간장만 다 터졌네~
어랑 어랑 어허야~
어러만마 이어라~
내~ 사랑아~

○○○○~○○○○
바람에 건들거리고
허공 중천 뜬 달은
서에만 비쳐만 줍니다

어랑 어랑 어허야~

어러만마 이어라~

내~ 사랑아~

[청중들 일동 박수]

(조사자 : 아유, 잘 하시네요.)

4. 설악면

경기도 가평군 설악면 천안1리

조사일시 : 2009.7.23

조 사 자 : 신동흔, 노영근, 이홍우, 한유진, 구미진

경기도 가평군 설악면 천안1리 천안리 마을회관 전경

천안리(天安里)는 현장조사팀의 6차 조사(2009.7.22~2009.7.24)기간 동안의 조사대상인 설악면에 속해있는 마을이다. 천안리는 본래 양평군 북상면으로 불기리(佛岐里) 또는 부지리(不知里), 부지리(不只里)라 하였다. 1914년 행정구역 통폐합 때, 동쪽에 위치한 강원도 홍천군의 천현리 일부를 병합해서 천현과 안성골에서 각각 이름을 따 현재와 같이 천안리라 부르게 되었다. 그 위치는 설악면 소재지인 신천리에서 남쪽으로 명장고개

를 넘어 익내다리를 건너는 곳에서부터 시작된다.

그 중 천안1리는 천안2리에서 37번 국도를 따라오다 한우재 고개정상부터 뇌암부락 앞의 천안2교까지이다. 천안1리 1반에는 뇌암(雷岩), 곧 벼락이 떨어졌다는 벼락바위 마을과 꼰잘 들(버덩이), 정골, 뜸골, 하오게가 자연부락을 이룬다.

뇌암부락에는 농업용수로 이용되는 방일천 삼보가 있으며, 경지정리가 잘 된 뇌암 들판은 천안리의 제1곡창지대를 이룬다. 꼰잘들은 뇌암동에서 곧바로 건너다보이는 들로, 절골로 올라가는 길가에 있다. 이 벌판은 꼰잘나무가 많았었는데, 이를 개간하여 번듯한 논을 만들었기 때문에, 꼰잘버덩이 또는 꼰잘 들이라고 불렀다고 한다. 그리고 현재는 절이 없어졌으나, 이 논에서 첫 수확한 쌀을 절에 시주하여 풍년을 기원하는 불공을 들었기 때문에 불량답(佛糧畓) 또는 불량논이라고도 한다.

천안리 마을회관에는 조사 당시 할아버지들만 10명 가까이 계셨는데, 이 마을회관에는 평소에도 할머니들보다 할아버지들이 더 많이 모여서 시간을 보내신다 하였다. 마을회관에는 상여소리를 오래하신 분도 계셨는데, 갑자기 상여소리를 내기 어렵다고 하여 조사가 제대로 이루어지지 않았다. 이러한 중에 제보자 최충열(崔忠烈)이 방문하였는데, 농담을 잘하고 성격이 쾌활하여 어렵지 않게 조사에 응해주었다. 제보자는 어린 시절에 잠시 춘천에 산 적이 있으나, 수십 대에 이어 가평에 거주한 가평토박이 집안이다. 학교는 다닌 적이 없으며, 전업(前業)은 농사였는데, 젊은 시절 술자리 등에서 노래를 많이 불렀다 한다. 특히 상처(喪妻) 후 막내아들과 서울에서 15년 정도 거주했을 당시 노인대학을 다니면서 노래를 따로 배운 경험도 있어서 노래를 많이 알고 있었다. 몇 해 전부터 건강이 악화되어 걸음걸이가 불편하고, 담배를 많이 피워서 목상태가 좋지 않다. 그러나 성량이 매우 크고, 입담이 좋은 편이며, 이번 조사에서는 목상태가 좋지 않아 힘들어 하면서도, '강원도아리랑', '창부 타령', '청춘가', '권주가'와 같이 여러 편의 민요를 제보해 주었다.

▌제보자

최충열, 남, 1928년생

주 소 지 : 경기도 가평군 설악면 천안1리
제보일시 : 2009.2.23
조 사 자 : 신동흔, 노영근, 이홍우, 한유진, 구미진

　제보자 최충열(崔忠烈)은 1928년생으로 어린 시절에 잠시 춘천에 산 적이 있으나, 수십 대에 이어 가평에 거주한 가평토박이 집안이다. 20세에 혼인 후 가평에 있는 처가 근처에 살았으며, 슬하에 6남매가 있다.

　학교는 다닌 적이 없으며, 전업은 농사였으나, 현재는 큰아들 내외만 농사를 짓고 있다. 젊은 시절 술자리 등에서 노래를 많이 불렀다 하는데, 상처(喪妻) 후 막내아들과 서울에서 15년 정도 거주했을 당시 노인대학을 다니면서 노래를 따로 배운 경험도 있다.

　몇 해 전부터 당뇨로 고생하여 걸음걸이가 불편하고, 담배를 많이 피워서 목상태가 좋지 않다. 그러나 성량이 매우 크고, 입담이 좋은 편이다. 농담을 잘하며 성격이 쾌활하여 어렵지 않게 조사에 응해주었다. 현재는 흰머리를 짧게 깎은 모습이고 체격이 비교적 건장하다.

제공 자료 목록
02_01_FOS_20090723_SDH_CCY_0001 강원도 아리랑
02_01_FOS_20090723_SDH_CCY_0002 창부 타령
02_01_FOS_20090723_SDH_CCY_0003 청춘가
02_01_FOS_20090723_SDH_CCY_0004 권주가

강원도 아리랑

자료코드 : 02_01_FOS_20090723_SDH_CCY_0001

조사장소 : 경기도 가평군 설악면 천안1리 558-1번지 천안리 마을회관

조사일시 : 2009.7.23

조 사 자 : 신동흔, 노영근, 이홍우, 한유진, 구미진

제 보 자 : 최충열, 남, 82세

청   중 : 7명

구연상황 : 주변 분들이 음색이 좋고, 노래를 잘하는 분이라고 칭찬하며 노래를 청하자 구연하셨다.

　　　강원도~ 금강산~ 일만 이천 봉

　　　팔만 구암자의 유점사 법당~ 뒤~

　　　칠성단을 모~

　　　아들 딸 낳아달라고

　　　석 달~ 열흘~ 놈에 정성을 말고~

　　　타관 객리에 외로이 난~ 사~람

이게 이, 안 넘어 간다구.

[목소리를 잠시 가다듬으며]

　　　괄시를 마라~

　　　정선은 내~ ○○드니~

　　　허풍선이 ○○데는

　　　사시장천 물거품을 안고

　　　비리 뱅뱅 도는데

우리 님은 어디를 가고서
나를 안고 도울 줄은 왜 몰라~

내 칠자는 왜 팔자나
고대왕실 높은 집에
화문 등료 보료 깔고
원앙금침 잡~베개
훨훨~ 베고 잠자기는
오초에 영 글렀으니~
오다~ 가다~ 만난섭심
단금에 ○○ 상봉할까

[목소리를 잠시 가다듬으며]
에헴, 안 넘어 간다. 이게 안 되는 구나.
헤헤헤.

임자 당신이 날 싫다고
울치고 담치고~
배추김치 소금치고
열무김치에 초~치고

칼로 물 벤 듯이
그냥 빽 돌아서더니
인천 팔십 리
다~ 못가서
왜 또 찾아, 또 찾아 왔나~

이게, 이게, ○○

마치질 못하구나.

(청중 : 얼씨구나~ 좋아요~)
정말 좋구려~ 아니나 노진~

산비탈~ 굽은 길에
얼룩암소 몰아가는
저 목동아~
한감을~ 자랑마라~

너도~ 나도~ 엊그제
정든 임을 이별하고~
일구 월식 맺힌 설움
이내 진정 깊은 한을
풀길~ 바이없어

이곳에 머무르니
처량한 처족일랑
부디부디 마라~

아이구, 안 넘어 간다.

창부 타령

자료코드 : 02_01_FOS_20090723_SDH_CCY_0002
조사장소 : 경기도 가평군 설악면 천안1리 558-1번지 천안리 마을회관
조사일시 : 2009.7.23
조 사 자 : 신동흔, 노영근, 이홍우, 한유진, 구미진
제 보 자 : 최충열, 남, 82세

청 중 : 7명
구연상황 : 알고 계신 민요가 있는지 묻자, 창부 타령에 나오는 노래를 한 소절 해주시겠
다고 하셨다.

옛날 옛적 진시황이
만군 ○○를 불사를 제

아유, 에헴.[목소리를 잠시 가다듬으며]

○○ 두자를 못 살렸고

천하장사 초패왕도
장~중에 눈물을~ 짓고 ○○○~
이별을 당했건만~

부모같이 중한 분은
세상천지 또 없건 만은
임을 그리워 애타는 간장~
어느~ 누가~ 알아줄까

청춘가

자료코드 : 02_01_FOS_20090723_SDH_CCY_0003
조사장소 : 경기도 가평군 설악면 천안1리 558-1번지 천안리 마을회관
조사일시 : 2009.7.23
조 사 자 : 신동흔, 노영근, 이홍우, 한유진, 구미진
제 보 자 : 최충열, 남, 82세
청 중 : 7명
구연상황 : 앞의 상황에 이어 구연하였다.

이팔은~ 청~춘이~

소년 몸이~ 되어서~

문명에 학문을

닦아를 봅시다~

청춘~○○

네 자랑 말어라~

덧없는 세월에

백발이 되누나~

권주가

자료코드 : 02_01_FOS_20090723_SDH_CCY_0004
조사장소 : 경기도 가평군 설악면 천안1리 558-1번지 천안리 마을회관
조사일시 : 2009.7.23
조 사 자 : 신동흔, 노영근, 이홍우, 한유진, 구미진
제 보 자 : 최충열, 남, 82세
청   중 : 7명
구연상황 : 앞의 상황에 이어 구연하였다.

만학천봉 은신처에~

두어 이랑 밭을 갈아

삼신산 불로초를

여기 저기 심었더니

문전에~ 학 탄 선관이

오락가락 하여라~

잡으시오~
이 술 한잔 잡으시오~
꽃으로 ○를 놓으니
무궁무진~ 잡으시오

진실로 이 잔 ○ 잡으시면
만수무강~ 하오리라

좋은 지~ 오날(오늘)이요
즐거운 지 오날(오늘)이라~
즐거운 오늘날이
○○○ ○○○○

5. 청평면

▮조사마을

경기도 가평군 청평면 청평8리

조사일시 : 2009.7.22, 2009.7.24

조 사 자 : 신동흔, 노영근, 이홍우, 한유진, 구미진

경기도 가평군 청평면 청평8리 전경

청평면은 가평군 내의 교통 중심지로서 예부터 문무백관들의 왕래가 빈 번하였다. 또한 청평천을 끼고 도는 자연경관이 아름다워 시인묵객들이 휴 식공간이 되었던 고장이다. 문화유적으로는 1624년(인조 2년)에 증광문과 에 급제한 후 동부승지, 한성부좌윤, 영중추부사 등을 거치면서 대동법을 주장하였으며 시헌력을 제작하고 상평통보를 주조, 유통토록 하는 등 실학 의 선구자가 되었던 잠곡 김육(金堉, 1580~1658) 선생의 고명한 학문을

숭앙하고 높은 뜻을 기리기 위해 세운 잠곡서원지(潛谷書院址)가 있다.

특히 청평은 조종천이 굽이굽이 흘러오다가 북한강에 유입되면서 그 합류점 양 둔덕 위에 맑고 넓은 뜰을 이루어 놓았다고 하여 청평(清平)이라 불렀다고 한다. 그러므로 청평은 글자 그대로 맑은 물의 본고장으로, 청평댐과 청평 양수발전소가 있으며, 청평천의 푸른 물결이 굽이돌아 흐르는 모습이 장관을 이룬다. 따라서 청평은 군청이 있는 가평읍보다는 아름다운 자연경관과 휴양지로서 전국적으로 더 알려져 있는 지역이다.

청평8리는 1994년 7월에 청평3리에서 8리로 분리된 마을로, 청평3리와는 형제마을이라 할 수 있다. 서울에서 춘천으로 가는 경춘선 열차를 타고 가다 보면 청평 수력 발전소가 동남쪽으로 보이고, 곧 터널을 빠져나가게 되는데, 청평8리는 청평공업고등학교와 아파트촌 등이 서북쪽으로 보이는 마을이다. 또한 청평8리에는 마구전(馬山)이라는 고개가 있다. 호명산에서 출현한 백마(白馬)가 뛰어 내리는 형상이라 하여 붙여진 이름이라고는 하나 사실은 청평에서 바라볼 때, 정남쪽으로 오향(午向)의 오(午)자가 말 오자이므로 마산이라 부르게 되었다고 한다.

청평8리는 현재 419가구 정도가 거주하고 있는데, 예전에는 마을에 논이 대부분이었을 만큼 마을 주민은 대개 농사를 본업으로 삼았다. 그러나 현재는 토박이 가구가 4가구 정도밖에 남지 않았으며, 다른 마을에 비해 젊은이들이 많이 거주하고 있다. 따라서 농사는 소일거리로 삼아 하는 경우가 많고, 공무원이나 직장인, 자영업을 하는 사람들이 대부분이라 한다.

한편 이 마을은 1905년 을사보호조약 체결 당시 그 부당함을 상소하다가 뜻을 이루지 못하고 일본 헌병에게 강제로 호송되는 가마 속에서 자결한 순국열사 조병세(趙秉世)의 출신지라고도 한다. 그는 험천동에서 살다가 망국의 을사보호조약이 체결되었다는 비보를 전해듣고 상경하여, 그 무효화 운동의 선봉에 섰다. 그러나 끝내 뜻을 이루지 못하자, 온 국민의 궐기를 촉구하고 국제여론을 환기하고자 자신의 목숨을 바쳐 순국한 분으로 이 고장은 애국열사의 얼이 깃든 곳이라는 긍지가 대단하다.

청평리에 조사를 갔을 때는 공교롭게도 대부분의 마을에서 단체로 댄스 경연대회에 나갈 준비를 하는 중이라, 모두 조사를 거절하였다. 청평8리의 할머니들 역시 연습을 위해 모여 있었는데, 다행히 시간이 생겨 조사를 시작할 수 있었다. 1차 조사는 청평8리 마을회관에서 이루어졌는데, 이곳 8리 마을회관 부지 150평은 농암 원호문 선생이 마을에 기증하여 8리 초대이장 강석만 씨와 주민이 힘을 합쳐 회관을 건립하게 되었으며, 이를 기념하기 위하여 원호문선생의 비(碑)와 함께 예향8리라는 표석식을 갖기도 했다.

마을회관에서는 할머니 제보자들을 중심으로 조사를 하였는데, 이 마을 할머니들께서는 몇 년째 단체로 하는 전국 댄스경연대회 등에서 여러 차례 수상을 하신 경력이 있다고 한다. 그 때문인지 젊은 시절, 각각 다른 지역에서 시집와 가평에 거주하고 계신 분들이 대부분임에도 단합이 아주 잘되고, 서로 매우 친밀하였다.

조사된 이야기들은 대부분 생애담이 많았는데, 호랑이나 도깨비에 관해서 들은 이야기가 없는지 묻자, 자연스럽게 활발한 분위기의 이야기판이 형성되었다. 제보자 이정숙은 '호랑이를 타고 다닌 아버지', '돼지 물어간 호랑이', '도깨비 만나 부자 된 사람', 제보자 정복순은 '도깨비가 일하는 소리를 들은 아버지', '울산바위 아래 호랑이'를 구연하였다. 또 제보자 김분순은 '도깨비와 씨름한 사람', 양화자는 '아기 물어간 호랑이'를 구연하였는데, 이처럼 대부분의 제보자들이 도깨비나 호랑이에 관한 자신 혹은 주변인들의 신이한 체험담과 민담 등을 중심으로 제보하였다.

이 중 유난히 기억력이 좋고 입담이 뛰어났던 주요 제보자로 꼽히는 이정숙과는 7월 24일, 2차 조사에서는 다시 자리를 마련하였다. 2차 조사는 마을입구의 정자에서 이루어졌는데, 1차 조사에 이어 '도깨비터 못 다스려 망한 집', '도깨비의 솥뚜껑 장난'과 같이 도깨비에 관한 제보자와 주변인의 신이한 생애담을 조사하였다.

▌제보자

김분순, 여, 1940년생

주 소 지 : 경기도 가평군 청평면 청평8리
제보일시 : 2009.7.22
조 사 자 : 신동흔, 노영근, 이홍우, 한유진, 구미진

제보자 김분순은 원래 경상북도 출신으로
젊은 시절 가평으로 시집 온 뒤, 현재도 가
평에 거주하고 있다. 시집와 가평에 거주한
지 오래되었음에도, 말씨에는 여전히 경상
도 사투리 억양이 많이 남아있으며, 목소리
가 비교적 걸걸하고 큰 편이다.

이번 조사에서는 청평8리 마을회관에 있
던 다른 어르신들과 이야기 하는 과정 중에
떠오른 도깨비와 관련한 고향마을 사람의 신이한 생애담을 구연하였다.

제공 자료 목록
02_01_MPN_20090722_SDH_KBS_0001 도깨비와 씨름한 사람

양화자, 여, 1942년생

주 소 지 : 경기도 가평군 청평면 청평8리
제보일시 : 2009.7.22
조 사 자 : 신동흔, 노영근, 이홍우, 한유진, 구미진

제보자 양화자는 가평군 청평면에서 2대
째 거주하고 있다. 적극적이고 활발한 성격
은 아니었으나, 이야기판에 참여하며 다른

제보자들의 이야기를 경청하고, 호응을 잘 해주었다. 이번 조사에서는 호랑이와 관련하여 자신이 들었던 어떤 이의 경험담을 구연하였다. 말이 다소 빠른 편이고, 말끝을 흐리는 버릇이 있다.

제공 자료 목록
02_01_MPN_20090722_SDH_YHJ_0001 아기 살려준 호랑이

이정숙, 여, 1941년생

주 소 지 : 경기도 가평군 청평면 청평8리
제보일시 : 2009.7.22, 2009.7.24
조 사 자 : 신동흔, 노영근, 이홍우, 한유진, 구미진

　제보자 이정숙(李貞淑)은 1941년 신사생으로 본가는 경상북도 성주이나, 경상남도 합천에서 나고 자랐다. 19세에 가평으로 시집을 왔으며 슬하에 혼인한 남매가 있다. 이후 한동안 서울과 가평, 강원도 동해 등으로 잠깐씩 이사를 다니며 살다, 가평에 정착하여 현재까지 계속 가평군 청평면에 거주하고 있다. 젊은 시절에는 남의 집에서 일을 해주기도 했으며, 요리 솜씨가 좋아 따로 식당을 경영하기도 했다고 한다.
　체구가 작고 마른 편이고, 얼굴 표정이 인자하다. 경상도 억양이 있으며 목소리가 다소 높고 가늘어 떨리는 음색이나, 발음이 비교적 정확하다. 기억력이 좋은 편이므로 어린 시절 들었던 이야기나 오래 전의 경험담에 대해서도 정확히 구연하였다.
　이번 조사에서는 주로 생애담을 중심으로 제보하였는데, 호랑이와 관련된 본인 또는 주변인들의 신이한 체험담을 매우 흥미롭게 구연하였다. 또

한 '도깨비 만나 부자 된 사람'이라는 민담은 긴 서사를 모두 기억해내어 구성진 입담을 자랑하였다. 그리하여 따로 연락처를 얻어 다시 한 번 만날 수 있는 자리를 갖게 되었는데, 두 번째 조사에서도 도깨비와 관련 된 신이체험담을 두 편 정도 제보하였다.

제공 자료 목록

02_01_FOT_20090722_SDH_LJS_0001 도깨비 만나 부자 된 사람
02_01_MPN_20090722_SDH_LJS_0001 호랑이를 타고 다닌 아버지
02_01_MPN_20090722_SDH_LJS_0002 돼지 물어간 호랑이
02_01_MPN_20090724_SDH_LJS_0002 도깨비의 솥뚜껑 장난
02_01_MPN_20090724_SDH_LJS_0003 도깨비 터 못 다스려 망한 집

정복순, 여, 1940년생

주 소 지 : 경기도 가평군 청평면 청평8리
제보일시 : 2009.7.22
조 사 자 : 신동흔, 노영근, 이홍우, 한유진, 구미진

제보자 정복순은 원래 경기도 여주 출신으로 가평으로 시집왔다. 혼인 이후로는 계속 가평에 거주하며, 농업에 종사하였다. 현재는 청평8리 노인회 부회장을 맡고 있을 만큼 정정하고, 활동적인 성격이다.

이번 조사에서는 청평8리 조사의 특성상 다른 어르신들과 마찬가지로 주로 도깨비와 호랑이에 관한 신이한 체험담을 제보하였다.

제공 자료 목록

02_01_MPN_20090722_SDH_JBS_0001 도깨비가 일하는 소리 들은 아버지
02_01_MPN_20090722_SDH_JBS_0002 울산바위 아래 호랑이

도깨비 만나 부자 된 사람

자료코드 : 02_01_FOT_20090722_SDH_LJS_0001
조사장소 : 경기도 가평군 청평면 청평8리 76-6번지 청평8리 마을회관
조사일시 : 2009.7.22
조 사 자 : 신동흔, 노영근, 이홍우, 한유진, 구미진
제 보 자 : 이정숙, 여, 69세
청   중 : 8명
구연상황 : 마을회관에서 같이 이야기를 나누시던 분들이 각자 도깨비에 대한 짤막한 이
         야기들을 꺼내시자 제보자도 자신이 알고 있는 도깨비 이야기를 들려주셨다.
줄 거 리 : 옛날 어떤 가난한 사람이 장에 나무를 해다 팔며 근근이 살았는데, 어느 날
         나뭇짐을 해서 장에 가던 중 팔대장승같이 큰 도깨비를 만난다. 도깨비는 자
         신이 시키는 대로만 하면 먹고 사는 일은 걱정 없을 것이라며, 남자 눈에만
         보인 채로 장에 같이 따라가 남자가 고르기만 한 물건들을 모두 집에다 가져
         다 놓는다.
         다음 장날 도깨비는 또 다시 나타났는데, 자신이 시킨 일 중, 개를 사서 장독
         에 넣어두라는 일을 하지 않았다고 혼을 내었다. 남자는 꼭 약속을 지키겠다
         고 말하였지만, 돈 욕심이 생겨서 개를 사지 않고 그냥 돌아왔다. 그 다음 장
         날에도 도깨비가 나타나 혼을 내자, 남자는 이번에는 반드시 약속을 지키겠다
         고 말한다. 하지만 화가 난 도깨비는 그 말을 믿지 않고, 그날부터 밤마다 남
         자의 아내에게 붙어 괴롭히기 시작한다. 남자가 그제야 개를 잡아 가져가서
         도깨비에게 용서를 구하고 시키는 모든 일들을 하자, 재산이 점점 불어났다.
         남자는 그 재산을 그냥 두지 않고, 땅을 사놓으니 더욱 부자가 되었다.
         그러나 도깨비는 계속 아내에게 붙어 아내를 괴롭혔다. 남자는 궁리 끝에 도
         깨비에게 좋아하는 것이 무엇이냐고 묻자, 남자를 믿지 못한 도깨비는 이번에
         도 가장 무서워하고 싫어하는 것을 좋아한다고 말하였다. 남자는 도깨비가 좋
         아한다는 것을 집에 걸어두고 팥죽을 쑤어 곳곳에 뿌려두니 도깨비는 더 이
         상 오지 못하고, 아내도 편하게 지낼 수 있었다. 화가 난 도깨비가 이번에는
         매일 찾아와 남자가 사둔 땅을 통째로 들고 가버리려고 하였다. 그러자 남자
         는 이웃 사람 말을 듣고 소똥을 구해 와서, 가지고 있는 땅에 모두 뿌려두었

다. 그 뒤로 도깨비는 더 이상 오지 못하게 되었고, 남자의 집은 부자가 되었다.

옛날에 그래, 어떤 사람이 너무 못 살아서, 너무 너무 배가 고프고 못살아서, 산에 가서 나무를 해서, 맨날 같이 장날에 나뭇짐을 지고 나가서 팔았데. 나뭇짐을 지고 나가서 팔면 그거를 가지고, 닷새. 오일장이니까 닷새 먹을 양식을 사야하니, 그게 넉넉할 수가 없잖아. 한 짐 지고 가서 그걸 팔아봐야 돈이 몇 푼이나 되겠냐고.

그래, 인제 그렇게 해서, 그렇게 없이 사는데, 한 날은 나무를 해 갖고

"겨우 내가 이걸 해 갖고 가야, 우리 식구들이 입에 풀칠이라도 허지. 어떡허나." 하고는 나무를 해서 걸머지고 가는데, ○○ 가니까, 아니 팔대 장승 같은 놈이 갓을 딱 쓰고는 나타나더니

"자네 어디가나?"

그러더래.

"자네 어디가나?"

그래. 아 그래서

"누구슈?"

"아니, 자네하고 나하고 같이 벗해서 살만하네."

그러더래. 그러니까 이 남자가

"아니, 왜 그래요."

그러니까

"자네, 이거 팔러가나?"

그러고 물어보더래. 그래 갖고

"그렇다."고 그러니까

"그거 가서 얼른 그럼 팔게. 자네가 이거 팔러가서 팔고, 내가 하자는 대로만 해주면 너 밥 먹고 사는 거 걱정 안 해도 된다."

이러더래는 거야.

그러니까 이 사람이 얼마나 솔곳(솔깃)해? 없이 살고, 그냥 먹을 게 없어 절절매고 그러는데. 그러니까

"아, 그러면 그렇게 하자."고

이제 이 사람이, 흔쾌히 대답을 한거야.

"그렇게 하세요. 그럼 어떡하면 되냐."고

"자네가 나무를 가서 팔게. 가서 돈을 받아. 받고, 내 시키는 대로만 하라고, 내가 이거 가질래 그러면 대답만 하라고, 그래. 가지고 싶으면 응 그래 대답만 하라고."

아 그래 인제, 시키는 대로 한거야. 시키는 대로 해서, 시장에 가서 나무를 팔아 가지고, 쌀을 사서 인제 집에 가져올 쌀을 사서 인제, 쌀을 사는데. 옆에서 그 팔대장승 같은 사람이 이 사람 눈에만 띄는데 다른 사람은 모르는 거야.

팔대장승 같은 놈이

"자네 쌀 사나?"

그러면

"예."

"됐어. 또 딴 거 뭐 살 거 있나?"

"예."

또 딴 게 살게 있데, 그래 인자, 무슨 뭐. 그 뭐 저. 말하자면, 비단 집에 가서 옷감도 사야 되고, 먹을 거 뭐, 반찬도 사야 되고, 다 살게 많잖아. 그래 다 골고루 갔데. 가서 대답만 한거야. '예'하고 물어보면, '예'하고. 그리고 집에 와보니까, 다 와 있더래는 거야. 그놈의 게. 응? 다 와 있더래.

'아하, 이게 도깨비구나.'

자기 혼자 마음에 [손바닥을 한번 치며]

'아하, 내가 인자 도깨비를 만났구나.'

아, 그래 갖고. 그 다음 장날, 또 인자 나뭇짐을 해 갖고 간 거야. 또 가니까, 딱 고자리다 해 갖고 또 나왔더래. 또 딱 서서, 나왔더래. 그래서

"자네 어디 가나? 또 팔러가나?" 그러더래

"또 팔러간다." 그러니까

"자네 내가 시키는 걸 한 가지 안 한 게 있어." 그러더래, 그래서

"뭘 안했냐?" 그러니까

"개를, 개를 한 마리 잡아 갖고, 장독간에다 나놓으라." 그랬데.

"개를 한 마리 잡아 갖고, 장꽝(장독)에나만 놔나라." 그랬는데, 그걸 잊어버리고 안 한거야, 이 사람이.

"아이고, 내가 잘못했다." 그러면서

"오늘 가서 내가 개를, 잡아서 장독간에 올려놓겠다." 그랬네? 그러니까

"○○ 하고 약속을 했다." 그러더래.

"만약에 약속 안하면, 너 혼난다."고 그러더래. 아 그래서 인제, 아 그날, 그래 그날 가 갖고, 다 팔아 갖고 와서 인자 집에 와서, 개를 사 갖고 와야 되는데 인자 돈 욕심이 나니까, 안 사 갖고 온 거야. 이 사람이.

(청중 : 아! ○○○ 는 개를 해중께.)

그래, 안 사 갖고 와서, 안 해 논거야.

'요놈이 ○○○ 정말로 그럴 놈인가.'

싶어 갖고, 안 해놨어. 안 해 놓고, 그 다음 장날 또 나무를 해 갖고 나가는데, 또 딱, 또 딱 만났어. 고 자리 가서. 그러니까

"예 이놈!" 그러더래. 그래서 깜짝 놀래서

"예?"

[굵고 큰 목소리로] 그러니까

"니가 나하고 약속을 했는데, 왜 너 안 해놨냐? 너 혼 좀 나볼래?" 그

러더래. 그래서

"아니."라구

"내가 핸다고(한다고) 해놓고, 집에 가서 보니까 없어 갖고, 못해 났다."
고 그랬데. [웃으면서] 그러니까

"예 이놈 거짓말하지 말라. 너 오늘 저녁 혼 좀 놔봐라." 그러더래.
아이, 그러니 어떡해? 아, 큰일 났더래.

"이놈의 개고 지랄이고 다 아무것도 하지 말라."고 그러더래.

(청중 : 응. 그땐 허지 말라구.)

응, 인제는 아무것도 허지 말라구. 그러더니 싹 사라지고 없드래. 그러
더니 장날 또 따라와서 너 이거 살래, 저거 살래 하는 놈도 없드래.

아 그래 인자,

[웃으면서] 나무만 팔아 갖구, 집에를 왔데요.

아, 왔는데, 집에를 와서 밤에 자는데, 마누라가 잠을 자면, 가만히 자
야할 것 아니냐구?

그런데, 시키기를, 처음에 시키기를

"느그(네) 마누라는 웃방(윗방)에다 재워라." 그랬데.

"같이 한 방에다 자지 말고, 웃방(윗방)에다 재워라."

그래서 웃방(윗방)에다 재웠데. 인제 그때부터는. 아, 그런데 잠을 자는
데, 웃방(윗방)에서 도대체가

"아이고, 아이고, 아이고, 아이고고. 아이고 죽겠네. 아이고, 죽겠네.."

[청중들 일동 웃음]

노다지('언제나'의 잘못된 표현) 그러더래는 거야. [웃으면서] 하하, 그
러니까 이 영감이 보고,

'참 이상한 일이라'고.

"아 왜 그래? 자네 왜 그래?"

"아이고, 난 몰라, 이불 속이 근질근질 죽겠어. 뭐가 와서 자꾸 날 건드

리는 것 같아."

이러더래는 거야. 그러니까 영감이.

"아이, 누가 와서 근데? 아무도 없어." 그랬데.

"아니야. 이불만 쓰고 들어가면 근지러워서 못살고, 아주 따가워서 못 살겠어."

그러더래. 그래서

'아, 이거 내가 이거 잘못했구나.' 싶어서

'아휴, 내가 이거 다음 장에 가면 틀림없이 개를 해놔야지 안되겠구나.'

그래 갖고, 나무를 해서 가져가서 진짜 개를 사서 갖다놓구 빌었데잖 아. 잘못했다고.

"내가 다시는, 이제 내가 약속을 안어길 테니까 한번만 용서해 달라." 고 빌었데. 빌으니까, 그 다음 장날 턱하니, 나타나더래. 장에 갔는데, 턱 하니 나타나더니

"야 이놈아. 진작하지." 그러더래.

"진작했으면, 니 마누라 고생 안 시켰지." 그러더래는 거야. 아이, 그러 니

"아휴, 잘못했어요. 이제 다시는 안 그럴게요. 다시는 안 그럴 테니까 한번만 용서해 달라."고

"이제는 내가 시키는 대로 뭐든지, 죽으래면 죽는 시늉도 하겠다."고 그러니까

"알았어." 그러더래. 아 그러더니 세상에 벼락부자가 되더래는거야. 그 집이가 아무것도 없는데, 그저 시장만 갔다 오면 갖다놓고, 갖다놓고 해 서. 아주 없는 게 없이 갖다놓구, 집도 아주 좋은 기와집으로 해놓구 이래 놔서. 동네사람들이 저 집에 뭔 수가 났다고, 다들 이제 그랬는데.

이놈의 마누라가, 그것이 인자 오래오래 세월이 가니까 이놈의 신랑이 이걸 떠어야(떼어야) 될 텐데 딸(뗄) 수가 없잖아. 도깨비가 그렇게 떨어지

질 않는데. 한번 딱 붙으면 안 떨어진 데네 그게.

(보조 조사자 : 아.)

그러니까 이걸 띠어야 되는데, 띨 방법이 없드래는거야. 그래 인자 동네사람들보고 그런 얘길 했데. 이만저만 해 갖고 이래됐다 그러니까.

"그러면 이놈아. 돈을 놔두면 가랑잎으로 날라가니까 땅을 사라." 그랬데, 그래 땅을 다 샀데. 돈이라는 돈은 다 그냥 땅을 사놓고, 집만 달랑 냉겨놓고, 아무것도 안 사다놨데.

아휴, 그런데 이놈의 거 점점 마누라를 귀찮게 하는데 못 살겠더래는거야. 마누라를 밤에 잠을 못 자게. 마누라가 밤새도록 잠을 못잔데.

"아이고, 아이고, 아이고고."

그냥 노다지 그냥 이렇게.

"아고, 아고."

그냥 밤새도록 그래서 사람이 빼짝 말라 갖고, 사람이 그냥 요렇게 되더래 그냥.

(청중 : 귀찮지. 못 자게 하니까.)

그래, 응. 그러니까 이제 그걸 도저히 보고 있을 수가 없어서 이제 이 영감이

'이걸 어떻게 하면 도대체 띨 수가 있을까?'

사람보고 물어봐야 아무도 모르더래. 그래서 도깨비한테 이제 물어봤데.

"당신하고 나하고 제일 친하니까, 뭐를 제일 좋은 걸 해주고 싶은데 제일 좋은 게 뭐냐?"그랬데.

"당신이 제일 좋아하는 게 뭐냐?"고

그러니까

"내가 제일 좋아하는 거는 말자지다."

[청중들 일동 웃음]

말자지라구. 아이 그래, 그래서

"그래요?"

근데 이제 말자지에다가 팥죽을 써 갖고,

(청중 : 팥죽?)

어.

"팥죽을 써서 전부 양귀퉁이에, 집에 양귀퉁이에다가 놔라. 그게 내가 제일 좋아하는 거다."

그러더래. 아 그래서, 진짜 말자지를 하나 구해 갖고,

[청중들 일동 웃음]

대문 앞에다 하나 걸었데잖아. 이렇게 대문 들어오는데다가 걸었데. 착 갖다 걸어놨데. 못 들어오더래.

(청중 : 아 못 들어와?)

그놈이 그렇게 그걸 좋아해도 그게 지놈이 쏙은(속은) 거야. 이제 이 사람한테?

[웃으면서]

착 갖다 걸어놨데. 그러니까 못 들어오더래. 그리고 그날서부터 마누라가 그렇게 편안하게 자더래는거야. 그날 저녁서부터는 이놈이 아무리 들어올래도 들어올 수도 없고, 보니까 팥죽도 죄 갖다 벌여놨지.

[팥죽을 뿌리는 시늉을 하며]

들어올 길이 없더래. 대문 밖에, 밖에만 있지 안을 못 들어오는 거야. 그러니까

(청중 : 귀신이 그 팥을 안 좋아하잖아?)

그러니까!

(청중 : 그것도 뻘건 팥으로 해서.)

(청중 : 그러니까.)

응. 다 갖다 뿌려놓으니까, 들어오지도 못하고 말자지는 달려 있지. 무

서워서 이러니까 못 들어오더래. 그날 저녁부터 마누라가 편안히 자더래. 그래서

'야, 이거 인자 살았다.' 싶더래. 그런데 그 다음날 저녁에서부터는 밤새도록 ○○를 하더래.

"엇샤. 엇샤."

(청중 : 어허, 인자 ○○○이 들고 갈라고, 인제.)

(청중 : 땅 들고 갈라고.)

(청중 : 어. 땅 들고 갈라고.)

어. 그래서

'이게 도대체 무슨 소린가?'

[웃으면서] 그랬대. 첨에. 그러고 보니까, 그놈의 도깨비가 다 들어가느라고 그렇게 ○○대더래. 아, 옆에 사람들이 땅을 사놔야 된 다해서 진짜 땅을 사놨데잖아. 진짜 땅을 사놓으니까, 땅을 사놓고도 그냥 두면 안 된다 글더래. 거기다가 소똥을 갖다 확 뒤집어 엎어버리라 그러더래.

(청중 : 하, 소똥을?)

어. "소똥을 얹어 놔라." 그러더래.

(청중 : 아니, 소똥을 갖다, 소똥을 치워다 거기다 놓더라구.)

(청중 : 아!)

어, 소똥을 ○○달라 그래. 그래서 소똥을, 논이 이렇게 뽄듯(반듯) 하잖아요? 그러면 논마다 전부 양 귀퉁이에다 다 갖다났데. 다 갖다가, 몽땅 갖다 놓으니까, 엇샤 엇샤 소리만 나지 하나도 못 가져가고 오지를 못 하더래는 거야. 그래서 부자가 됐데잖아. 그 집이가.

도깨비와 씨름한 사람

자료코드 : 02_01_MPN_20090722_SDH_KBS_0001
조사장소 : 경기도 가평군 청평면 청평8리 76-6번지 청평8리 마을회관
조사일시 : 2009.7.22
조 사 자 : 신동흔, 노영근, 이홍우, 한유진, 구미진
제 보 자 : 김분순, 여, 70세
청   중 : 8명
구연상황 : 마을회관에 계신 분들이 도깨비에 관한 여러 가지 이야기를 하자, 제보자 또
        한 생각나신 이야기를 구연해주셨다. 몇몇 분들이 동시에 이런저런 이야기를
        하던 중이라, 처음 구연 시의 분위기는 다소 소란스러웠으며, 구연 중에도 여
        러 명의 청중이 번갈아 가면서 중간 중간 자신의 이야기를 하였다.
줄 거 리 : 제보자의 어린 시절, 동네에 살던 최씨라는 자는 아내를 잃고 두 딸과 살고
        있었는데, 그는 아내를 잊지 못하고, 매일 밤 아내가 묻혀있는 공동묘지를 찾
        아가 밤을 지새우고 왔다. 그러던 어느 날 비가 오는 저녁에 최씨가 어김없이
        아내의 무덤으로 가고 있는데 길목에서 키가 장대만한 도깨비를 만나게 된다.
        그리하여 최씨는 도깨비와 밤새 뒹굴며 씨름을 하게 되었다. 그러더니 첫 닭
        이 울고 날이 밝자 어느새 도깨비는 사라지고 그 자리에는 피 묻은 빗자루만
        남아 있었다. 그 뒤로 최씨는 아내의 무덤에 발길을 끊었고, 시름시름 앓더니
        딸들만 남겨 놓은 채 세상을 떠나고 말았다. 그러므로 옛날 어른들은 여자가
        월경을 하게 되면, 함부로 빗자루에 앉지 못하게 하였다고 한다.

  옛날에 내 클 때, 우리 집 앞에 최씨라는 사람이 살았는데, 그 사람이
마누라가 죽은 거야. 마누라가 죽어, 마누라를 인자, 공동묘지에 묘를 써
놓고는. 매일같이 저녁만 되면, 인자 그 공동묘지에 가는 거야. 애들, 딸
하고, 그 딸만 둘이 있었거든. 그래 갖고 매일같이 밤만 되면 가 가지고,
공동묘지에 가 가지고 밤을 새고 와.

  근데 하루는, 인제 저녁, 비가 이래 부실부실(부슬부슬) 오는데, ○○ 이

사람이 인제 나선거야. 밤중에. 그란데(그런데) 딱 가는데, 길처에. 뭣이 키가 장대만한 게 딱 길로 막더라이.

뭐 ○○○ ○○ ○○○○○

이 최씨라는 사람이 키가 건장하니 크고, 인물도 잘났어. 그래 이 둘이가 붙어가 사움(싸움)을 했네. 밤새도록 뒹굴고, 사우고(싸우고)이라다 보니, 인제 ○○하니 닭이 울었다. 첫 닭. 첫 닭이 우니 뭐. 이기, 사운(싸운)○은 온데간데없고, 혼자 인자 뒹굴고 있는 거야. 그러다가 날이 샜네. 그래 지 옆에는 뭣이 있노, 빗자루가 있더라구.

(청중 : 글쎄, 도깨비하구, ○○○○○)

응. 빗자루가 있는데, 그 빗자루에 뭣이 묻었나 하믄 핏자국이 묻었다.

(청중 : 아아!)

(청중 : 그러니까 옛날 어른들이,)

그 핏자국이 옛날에는 여자들이 멘스('월경'을 의미함.) 같은 거 안 있어요?

(보조 조사자 : 예.)

멘스나믄, 빗자루 깔고 앉는 게 아니에요.

(청중 : 그러니까, 옛날에는. 지금은.)

(청중 : 그래. 그런 거를 안 깔고 앉는데.)

그래, 피가 묻으면 인제 도깨비가 되.

(청중 : 그러니까.)

(청중 : 지금은, 부엌에 앉아서 불을 안 때니까 그걸 깔고 앉을 이유가 없는 거야.)

(청중 : 응. 맞아. 맞아. 옛날에는 많이 깔고 앉았잖아.)

(청중 : 옛날에는 다 아궁이에다 불을 때서 하기따매, 춥던 덥던 이놈의 아궁이에다 불을 때니까, 이렇게 쪼글트리고 앉으면 다리가 아프니까, 그거를 깔고 앉게 돼있거든.)

(청중 : 응. 맞아. 그거.)

(청중 : 그래서 그걸 깔고 앉거든.)

그러고 부터는, 그러고부터 그 사람이 인자.

(청중 : 그래서 노인네들이 빗자루 같은 거 못 깔고 앉게 하잖아.)

(청중 : 못 깔고 앉게 하잖아.)

그래, 사움(싸움) 딱 하고 부터는 이 사람이, 안 가는 거야. 산에 안가. 안 가더만 그 ○로 시름시름 또 않어. 이 사람이.

(청중 : 응.) 하더니만 그 뒤로 병○ 와 가뻐데('죽었다'는 의미임).

아기 살려준 호랑이

자료코드 : 02_01_MPN_20090722_SDH_YHJ_0001
조사장소 : 경기도 가평군 청평면 청평8리 76-6번지 청평8리 마을회관
조사일시 : 2009.7.22
조 사 자 : 신동흔, 노영근, 이홍우, 한유진, 구미진
제 보 자 : 양화자, 여, 68세
청   중 : 8명
구연상황 : 다른 제보자의 호랑이에 관한 이야기를 들으시던 중, 자신도 생각나신 이야기를 구연해주셨다.
줄 거 리 : 어느 집에서 아이를 잠시 혼자 두고 나갔다 온 사이에 아이가 감쪽같이 사라져버렸다. 그 뒤 며칠 만에 아이를 갈대밭에서 찾게 되었다. 아이에게 자초지종을 묻자 호랑이가 아이를 잡아먹지 않고, 할아버지의 모습으로 나타나서 아이를 업어다 수풀 속에 놓아주었음을 알게 되었다.

미사리서는 그랬잖아. 미사리서는. 애기만 놔두고 방아 찧으러 갔는데, 없어져 버린 거야. 애가, 세살 먹어서 없어졌어. 그래 갖고 그 장낙산을 다 뒤져도 없고, 뭐 더푸살이 더푸살이는 다 뒤져도 없는데, 메칠(며칠)만에

(청중 : 갖다났어?)

응. 장낙산 밑에 어디 그냥. 그 갈대밭 그 우거진, 거길 들어가다 보니까 애가 거가 있더래여. 애가.

(청중 : ○○○○ 살아 가지고?)

살아 가지고!

(청중 : 잡아먹진 않았지, 애가 무슨 죄 있어?)

응. 그래서는 왜 여그 와있냐 그러니까는 어떤 털, 그냥 부글부글한 할아버지가 자기를 업어다 거기다 놔뒀다게. 그렇께 먹지를 못허고(호랑이가 아기를 먹지 못했다는 의미임)

(청중 : 먹을 팔자가 아니래. 호랭이한테는.)

(청중 : 그럼. 아니지.)

응. 그래 갖구서는 할아버지하구 업어다 났다구, 거가 거, 애 있어서 찾아다 났잖아.

(청중 : 할아버지로 보였지.)

응. 할아버지로 보인거야. 그 애 눈에가.

호랑이를 타고 다닌 아버지

자료코드 : 02_01_MPN_20090722_SDH_LJS_0001
조사장소 : 경기도 가평군 청평면 청평8리 76-6번지 청평8리 마을회관
조사일시 : 2009.7.22
조 사 자 : 신동흔, 노영근, 이홍우, 한유진, 구미진
제 보 자 : 이정숙, 여, 69세
청   중 : 8명
구연상황 : 어린 시절 호랑이에 관한 이야기를 들으신 적이 없었느냐고 묻자, 자신의 아
          버지께 직접 들었던 이야기를 구연해 주셨다.
줄 거 리 : 어린 시절 제보자의 아버지는 집에서 본가로 갈 때마다, 항상 재를 넘어 다니

셨다. 그러던 어느 날, 호랑이가 아버지 앞에 나타난다. 호랑이는 가라고 해도 가지 않고 아버지 앞에 엎드려서 타라는 시늉을 한다. 혹시나 하고 아버지가 호랑이 등에 올라타니, 호랑이는 아버지를 태운 채로 눈 깜짝할 새 집과 본가를 왕래하였다. 그 뒤로도 호랑이는 항상 같은 자리에서 아버지를 기다려 태우고 다녔다고 한다.

우리 고향이가(고향이) 성준데, 원래 원 고향이 성주. 경북 성주야. 성준데, 우리가 인제 그 가야(경남 합천 지역의 면 이름)에 와서 살았는데, 가야에서도 해인사 바로 밑에 거 홍도, 저기 홍류동이라는 동네가 하나 있어. 해인사 바로 밑에 홍류동이라는 동네가 있어.

그 동네에서 아버지가 인자 정착을 해서 살게 됐는데, 고향에를 갈라면은 지금 같아서는 버스를 타고 뭐 기차를 타고 가겠지만, 그때는 차가 없으니까

(청중 : 재를 넘어 댕겨야지.)

그람, 재를 넘어 다니는 거야. 우리 집이 요기라면, 요 뒤에 길이 있어. [손가락으로 위치를 짚는 시늉을 하며] 그라면, 그 길로 가면 재를 넘어서 가는 거야. 그런데 꼭, 그 재를 딱 도달을 하면은 벌써 기분이 이상하데. 아부지가. 꼭 옆에 뭐가 있는데, 사람은 없데잖아. 그러면 그게 인제.

(청중 : ○○에 가면 ○○허잖아.)

예. 낮에 가면, 그런 것도 괜찮은데. 밤에 아부지가 가다 보면은, 진짜 참, 좀 어떨 때는 그렇데. 그래도 내색을 못한데. 그러면 가다가 가만히 앉아서 이렇게 인자, 담뱃불을 태우고 이렇게 앉아서 인자 ○○○을 내고 이러다가 갈려고 하면은, 뭐가 옆에 와 툭툭 친데요.

(청중 : 타라고? 자기 타라고.)

그렇죠. 툭툭툭툭 친데. 그래서 이렇게 딱 보면은 옆에 와서 뭐가 큰 짐승이 와서 서있데. 그러면 거길 이렇게 엎드려. 그냥 이렇게. 그냥 이렇

게. [몸을 낮추어 엎드리는 시늉을 하며]

왜 처음에는 그러는 줄을 몰라 갖고.

(청중 : 물을라고 하는 줄 알고?)

예. 물을라고 하는 줄 알고. 아무것도 몰라 갖고 아부지가,

'왜 저럴까. 짐승이 왔으면 가지.'

"가세요. 절로. 나는 내 길을 가야된다."

그러고 가면, 안간데. 앞으로 왔다 갔다 하지 안 간다는 거야. 그래서

(청중 : 딱 엎드려 준다데. 타라카고.)

그러면 이거를 어떻게 해야 되냐면, 타면 딱 앉는데요.

(청중 : 그래.)

싹 요렇게 하고 앉는데요. 그러면 타라는 시늉이래요. 그게

(청중 : 그래. 엎드려 준데.)

그래서 아버지가 타면, 눈 깜짝할 사이에

[박수를 한번 치며] 그 집에다 갖다놨데. 갖다놨데. 벌써.

그래서 타고 다니셨는데, 집에 올 때도 딱 ○○ 있데요. 고자리에 오면. 그래서 우리 아버지는 호랭이(호랑이)를 타고 우리 집에를 오고, 호랭이를 타고 우리 고향에를 가고, 아부지 고향에를 가고 그러셨다는 얘기를, 항상 우리 아버지가 얘기를 했어요.

돼지 물어간 호랑이

자료코드 : 02_01_MPN_20090722_SDH_LJS_0002
조사장소 : 경기도 가평군 청평면 청평8리 76-6번지 청평8리 마을회관
조사일시 : 2009.7.22
조 사 자 : 신동흔, 노영근, 이홍우, 한유진, 구미진
제 보 자 : 이정숙, 여, 69세

청   중 : 8명
구연상황 : 마을 주변에 있는 솔고개에 관한 이야기를 하던 중, 제보자가 생각나신 이야
　　　　　 기를 구연하셨다.
줄 거 리 : 어떤 사람이 고개를 넘어 마을로 가던 중 호랑이를 만나게 되었다. 호랑이는
　　　　　 마을에 들어서도록 돌아가지 않고 계속 그 사람을 따라왔다. 그 사람은 자신
　　　　　 은 가진 게 없으니, 마을에 들어가서 대접하도록 하겠다고 하여 호랑이를 보
　　　　　 냈다. 그 다음 날, 호랑이가 몰래 내려와 마을에서 키우던 돼지를 몽땅 물어
　　　　　 가버렸다.

　　요 솔고개는 그랬데잖아. 어떤 사람이 밤에 가는데, 꼭 앞에 뭐가 짐승
이 있더래. 그래서 이렇게 보니까 진짜 큰 짐승이더래. 고, 왜 솔고개 이
렇게 넘어가면 동네 있죠?

　　(청중 : 탐선리?)

　　어. 탐선리 맞아. 솔고개 이렇게 넘어가면은 그 동네, 탐선리를 딱 들어
섰는데. 도대체가 이게 안가고 옆에서 붙어오더래. 그래서

　　"내가 아무것도 뭘 대접할 게 없다."고

　　그러니까 그 사람이 그 듣는 데 그랬데,

　　"내가 아무것도 뭘 대접할 게 없는데, 이 동네에 가면 뭐 묵어(먹어) 갈
것, 개라도 있을 테니까, 이 동네에서 대접을 하게 하마."

　　그랬데네, 듣는데 그랬데요. 그랬더니 딱 따라오더래. 따라오는데, 딱
동네에 왔는데 어떻게 할 수가 없더래.

　　[웃으면서] 그니까 이 사람이

　　"아이고, 이 동네 손님 왔으니까, 대접을 좀 잘해서 보내라."

　　그랬데요. 그러고 저는 갔데, 근데 얘가 없어졌더래. 그 소릴 딱 듣더니
없어졌더래.

　　자기는 자기 집으로 가고. 그 이튿날 나오니까 동네가 홀렁 뒤집혔더
래. 왜 그러나 했더니, 돼지를 홀랑 먹어 가 버린 거야.

　　[짝하고 손바닥을 치며] 돼지를.

(청중 : 아이고.)

(청중 : 돼지를?)

응. 그러니까 밤에 그냥 뭐가 와서 물어갔다고, 난리가 동네가, 난리더래는 거야. 그래서 자기가 가만히 생각해 보니까, 그랬더래는 거야.

"이 동네 손님이 들어가니까, 대접을 잘해서 보내라."고

그래서 그 돼지를 몽땅 물어 가버린 거야.

도깨비의 솥뚜껑 장난

자료코드 : 02_01_MPN_20090724_SDH_LJS_0002
조사장소 : 경기도 가평군 청평면 청평8리 마을회관 앞 정자
조사일시 : 2009.7.24
조 사 자 : 신동흔, 노영근, 이홍우, 한유진, 구미진
제 보 자 : 이정숙, 여, 69세
청   중 : 3명
구연상황 : 앞의 상황에 이어서 도깨비에 대해 문자 또 다른 경험담을 구연하셨다.
줄 거 리 : 제보자가 젊은 시절 잠시 오산에 살았던 적이 있었는데, 제보자를 딸처럼 아껴주신 주인 할머니는 항상 그 집이 도깨비터라고 말하였다. 어느 날 친구를 불러 함께 잠을 자던 제보자는 깊은 밤중에 부엌에서 누군가 소란스럽게 요리를 하고, 이리저리 솥뚜껑을 움직이는 소리를 듣는다. 무서워서 꼼짝 못하고 듣기만 하던 제보자는 날이 밝자 할머니를 찾아가 지난 밤의 일을 말하고 부엌에 가보니, 솥뚜껑이 뒤집힌 채로 솥 안에 들어가 있었다. 그 광경이 믿을 수 없던 제보자가 할머니에게 말을 하니, 할머니께서는 한참 뒤 다시 와 보면 솥뚜껑이 제대로 덮어져 있을 것이라고 말한다. 제보자는 그 말을 믿지 않고, 한참 뒤에 돌아와 보니 과연 솥뚜껑이 멀쩡하게 덮어 있었다.

도깨비는요. 그러니까 내가 저기 옛날에, 저기 오산을 가서 살았거든요. 오산 가서 살았는데, 내가 또 그 집에서도 그거를. 그 할머니가

"우리 집은 도깨비터다." 그러더라구. 그래서 내가

"어머, 도깨비터가 있어요?" 그러니까

"있지." 그래.

"어머, 근데 어떻게 살았어요?" 그러니까,

"우리 집은 도깨비터라서, 일주일에 한 번씩은 내가 잘 다스리면 괜찮다." 그래요. 할머니가. 그래서

"어머 그래요." 그런데 그 날 저녁에, 거기서 인제 우리 친구하고 잤어요. 그 할머니가 아들 하나를 길러서 사는데, 맨날 나를 딸이라고, 우리 딸 같으다고, 맨날

"딸 하자. 딸 하자." 이래서 거기를 자주 갔는데, 자는데, 그 집이 자는데, 아니 밤에. 그때가 몇 시나 됐지? 지금으로 말하자면, 한 두 서너시나 됐을까. 아마 이래 된 것 같애. 자다가 들으니까, 뭐가 뭐. 화아악 이렇게, 칼도마질을 이렇게, 톡탁톡탁톡탁톡탁하는 이런 소리가 나.

'아유, 누가 뭐를 하나.' 그러고 내다볼까 하다가, 어쩐지 좀 섬뜩해서 안 내다봤거든. 그래 가만히 누워서 들으니까, 막 이렇게 이렇게 이렇게 하다가, 소두방(솥뚜껑)을 이렇게 짜악 여는 소리. 왜 이 조선 솥 뚱그런 거. 이렇게 소두방을 열면은, 땅그르르하고 나가잖아요. 아 그 소리가 나는 거야.

그래서

"어머 이상하다. 왠, 밤에 뭘 해?"

내가 그랬는데, 들으니까 그게 아닌 거야. 사람이 그러는 게 아니야. 그러니 얼마나 무서왔겠어(무서웠겠어)? 내가. 응? 무서와서, 이불을 쓰고 가마안히. 가만히, 인제 그때는 잠도 못 자는 거야. 무서와 갖고, 옆에 있는 친구를 손도 못 대는 거야. 무서와 서 내가. 가만히 누워서 들으니까, 사라락하고 열더니마는 소두방을 탁 닫는 거야. 닫더니 막 설거지를 하더라. 그렇게. 따악 그륵(그릇)을 닦아서 이렇게 갖다 놓고,

[앞에 있는 과자봉지를 옮겨가며] 또 이렇게 막. 그 소리가 다 귀에 들

리고 그래.

'이상하다. 밤에. 오늘 저녁 무슨 일이 나도 큰일이 났나보다.' 그러고
는 나갔어. 인제 아침에 인제, 날이 새서 내가 일찍 일어나 갖고 나갔어.
그냥, 나갔어. 그 집에 할머니한테

"아니, 엄마. 엄마. 여기 밤에 소리 못 들었어요?" 그러니까

"무슨 소리?" 그래

"어머, 밤에 누가 우리 주방에, 저 주방에 들어가서, 누가 뭘 했나봐.
아 밤새도록 도마질을 하고, 밤새도록 설거지를 하고 그랬는데. 못 들었
어요?" 그러니까

"못 들었다. 한번 가봐라." 그래. 어마, 가보니까 소두방이 홀랑 뒤집어
져서 쏙 들어가 있는 거야. 솥뚜껑이 홀랑 뒤집어져서 쏙 들어가 있는 거
야. 그 안에.

(조사자 : 솥 안에요?)

응.

"어머머, 저기 좀 봐. 저기 좀 봐. 저기 봐. 엊저녁에 누가 왔다 갔지.
저걸 어떻게 넣었냐."

내가 그러니까

"에이 그래, 우리 집은 그런다." 그래요. 어머 그래서, 어머 아니 근데
이 소두방 뚜껑을 어, 아니 이게 소두방 뚜껑이 이렇게 생겼다면은, 아 이
걸 넣을 수가 있냐고, 이 안에. 못 넣거든. 절대로 이게 걸려 갖고.

"아이 참 이상해."

내가 그랬지. 그랬더니

"쪼끔 있거라. 있으믄. 니가 인제 어디 갔다가 한참 있다 오면, 저게 인
제 지절로(저절로) 인자 돼있을 거다." 이래. 아 그래서

'에이구, 진짜 노인네. 거짓말도 잘해.'

[웃으면서] 내가 그랬더니. 진짜 아닌 게 아니라, 그래요. 그걸 내가, 어

머 깜짝 놀랬다니까,

소두방 뚜껑이 이거 쏙 들어가 있는 거야. 그러니 이거 사람의 힘으로는 도저히 못 꺼내는 거야. 이거는. 그래서 한참 진짜 어디 갔다 이렇게 오니까, 소두방이 바로 [과자봉지를 뒤집으며] 딱 덮어져 있는 거야.

그게 도깨비가, 도깨비 터가 돼 가지고, 밤새도록 설거지하고, 밤새도록 요리를 했는데, 아무것도 건드린 거는 없는 거야. 그 소두방만 그렇게 해 놨지. 솥뚜껑이 쏙 들어가서 있는 거야. 그렇게. 그런 걸, 내가. 그 전에 옛날에 보고, 내가 참 신기한 일이라 그랬어.

도깨비 터 못 다스려 망한 집

자료코드 : 02_01_MPN_20090724_SDH_LJS_0003
조사장소 : 경기도 가평군 청평면 청평8리 마을회관 앞 정자
조사일시 : 2009.7.24
조 사 자 : 신동흔, 노영근, 이홍우, 한유진, 구미진
제 보 자 : 이정숙, 여, 69세
청   중 : 3명
구연상황 : 이정숙은 청평리의 첫 조사 때 주요 제보자로서, 더 많은 이야기를 듣고자 따로 뵙기를 청해 마을회관 앞 정자에서 조사를 시작했다. 제보자는 마을회관 안에서는 여러 사람들과 이야기를 주고받고 하는 덕에 옛 이야기가 생각나신 것이라며, 단독으로 이야기를 생각해내기는 것이 어렵다고 하셨다. 그래서 첫 조사 때와 같이 도깨비에 관해 또 다른 이야기를 알고 계신 것이 없는지 묻자, 생각나신 이야기를 들려주셨다.
줄 거 리 : 제보자의 고향에는 큰 농사를 짓던 제보자의 외갓집에서 머슴살이를 할 만큼 형편이 좋지 못했던 한 청년이 있었다. 그 청년이 살던 집은 산 밑에 외떨어진 오막살이였는데, 그 집에서는 낮에는 무척 조용하다가도, 밤만 되면 요란한 소리가 나곤 했다. 마을사람들은 그것이 도깨비들이 굿을 하는 것이라고 여겼다. 알고 보니 그 집은 청년의 아버지가 도깨비터에 지은 것으로 어느 날 불이 나는 바람에 아버지는 죽고, 그 아들이었던 청년은 머슴살이를 하다가

결국 나병에 걸려 마을을 떠났다.

아니, 옛날에 우리 고향에는, 뭐 그런 일은 있었지. 에, 그 오빠 이름이 천식이야. 이름이 천식이야. 천식이야. 그런데 그 양반이 우리 외갓집에 머슴을 살았었어. 근데 그 양반이, 아버지가. 엄마는 안 계시고, 아버지가 어려서 아버지만 계셨는데, 너무 너무 못 살은거야. 근데 집이 어떻게 됐냐면, 저렇게 산 밑에 돌로 담을 요렇게 쌓아 가지고, 지붕만 얹은 거야. 왜냐하면, 짚으로 요렇게 지붕만 해신(하신) 거야. 돌담을 해서. 그래, 그 안에서 살은거야.

근데 인제 살다가 너무 못 살으니까 누가 인제,

"그럼, 남의 집에 가서 배부르게 밥이라도 먹어라." 하고 보냈는데, 우리 외갓집으로 온 거야. 우리 외갓집이 원래 대농을 해서 부자였었어요. 그래 와서, 이제 거와 밥을, 아들을, 먹는데, 아버지는 같이 가서 살 수도 없고 그렇잖아. 그게 세경, 그때는. 지금은 월급이지만 그전에는 세경이야. 어, 일 년에 얼마, 쌀을 뭐 얼마 준다든지, 벼를 얼마를 준다든지. 그렇게 해서 살았는데. 그 집이 저렇게 산 밑에 가서 이렇게 집이 오막막살이가 요렇게 하나가 있었는데, 저렇게 길이 저렇게 저기 다리처럼 저렇게 나있고, 인제 길이 쫙 나있었어. 큰 길이.

그런데 그 집에가 아니 밤에, 깜깜하고 아무도 없고, 우리가 이렇게 보면은 막 이상한 소리가 나는거여.

'참 이상하다. 저게 무슨 소릴까?' 하믄 그게 도깨비가 굿을 하는 거야. 굿을. 응? 그 집에서. 그래서

'와 이상하다. 저 집에는 뭐가 이상한 게 있다.'고

아 동네 사람들이 인제 그게 참 이상하다 그랬는데, 한날은 거기가 불이 났어요.

그게 이렇게, 이렇게 날이 이렇게 인자 흐려서 껌껌해지면은 그 집에가

인제 무슨 소리가 나는 거야. 인제. 그러면 인자(이제) 동네사람들이

"아이, 저 집이 이상하다. 저 집에 또 무슨 소리가 난다."고, 가보면 아무 것도 없어. 아무 것도 없어. 그런데 밤에 캄캄한데, 그 이상한 소리를 하고 막, 굿 바가지를 하고 뭘 두들기고, 이렇게 왜, 이 저, 뭐 저, 꽹과리 같은 거 두드리면 소리 나듯이 풍물소리가 막 나는 거야. 그래서

'희한하다. 거, 저 집에는 왜 그러나.' 하고 가보니까, 아무 것도 눈에는 보이지를 않는데, 그 꽹과리 소리가 그 집에서 나는 거야. 그래서 저 집이 가 왜 저럴까 했더니, 그 동네, 그 전에 이제 나이 많은 할아버지가 저 집에는 저게 도, 터가 도깨비 터래는 거래요. 그래 저 도깨비 터를 잘 일궈 놓으면 잘 되는데,

(청중 : 부자 되.)

응. 저거를 잡지를 못해서 저렇다고 그래. 그래서 인제 그런 갑다. 우리 어려서 뭐, 쪼끄만 해서지 뭐. 그랬는데, 불이 나 버린 거야. 그 집에가 불이 확 나버려. 그걸 한참 그러다가 불이 확 나버렸어. 이렇게, 이렇게 생긴. 지붕만 요렇게 씌워 놓은 건데 불이 나버렸으니, 할아버지가 가서 불에 타서 죽어버렸잖아요. 그 도깨비가 불을 질러 버린 거야. 어떻게 돼서 그랬는지는 모르지 인제, 그것까지는. 그래서 인제 그 할아버지가 죽었어요. 그 할아버지가 그 집 안에서 죽고, 이제 장사를 치고, 근데 그 아들은 우리 외갓집에 있고 그런데, 그 아들이 중풍이, 에 저, 나병이 걸린 거야. 나병환자 마냥, 나병환자 마냥 나병이 딱 왔는데, 이런 데가 다 썩는 거야. 다 이런 데가 이런 데가, [자신의 몸 여기저기를 두드리며]

(청중 : 문둥병이었어?)

응. 그리고 사람이 다 이런 데가 이상해지고 그래. 그래서

"오빠, 오빠, 왜 그래? 왜 그래?" 그러니까

"몰라, 나는 이렇게 아프다." 그래. 참 순하고 좋았어. 그 사람이. 그런데 나병이 걸려 갖고, 어디론가를 갔어. 근데. 내가 어려서

"나 가야한다." 그러고, 가더라고. 갔는데, 낫었데(나았데(집을 떠나니 병이 나았다는 의미임). 그리고 어디에서 자알 산다는 얘기만 들었어요. 잘 산데요. 부자로. 잘 산다 그래.

근데 그 터를 잘 다독거렸으면, 그 집이서 이사를 안 갔어야 하는 거래. 그 집은. 그래서 그게 그 사람이 되게 고생을 했다 그러더라구. 어른들이 그 얘기를 하더라구.

도깨비가 일하는 소리 들은 아버지

자료코드 : 02_01_MPN_20090722_SDH_JBS_0001
조사장소 : 경기도 가평군 청평면 청평8리 76-6번지 청평8리 마을회관
조사일시 : 2009.7.22
조 사 자 : 신동흔, 노영근, 이홍우, 한유진, 구미진
제 보 자 : 정복순, 여, 70세
청   중 : 8명

구연상황 : 앞의 상황에 이어 마을회관에 계신 분들이 도깨비에 관한 여러 가지 이야기를 하자, 제보자 또한 자신의 친정아버지가 경험하신 이야기를 구연해주셨다. 구연 중, 여러 명의 청중이 동시에 중간 중간 이야기를 하는 경우가 있어, 다소 산만해지기도 하였다.

줄 거 리 : 제보자가 어린 시절, 제보자의 아버지는 매우 큰 논을 산 적이 있다. 그러던 어느 날, 제보자의 아버지가 논의 물꼬를 보러 다녀오더니 매우 희한한 일이 있었다고 하였다. 사연을 물으니 아무도 없는 논에서 영차영차, 뚝딱뚝딱하며 요란하게 힘쓰는 소리가 들린다는 것이다. 논을 샅샅이 살폈지만, 아무도 보이지 않았고 소리는 자리를 옮겨가며 계속 들리게 되었다. 그런데 희한하게도 그 논의 벼는 아주 잘 되었다고 한다.

우리 친정아버지가, 난 우리 이제 밑에 ○○○ 쪽인데. 우리 고향에 그, 동네에 우리가 논을 그때 큰 걸 샀어. 여섯 배미('논배미'의 준말로 구획된 논을 세는 단위.)짜리라, 그러니까 한 논에게 여섯이야. 논이 여섯 개

짜리야 그게. 근데 그렇게 큰 논을 샀는데, 우리 아버지가 하루는 물꼬(논에 물이 넘나들도록 만든 어귀)를 보러 갔다 오시더니, 그러는 거야.

"오늘은 희한한 걸 봤데."

○○○

"왜 뭘 봤나?"

그러니까 논엘 갔는데, 한 귀퉁이에서 그냥 영차 영차 하는 소리가 나더래는 거야.

(보조 조사자 : 아!)

(청중 : 뛰어가느라고.)

(청중 : 도깨비가 그랬네.)

(청중 : 응. 도깨비가.)

어. 영차 영차 하더니 뚝딱. ○○○ 영차 영차 하더니 뚝딱. 계속 그러더래는 거야. 그래서 ○○○○ 가만히 그냥 듣고 있었데. 그래, 근데 보이는 건 하나도 없는데 그러더라 이거야.

(청중 : 그거 도깨비여.)

그런데 이상해서, ○○○○○까보니까는,

(청중 : 논은 못 떼어 간데. 땅은 못 떼어가. ○○○ 땅은 못 떼어가.)

응. 어쩌나 또 가보니까, 그 자리에서 하는 줄 알고 또 저 밑에 가서 또 그러더라는 거야.

○○○ 희한하더라고.

(청중 : 도깨비가 그 집 논을 뺏드려 간다카는 그 식이야.)

응. 영차 영차. 뚝딱 뚝딱. 영차 영차 해드래는 거야.

(청중 : 응 땅은 못 들고 가거든.)

(청중 : 그러게, 도깨비, 도깨비 재산은.)

(청중 : 가져간데.)

그래서 인자, 그거를. 그 소리를. [여러 명이 이야기를 하는 상황이 되

어 소란스러워짐]

(청중 : 땅을 사야지.)

(청중 : 땅을 사야지. 도깨비 재산은 땅을 사야지 돈으로 놔놓으면, 가랑 잎으로 다 날라 간데.)

○○○○○ ○○○ 한다면서 거기를 그냥 댕기는 거야. 저녁이면. 그 시간이면 가는데, 여전히 그러더래는 거야. 여전히.

(청중 : 얘깃데기가 또 많이 나왔어? [중간에 잠시 나갔던 청중이 다시 들어오심])

(청중 : 어어.)

아니, 여전히 그러더래는 거야. 글쎄. 그 뒤로 그렇게 아무것도 없는 거 야. 아무것도 없는데. 희한하게 그 논에 벼가 그렇게 잘 된데는 거야.

울산바위 아래 호랑이

자료코드 : 02_01_MPN_20090722_SDH_JBS_0002
조사장소 : 경기도 가평군 청평면 청평8리 76-6번지 청평8리 마을회관
조사일시 : 2009.7.22
조 사 자 : 신동흔, 노영근, 이홍우, 한유진, 구미진
제 보 자 : 정복순, 여, 70세
청   중 : 조사자 외 8명
구연상황 : 주변 분들이 호랑이에 관한 여러 가지 이야기를 하자, 제보자 또한 예전에 만 난 사람에게 들었던 이야기를 구연하셨다.
줄 거 리 : 제보자는 젊은 시절 외갓집에 갔다가 강원도 울산바위 아랫마을에 살았던 여 인을 만나게 되어 이야기를 듣게 되었다. 그 마을에는 호랑이가 자주 내려와 서 한여름에도 문도 함부로 열어놓지 못한다는 것이다. 그러던 어느 날, 마을 아가씨들이 나무를 하러 산에 갔다가 호랑이새끼들을 보게 된다. 모두 새끼들 을 보고 예쁘다고 칭찬을 하는데, 한 여자만 호랑이 새끼가 뭐가 예쁘냐는 말 을 하였다. 그러자 갑자기 어미호랑이가 나타나 무섭게 으르렁거렸고, 놀란 사람들은 모두 나뭇짐을 그대로 둔 채 산으로 내려왔다. 다음날 아침이 되자,

호랑이 새끼를 예쁘다고 칭찬한 사람들의 나뭇짐은 집 앞에 그대로 돌아와 있었고, 밉다고 한 이의 바구니는 호랑이가 오줌을 싸서 돌려주었다고 한다.

청량리에 우리, 그때 외갓집이 살 때야. 인제 그 외갓집를 갔는데, 거 문간방에 인제 사람을 하나 뒀었어. 젊은 새댁에 ○○ 애기 하나만 있는데, 하루 저녁에, 그 여자가 와 가지고 앉아서 이렇게 얘기를 하더라구.

"자기는 고향이 어디냐?"고

그래 날보고, 그래서

"우린 어디요."

경기도라구, 저기 할면(할머니)네 집에 왔다 그랬더니, 얘기를 하는데, 자기네는 강원도에 그 울산바위 밑에, 그 밑에 어디 동네에 산데. 그랬는데, 거기는 저녁에 그 아저씨들이 이렇게 나와서 멍석을 깔아놓고, 드러눕지 못핸데는(못한다는) 거야. 호랭이(호랑이)가 와서 막 쥐 뜯어놔서

(청중 : 자꾸 이제 막 귀찮게 하니까, 인자.)

응. 그래 문을 열어놓구, 그 남자들이 저녁에는 그냥 저기, 문지방 ○○ 잘 드러누워 잘 수가 있잖아? 머리를 와서, 자꾸 이렇게 쥐 뜯는 데는 거야. 그래서 밤에 문을 못 열어 놓은데 여름에도, 무서워 가지고.

그런데 산에는 나무를 가는데, 나무를 엄청 많은데, 근데 거기는 가질 못 한데는 거야. 아무도. 뭐 한두 명은 가지도 못한데. 무서워서. 근데 하루는 아가씨들이 짝으로 해 가지고, 열 명이 인제 나무를 갔었데. 나무를 ○○ 중간쯤 올라가니까는, 뭐 고양이 새끼 같은 게 아장 아장 아장 돌아댕기더래는 거야.

(청중 : 응. 호랭이 새끼지.)

(청중 : 이쁘지.)

아, 그래 뭐 이렇게 이쁘냐구.

"참 이쁘다." 그러면서, 그랬데 그래.

"아 진짜 이쁘다, 호랭이(호랑이)가. 하나 씩 ○○ 데려갈까."

어쩌구 인자 그랬는데, 한 여자가 하는 소리가

"이쁘긴 뭐가 이뻐? 밉지."

(청중 : 어머.)

(청중 : 그러니까 그건 죽었지. 인제. 아하하하.)

(청중 : 그래 갖고 인제 해코지했겠지.)

아 그게 갑자기 그냥, 으르렁 대는 소리가 나더래는거야. 그래서 인제 꼭대기를 쳐다보니까는 큰 바위에가 그냥 그게, 떠억 에미가 그냥 버티고 앉아 있더래요. 그래 가지구선, 거기서 발을 떼려니까 발이 떨어지지 않 다는 거야.

(청중 : 떨어져, 떨어져야지. 무서워 갖고 오그라들어서.)

발이 떨어지지 않아 가지고요. 막 ○○○를 하다가 그냥, 거기서 굴르 메 그냥 뭐, 그냥 뭐 뛰메 ○○○가지고 내려왔더래는 거야. 내려왔는데 나무 ○○는 다 하나도 못 가져왔지 그냥.

(청중 : 그렇지. 다 엎어지고 자빠져서.)

그래, 집에 와서 그냥 밤새도록 무서워서 그냥 덜덜 떨고 잠을 못 잤는 데, 문을 죄 걸어 잠그고, 집에 와서 그냥 그러고 있었데는 거야. 아침에 나와보니까는 그 이쁘다고 한 사람들 바구니는 고대로 갖다 주고,

(청중 : 죄 갖다 줬겠지.)

어. 그 밉다고 한 사람한테는 오줌을 싸서 갖다 놨더래 그냥. 바구니를.

(청중 : 그래서 호랑이도 제 새끼 이쁘다고 하면 안 잡아먹는데.)

6. 하면

▮ 조사마을

경기도 가평군 하면 마일1리

조사일시 : 2009.2.10
조 사 자 : 신동흔, 노영근, 이홍우, 한유진, 구미진, 임주영

경기도 가평군 하면 마일1리 339-8번지 마을회관

　마일리는 마봉(馬蜂) 밑에 있는 골짜기라서, 마일리(馬日里)로 불렀다는
설과 서울을 오가는 관원들이 갈아타는 역마(驛馬)를 사육하던 마을로 말
마(馬)자와 역마일(馹)자를 합성한 마일(馬馹)이라고 쓰던 것이 마일(馬日)
로 와전되었다는 설이 있다.
　마일리는 마일1리와 마일2리로 분리되는데, 마일1리는 신하교를 건너
서 신하리를 경유하여 마일1리에 이르게 되고, 마일2리는 항사리에서 대

보교를 건너가, 대보1리를 서북쪽으로 오르면 마일2리에 다다른다. 또한 마일 1리에서 2리로 넘는 여우고개가 있는데, 몇 년 전만 해도 오솔길로 사람조차 통해하기 어려웠으나, 지금은 아스팔트 포장이 돼 있어 차량 통행도 가능하며, 마일1리에서 마일2리로 가는 지름길이 되고 있다.

마일1리는 신하리를 지나 마을 경계에 이르면, 도로변 좌우로 우거진 숲 사이로 아기자기하게 흐르는 계곡이 별천지에 온 느낌을 갖게 한다. 신하리에서 몇 구비를 돌아가야 마을에 도착하게 되는데, 구비마다 절경이고 장관이다. 마일1리에는 외마일, 내마일, 국수당, 동막골로 자연 부락이 나누어지며, 현재 50세대 정도가 거주하고 있다. 과거에는 남원양씨, 충주최씨가 많이 살았고, 내시들이 들어와 살기도 했다. 마일1리 주민들은 농사를 짓기는 하나, 농사일이 주업이라고 할 수는 없다.

이날 조사자들은 오후 4시 넘어서 마을회관을 찾아갔는데, 대략 한 시간 정도 조사가 이루어졌다. 다소 늦은 시간이어서인지 마을회관에는 사람이 거의 없었고 조사자들의 조사가 끝나고 회관 문을 닫았다. 이날 구연자는 두 명이었는데 주로 제보자 장학순이 구연하였다.

경기도 가평군 하면 하판리

조사일시 : 2009.2.24
조 사 자 : 신동흔, 노영근, 이홍우, 한유진, 구미진

하판리(下板里)는 가평군 하면에 속한 지역으로, 마을이름의 판(板)이란 뜻은 넓은 판자, 또는 널빤지 할 때의 판자로서 높다, 넓다, 향한다는 뜻이고, 이곳에서는 특별히 남쪽을 향한 넓고 높은 지역임을 나타내는 말이라고 한다. 너르막골 또는 판막골의 아래쪽에 있다고 하여 아래 너르막골, 또는 하단막골, 하판동 등으로 부르다가 1914년 행정구역 통폐합에 따라 중·하판리와 상판리 신중리의 일부를 병합하여 하판리가 되었다. 이곳

경기도 가평군 하면 하판리 소재 제보자 운영 식당

하판리에는 자연부락으로 석거, 와곡, 모곡, 세구지, 노채 등 5개 마을로 나눠지고 있다.

특히 높이 솟구친 바위 봉우리들이 구름을 뚫을 듯하다 하여 이름 붙여져 가평에서 가장 빼어난 자연경관을 자랑하는 운악산(雲岳山)이 마을의 중심을 이룬다. 경기금강(京畿金剛)으로 불릴 만큼 산세와 기암괴석, 계곡이 잘 어우러져 절경을 이루는 운악산은 주봉인 망경대를 중심으로 봉우리마다 깎아지른 듯한 절벽들이 우뚝우뚝 치솟아 있고 주변에는 뾰족봉·편편봉·완만봉 등의 봉우리들이 겹겹이 둘러싸고 있다. 동쪽 계곡에서 내려온 물은 조종천(朝宗川)을 이루고 서쪽과 북쪽 계곡의 물은 농경지를 형성하면서 포천천(抱川川)으로 흘러든다. 서쪽 계곡의 거대한 암벽에서 맑은 물이 떨어지는 무지개폭포(虹瀑)는 궁예가 이곳으로 피신하여 흐르는 물에 상처를 씻었다는 전설이 전한다.

또한 하판리에 자리 잡은 운악산에는 신라 법흥왕(法興王)때, 인도에서 우리나라로 불법을 전하러 온 고승 마라아미(麻羅阿彌)를 위하여 창건한 천년고찰(千年古刹) 현등사(懸燈寺)가 있다. 경내에는 지방유명문화재 63호로 등록된 삼층석탑을 위시하여 함허대사 부도탑, 지진탑, 북악부도 등이 있고, 1619년에 주조된 동종은 귀중한 문화재로 여긴다. 또한 관세음보살 후불탱화등도 빼놓을 수 없는 문화재이다. 현등사 입구 언덕 위에는 삼충단(三忠壇)이 있는데, 이 삼충단에는 구한말 나라를 위하여 목숨을 바친 조병세, 민영환, 최익현, 세 명의 충신(忠臣)을 모시고 있다. 이들을 위해 매년 양력 11월에 이곳 삼충단에서 는 추모 제향을 올렸다고 한다.

하판리 조사는 가평군 하면 조사 시에 이루어졌는데, 마을에서 특별한 제보자를 찾지 못하던 중, 식사를 위해 마을 입구의 식당에 갔다 식당 주인으로 있는 제보자와 대화를 통해 우연히 가평 토박이라는 것을 알게 되었다. 제보자 이경자는 가평에서 출생하고 성장하였으며, 현재도 친정어머니에 이어 2대째 운악산 입구에서 손두부집을 운영하고 있다. 특히 현재 하판리 운악산 입구에는 제보자와 같이 식당이나 펜션, 카페 등을 운영하는 주민들이 모여 있는데, 그 때문에 최근 외지인들이 많이 이주했다고 한다.

제보자는 어린 시절부터 마을 어른들이나 손님들을 통해 여러 가지 이야기를 들은 경험이 있다고 한다. 그러므로 전해지는 이야기들에 대해 묻는 것으로 조사를 시작하게 되었는데, 이번 조사에서는 하판리 주변 노채고개 가는 길 부근에 있다는 '달래고개'와 물길을 터 운악산과 현등사의 양기와 음기를 조화롭게 다스렸다는 내용의 '운악산의 기운을 다스린 스님' 이야기를 제보하였다. 첫 번째 이야기는 어린 시절 어른들에게 자주 들어서 알고 있다는 하였고, 두 번째 이야기는 오래 전 등산을 다녀온 손님들에게 들었다고 한다.

이 외에도 운악산이 예로부터 여신이 다스리는 산이라 하여 산세가 아름답고, 아기자기 하다는 것, 눈썹바위가 제보자의 어린 시절 벼락을 맞아 지금과 같이 한쪽이 떨어져 버렸다는 것, 운악산 맞은 편 길이 과거에 궁예가 지나갔던 길로 유명하다는 것 등 운악산과 그 주변 마을의 내력이나 특징, 역사 등에 대해 비교적 잘 알고 있다.

경기도 가평군 하면 현1리

조사일시 : 2009.2.11
조 사 자 : 신동흔, 노영근, 이홍우, 한유진, 구미진, 임주영

경기도 가평군 하면 현1리 293-4번지 대한노인회 현리분회

현리는 상면과 하면을 합한 조종현이 본래 있었던 곳으로 고려시대 현재의 군수격인 현감(縣監)이 통치한 지역이라는 의미에서 마을명을 현리라고 칭하게 되었다. 1914년 행정구역 통폐합 때, 현창, 영양촌, 안곡(安

谷), 석사촌과 신상리 일부를 병합하여, 현재의 현리를 갖추었다. 현리는 과거 백제시대에는 복사매(伏射買)라고 했으며, 신라시대에는 심천현(深川縣)이라고 한 것에서 알 수 있듯이 현리는 그 역사가 무척 오래 되었다. 북쪽에 우뚝 솟은 운악산(雲岳山)은 검고 흰 바위들이 천태만상을 그리고 있으며, 하면의 진산으로서 점차 뿌리를 내려, 계곡을 만들고 있으며, 연등벌의 넓은 들판을 감싸고 있는 안산들은 병풍에 그려놓은 듯 포근한 감을 연출해 준다.

옛날 조종 하면은 고을이 협소하고 인구가 너무 적어, 현감(縣監)은 부임해 왔지만, 해당 도호부(都護府)에 근무하고, 일년에 한차례씩 감무(監務)를 두어, 세금으로 공물을 받아드리던 관원이 주재하였다고 하지만 자세한 내용이나 문헌의 기록은 찾을 길이 없다. 현재 현리는 1리를 중심으로 7리까지 행정구역이 나뉘어져 있으며, 상·하면 관내 중등학생들은 마을 안에 있는 조종중·종합 고등학교에 진학하고 있으며, 하면의 중심지로 상설시장이나 버스 터미널 등 각종 생활의 편익시설이 이곳에 모여 있고, 상면과도 약 2km의 가까운 거리에 있어, 상·하면 주민의 생활권이 이곳 현리에 있다고 하겠다.

조사자들은 오전 11시경에 현1리 대한노인회 현리분회를 찾아갔는데, 회관에서는 점심을 준비하고 있는 중이었다. 현리분회의 회원은 70명 정도 되고, 현1리의 노인회는 현리의 다른 경로당 중에서도 가장 활성화 되어 있다고 했다. 조사자들의 조사는 약 한 시간 정도 이루어졌고, 이날 구연은 대체로 노인회장을 15년째 맡고 있는 제보자 김수봉에 의해 이루어졌다.

김수봉, 남, 1928년생

주 소 지 : 경기도 가평군 하면 현1리
제보일시 : 2009.2.11
조 사 자 : 신동흔, 노영근, 이홍우, 한유진, 구미진, 임주영

제보자 김수봉은 현1리의 노인회장으로
서, 마을일과 노인회의 문제에 관심이 많았
다. 여든이 넘은 나이지만 마을일에 대해서
누구보다 적극적으로 처리하고 있는 덕분
인지, 현1리의 노인회장을 15년째 해오고
있다고 하였다. 김수봉은 체격과 혈색이 좋
고, 나이보다 젊어보였으며 건강해 보였다.
김수봉은 어려서 가난해서 학업을 계속할
수 없어서 중학교 중퇴를 했다. 그럼에도 불구하고 책을 많이 읽어 알고
있는 이야기가 많았다. 김수봉은 지명유래와 풍수에 대한 이야기들에
특히 관심이 많았는데, 이날도 지명과 풍수에 대한 이야기를 다수 구연
했다. 김수봉은 지관 일은 하지 않으나 평소 풍수에 대해 관심이 많다고
하였다.

김수봉은 말이 다소 빠르고 목소리가 큰 편이며, 비교적 또박또박하게
이야기를 구연했다. 또한 이야기를 구성하는 능력이 탁월하여 짜임새 있
는 이야기를 구연하였다.

제공 자료 목록
02_01_FOT_20090211_SDH_KSB_0001 현등사(懸燈寺)의 유래
02_01_FOT_20090211_SDH_KSB_0002 정도전(鄭道傳)과 경복궁(景福宮)

이경자, 여, 1957년생

주 소 지 : 경기도 가평군 하면 하판리
제보일시 : 2009.2.24
조 사 자 : 신동흔, 노영근, 이홍우, 한유진, 구미진

제보자 이경자는 가평에서 출생하고 성장
하였으며, 현재도 가평에 거주하고 있다. 특
히 제보자는 친정어머니에 이어 2대째 운악
산 입구에서 딸의 이름을 따, '은서네 손두
부'라는 상호로 직접 만든 손두부 식당을
운영하고 있다. 조사자들은 하판리를 조사
하던 중, 제보자가 운영하는 식당에서 식사
를 하며 제보자가 가평 토박이인 것을 알게
되었다. 그것을 계기로 이야기를 나누던 중 가평에 전해지는 이야기에 대
해 물으며 자연스럽게 조사를 시작하게 되었다.

제보자는 어린 시절부터 마을 어른들이나 손님들을 통해 여러 가지 이
야기를 들은 경험이 있다고 한다. 따라서 이번 조사에서는 하판리 주변
노채고개 가는 길 부근에 있다는 '달래고개'와 물길을 터 운악산과 현등
사의 양기와 음기를 조화롭게 다스린 스님의 이야기를 제보하였다. 첫 번
째 이야기는 어린 시절 어른들에게 자주 들어서 알고 있다는 것이라 하였
고, 두 번째 이야기는 오래 전 등산을 다녀온 손님들에게 들었다고 한다.

이 외에도 운악산이 예로부터 여신이 다스리는 산이라 하여 산세가 아
름답고, 아기자기 하다는 것, 한 쌍이 있던 눈썹바위가 제보자의 어린 시
절 벼락을 맞아 지금과 같이 한쪽이 떨어져 버렸다는 것, 운악산 맞은 편
길이 과거에 궁예가 지나갔던 길로 유명하다는 것 등 운악산과 그 주변
마을의 내력이나 특징, 역사 등에 대해 비교적 잘 알고 있다.

제보자는 크지 않은 체구에 눈빛이 또렷하고 말이 다소 빠른 편이다.

그러나 아주 오래 전에 들었던 이야기의 서사를 잘 기억하여 제보해주었다.

제공 자료 목록

02_01_FOT_20090224_SDH_LKJ_0001 달래고개
02_01_FOT_20090224_SDH_LKJ_0002 운악산의 기운을 다스린 스님

장학순, 남, 1935년생

주 소 지 : 경기도 가평군 하면 마일1리
제보일시 : 2009.2.10
조 사 자 : 신동흔, 노영근, 이홍우, 한유진, 구미진, 임주영

제보자 장학순은 1935년생으로 2남 2녀
의 자제(子弟)를 두고 있다. 장학순은 조부
때부터 가평 마일1리에 살아온 가평 토박이
이다. 장학순은 조부 때 살았던 집터에서 집
만 새로 짓고 단 한 번도 이주하지 않고, 한
곳에서 3대째 계속 거주하고 있다. 장학순
은 평생 논과 밭농사를 하며 살아왔고, 현재
낙농을 하는 큰 아들과 함께 살고 있다.

장학순은 지명유래담을 특히 많이 알고 있었는데, 채록한 '현등사 유래
담'을 제외하고는 이야기의 서사구조가 소략하여 채록하기에는 어려웠다.

장학순은 나이에 비해 젊어 보이는 외모를 가지고 있었고, 체격은 보통
이며 혈색이 좋고 건강해 보였다. 장학순의 목소리의 크기는 보통이었고,
발음 또한 정확하였다.

제공 자료 목록

02_01_FOT_20090210_SDH_JHS_0001 현등사(懸燈寺)의 유래

현등사(懸燈寺)의 유래 (1)

자료코드 : 02_01_FOT_20090211_SDH_KSB_0001
조사장소 : 경기도 가평군 하면 현1리 293-4번지 대한노인회 현리분회
조사일시 : 2009.2.11
조 사 자 : 신동흔, 노영근, 이홍우, 한유진, 구미진, 임주영
제 보 자 : 김수봉, 남, 82세
청   중 : 조사자 외 다수
구연상황 : 마일리의 지명 유래담에 대하여 이야기를 청하자 바로 구연했다.
줄 거 리 : 현등사는 과거 신라시대에 창건한 절로서 본래 마일리(馬日里) 절골에 있었던
절이었다. 마일리 절골에 절을 창건하고 난 후, 절에 빈대가 무성하여 이전(移
轉)을 하려고 하자, 운악산(雲岳山)의 한 터에서 등불이 보여서 그 곳으로 절
을 이전했다. 마일리 절골에서 현등사를 보면 등불이 매달려 있었다고 하여
절 이름을 현등사(懸燈寺)로 했다.

　현등사라고 있잖아요, 현등사. 저 하판리 나와서 현등사, 운악산 현등
사. 운악사 현등사가 인제 그 절이, 그 신라시대에 창건헌 절인데.
　[제보자가 회관으로 들어온 사람에게 인사한 상황임.]
　인제 고찰인데, 그거를 그 절이 그 현등사가 맨 맨 맨 맨 처음에는, 맨
처음에는 어디 있었는고 허니, 마일리라고 있어요, 마일리. (보조 조사
자 : 마일리요, 네.) 인제 마일리라고, 이제 마일리라고 있었는데, 마일리
절골이라고 있는데 마일리 절골에 그 있었는데, 그 처음에 거기에 이제
창건했는데 그, 절 뭐 절터가 좋지 않으믄 뭐 빈대가 무성헌다.
　빈대라고들 아시나? (청중 : 네.) 이렇게 깨무는 있는 거.
　인제 절에는 빈대가 무성허든은 그거 인제 터가 망헌 터다, 그건 파할
터다 해 가지고, 그 절골에 그 있었는데 그 시방 그 현등사 ○○○ 그 절,
현등사 거 시방 위치헌 그 위치에 현등 등, 현등이래요. 등자가 그 거시기

등자 아니에요, 응? (보조 조사자 : 그 등불이라고 그러나요?) 어, 등불이래는 등(燈) 자야. 그렇기 때문에, 그 그 마일리 그 절터에서 현등사를 들이다(들여다) 보면 등이 달렸다. 근데 그 뭐, 그냥 내려오는 거시키 해요. 뭐 그, 그 등이 달렸다.

그래서 이상하다 인제 그래 가지고 인제 그 스님들이 가봤댑니다. 뭐 가보니까는 그 현등사가 그 절터가 아주 진짜 오묘허게 잘됐어. 아주 오묘허게 졌어.

그 소위 뭐라고 그러면서, 풍수라고 그러지? 풍수설로 볼 적에도 아주 거기가 오묘허더라 그래서 그 절이 그 현등사로 졌다. 그래 현등이래는 것은 여기가 좋은 터니까 등으로다가 그거를 그걸 갖다가 인제, 말하자면 뭐 뭐라 그러냐, 뭐 무슨.

(보조 조사자 : 보여준 겁니까?)

그렇지, 보여줬다.

그래 이런 속, 인제 속설이 내려오고 있어요.

정도전(鄭道傳)과 경복궁(景福宮)

자료코드 : 02_01_FOT_20090211_SDH_KSB_0002
조사장소 : 경기도 가평군 하면 현1리 293-4번지 대한노인회 현리분회
조사일시 : 2009.2.11
조 사 자 : 신동흔, 노영근, 이홍우, 한유진, 구미진, 임주영
제 보 자 : 김수봉, 남, 82세
청   중 : 조사자 외 다수
구연상황 : 묘자리 잘 잡아서 흥하거나 망한 이야기 등의 풍수 관련 이야기를 청하자 바로 구연했다.
줄 거 리 : 조선시대 이성계가 도읍을 정할 때, 정도전은 북악산을 주산으로 하여 도읍을 정하자고 주장했고, 무악대사는 인왕산을 주산으로 하여 도읍을 정하자고 주장하였다. 결국 정도전의 의견이 받아들여져서 경복궁을 창건하게 되어, 북악

산을 주산으로 하여 도읍이 정해졌다.

서울이 옛날에 뭐야, 한성이라 그랬지 한성. 한성인데 그 한성 정헐(정할) 적에 이성계일 때겠죠.

(보조 조사자 : 그렇겠죠.)

그때 뭐, 확실헌 무신(무슨) 그 전설적으로 난 얘기일 순 없지만은, 그 뭐, 저 시방 뭐 왕십리라고 있잖아요, 왕십리. 왕십리가 뭡니까. 십리 더 들어가라 그런 얘기죠. 왕(往) 십리(十里) 해라.

그래 처음에 이성계가 그 왕십리에다가 도읍을, 말하자면 궁궐터를 잡았는데, 왕 십리 허러는 그 지석이 나와서 시방 그 경복궁 터로 들어갔다. 그런 얘기 아닙니까, 근데 근데 그 경복궁터가 그때 뭐 굉장허지.

그때 그 그, 말허자면 이성계 그 휘하에 있는 그 뭐 풍수지리가들이 뭐, 말하재면은(말하자면은) 뭐 정도전? 정 정도전이 있었고, 정도전이래는 사람이 그 보통 사람 아니지.

또 무슨 남사고(南師古)?

(보조 조사자 : 예, 남사고요..)

남사고래는 그 풍수에 대해서는 굉장히, 뭐 저는 그렇게 들었을 뿐이지 [웃음], 굉장히 잘 안댑니다.

또 인제 그 도읍, 서울 도읍을 잡은 사람이 누기야,(누구야,) 도 도선?

(보조 조사자 : 예, 도선 도선대사.)

도선대사('무악대사'라고 해야 할 것을 잘못 말한 것인데, 구연 내내 무악대사를 도선대사라고 구연하였음.), 그래 삼인(三人)이 이제 잡았대는 거 아닙니까, 서울이.

인제 그랬는데, 그랬는데 인제 말허재면은 도선대사는 시방 저 뭡니까. 연세, 연세대에 있나?

시방 그 저, 중앙, 중앙청 있는 거, 새로 진 중앙청 있는 그 뒷산이 뭡니까, 거? 그, 그 산을 뭐라 그더라.

(보조 조사자 : 인, 인왕산요? 북한산?)

아, 인왕산(仁王山) 인왕산을 주산(主山)으로 해 가지고 도읍을 앉혀야 된다. 그러면 도읍을 앉히면 어떻게 되느냐, 동향(東向)이 되겠지? 인왕산을 주산으로 허면 동향이 된다.

이제 그거를 도선대사가 근데 그때 주장을 했다.

나 그거 사기(史記)에 봤어.

인제 그렇다. 인제 그리면(그러면) 현재에 이제 그 중앙, 저기 경복궁, 경복궁 들어선 자리는 뭐냐, 북악산(北岳山) 아닙니까?

북악산을 정남향으로 해 가지고, 저 말하자면은 남산(南山)을 갖다가, 응? 이제 해 가지고 남향(南向)으로 들어섰지 않느냐, 그거는 정도전이가 했다.

(보조 조사자 : 아, 정도전이.)

어, 정도전이가. 어, 결국 정도전이허고 그 뭐, 그 누구입니까, 그?

(보조 조사자 : 도선하고.)

어, 도선이하고 했는데, 결국은 정도전이가.

(보조 조사자 : 이겼다는 얘기죠.)

이겼다.

그 정도전이 그 헌 것이 그래 낫지 않느냐.

그런 거시키가 있었고, 뭐 그렇다고 그래요.

근데 그, 그 대사가 도선대사가 힐라고 헌 그 인왕산을 주산으로 해 가지고 궁궐을 앉혔더래면은, 만사가 이렇게, 우리 저 이조역사가 굉장히 참 무섭잖아.

골육상장(骨肉相爭)이 있고 그런데, 그런 거시키는 없었을 거다.

그래 참, 스무스(smooth)허고 그런데, 북악산을 주산으로 해 가지고 남향으로 앉힌 경복궁은 그런 거시키가 많다.

달래고개

자료코드 : 02_01_FOT_20090224_SDH_LKJ_0001
조사장소 : 경기도 가평군 하면 하판리 462-11 은서네 손두부(제보자가 운영하는 식당)
조사일시 : 2009.2.24
조 사 자 : 신동흔, 노영근, 이홍우, 한유진, 구미진
제 보 자 : 이경자, 여, 53세
청   중 : 5인(조사자)
구연상황 : 어린 시절부터 운악산 아래 마을에 오래 거주하신 제보자께서 주변 지역의
         내력에 대한 설명을 하시던 중, 어린 시절 들었던 이야기가 생각나셨다면 구
         연해주셨다.
줄 거 리 : 어느 여름 한 남매가 고개를 넘어 장에 가고 있었다. 그러던 중 갑자기 비가
         쏟아지기 시작하더니, 어느새 남매는 흠뻑 젖고 말았다. 앞서 가는 누이동생
         의 얇은 옷이 젖어 몸이 드러나자 오라비는 그만 욕정이 생기고 말았다. 누이
         에게 그런 감정을 느꼈다는 것이 죄스러운 오라비는 스스로 자신의 남근(男
         根)을 돌로 찍었다.
         앞서 가던 누이가 인기척이 없음을 느끼고 되돌아가 보았더니 오라비는 피를
         흘리며 죽어 가고 있었다. 깜짝 놀라 물으니, 오라비는 자신이 짐승만도 못하
         다고 괴로워하며 끝내 죽고 말았다. 누이는 안타깝고 마음이 아파, 달래나 보
         지, 왜 죽었느냐고 한탄한다. 그 뒤 그 고개는 달래고개라 불렀다고 한다.

   요기. 요 우리 앞산으로, 요 앞길로 해서 가다보면 꽃동네 하고 썬힐(현
경기도 가평군 하면 운악산 자락에 있는 골프클럽의 명칭)가는 사이가 있
어요. [손가락으로 창밖을 가리키며]

   그리고 요 왼쪽에는 썬힐이고, 또 첫 번째는 썬힐이고, 우측에는 쪼끔
더 올라가다보면 꽃동네. 가평꽃동네 있거든요? 그 길로 해서 인제, 쪼끔
가다보면 노채라는 고개가 나와요. 노채. 그리고 그 길로, 노채에서 나가
면 한 십? 지금은 거리가 이제, 에, 도로를 닦아 가지구 한 오분 정도면
가는 길이에요. 옛날에는 한 삼, 이쪽에서가면 한 이십 분정도 걸리는 길
인데. 그러니까 뭐, 나 어려서 그 얘기죠 뭐.

   이제, ○○ 질 적에 보면은 지나간 얘기들 많이 하시잖아요. 겨울에. 할

아버지 할머니들 앉아 갖구 이제 그냥. 이제 그 얘기 들었는데 이제 우스운 소리들 많이 하시잖아요. 이제, 근데 나는 어린 나이니까 그거를 그냥 별별일 없게, 아유 무슨 달래고개가 이상한 게. 그런 말이 있다, 이렇게 생각했거든요?

고 사인데, 여름이래요. 여름인데, 언젠진 모르지만 여름인데. 누이동생하고 인제 이렇게 나들이를 나서서 여기서 이렇게 글루 장보러 가요. 많이 갔어요. 그전에는, 옛날에. 지금도 장보러가요. 여기서 이렇게 해서 일동장(현 경기도 포천시에 서는 5일장 중 하나)을 보러 가거든요? [창밖을 향해 허공에 손가락질을 하며] 이렇게 넘어서?

그러면 이제 약초 캐서 팔고, 이러는 사람들은 이제 각각 장마다 다 다녀요. 여기서 파는 사람. 약초 캐서 뭐 이제 가평장도 가고, 일동장도 가고, 포천장, 청평장, 현리장이 있는데. 그때가 아마 일동장이었나 봐요. 포천 일동장.

그런데 누이동생하고 여름이니까 약초 캐든지 뭐 팔러 가는데, 누이동생은 앞에 가고, 오라버니는 뒤에 섰는데, 비가 쏟아졌데요. 비가 억수같이 쏟아지니까 그냥. 여름이니까 얇은 옷 티 아니에요. 그러니까는 그냥. 그, 그냥. 온 몸이 다 그대로 드러나는 거 아니야. 그러니까 뒤에서 오빠가 가더니, 갑자기 자기 몸의 일부가 누이동생도 몰라보고, 이상한 행동으로 다가 그. 말썽을 일으키니까.

'아 이건 인간도 아니다. 형제도 몰라보는 게 무슨 그, 저기냐. 이게 동물이나 진배없지' 하고는, [목소리를 낮추며, 딱하다는 듯이] 돌아서보니까 자기의 그, 오라버니가 돌로, 자기, 그, 응? [직접적인 단어를 말씀하시기 껄끄러워 조사자의 이해를 구하며]

돌로 찧었더래요. 그래 가지고.

"오라버니 왜 이런 일을 저지르셨냐?"

이제 동생이 물어보니까 하는 말이

"내가 형제도 몰라보고, 몰라보는 이런 동물인지 몰랐다." 하면서 자기가 그냥 자기 꺼를 이렇게 돌로 찧었다 그러니까.

[목소리를 낮추며]

너무 안타깝고, 마음이 아프니까 이제 동생은 하는 말이.

"그럼 오빠, 달래나보지 그러셨냐. 이렇게까지 해야 되냐."

그러면서, 그래서, 있었다 해서, 거기가 달래나보지 이런 고개에요.

운악산의 기운을 다스린 스님

자료코드 : 02_01_FOT_20090224_SDH_LKJ_0002
조사장소 : 경기도 가평군 하면 하판리 462-11 은서네 손두부(제보자가 운영하는 식당)
조사일시 : 2009.2.24
조 사 자 : 신동흔, 노영근, 이홍우, 한유진, 구미진
제 보 자 : 이경자, 여, 53세
청   중 : 5인(조사자)
구연상황 : 운악산에 대해 말씀하시던 중, 십년 전쯤 단체로 등산했던 손님들에게 들으셨
         던 이야기라며 현등사에 관한 이야기를 구연해주셨다.
줄 거 리 : 가평군 하면 하판리에 위치한 운악산에는 현등사라는 절이 있다. 그런데 이
         절은 무슨 연유에서인지 밤마다 여인의 울음소리가 들려, 오시는 스님마다 채
         한 달을 있지 못하고 모두 절을 떠나버렸다. 그러던 중 어느 한 도승(道僧)이
         굴속에 들어가 오랫동안 도를 닦게 되었는데, 운악산에 물이 없어서 음양의
         조화가 맞지 않아 그러한 일이 생겼음을 알게 된다.
         그리하여 스님은 절 꼭대기에서부터 참나무 속을 파고, 돌을 깎아 절 아래로
         이어가며 운악산의 물줄기를 형성하였다. 그 뒤 물이 없던 운악산에는 항상
         물이 흐르게 되었고, 음양의 조화가 맞게 되었는지 더 이상 여자의 울음소리
         도 들리지 않았다고 한다.

절에, 그 절에는 물이 없어요. 원래 물이 없어요. 그러니까 물이 없구.

이제 절을 처음 개척했는데, 스님이 와서 못 있는데. 한 달을 못 계신데요.

이상하잖아요. 못 계시니까. 그래, 자꾸 가시면서 그런데요.

"밤만 되면 여자 울음소리가 난다. 울음소리가 난다. 그래서 무서워서

못 있는다."

이제 그래서 갖구, 도승이, 도승은 나이도 많구, 연륜도 깊으셨겠죠. 그래서 그분이 토굴에 들어가 갖구 이제 기도를 오랫동안 하셨대요.

그랬는데, 그분이 터득을 한 게, 운악산에 이제 물이 없어서. 물이 없으니까, 그 일치가 되질 않는 거지 이제.

"음과 양이 맞지 않아서 그렇다."

이제 그래 가지구, 스님이 절 꼭대기에서 이렇게 해서, 참나무를 꺾, 캐면 그전에 이렇게, 이렇게 [양손으로 캐는 시늉을 하며]

물줄기를 해서 참나무를 파잖아요? 이렇게 파잖아? 그러면 그거를 연결, 연결, 연결해 갖구, 절까지 내려오게 한 거예요. 그러구 그 앞에는 돌 큰 거 갖다 놓구, 깎아서 우물처럼 맨들어(만들어) 놓구. 받으면서 물이 흘르면서 내려오는 거예요.

이렇게 이렇게 이렇게 이렇게. [양손으로 물줄기가 내려오는 시늉을 하며] 내려오는 거야.

말하자면 파이프. 지금 파이프 식으로, 땅 속에 파이프 묻어서 우리가 먹듯이. 산에서 파이프 식으로, 참나무를 깎아서 이제 내려오는 거예요.

그러면, 낙엽도 떨어지고, ○○○ 단풍도 떨어지고, 그런 것들이 다 떨어져 갖고. 이렇게 인제 큰, 그 우물 보셨죠? 나무, 그 돌.

그거는 지금은 이렇게 수돗물로 파서, 이렇게 수도로 해서 내려와요. 이렇게. 꼭대기에서 산에서 끌어와서 이만 한 통에다 받아서, 모다(모터)로 연결해서 이제 글로 쏟아지게 맨들어(만들어) 났어요. 지금은 업그레이드 돼서.

옛날에는 요만씩 한 거루 해서 연결이 돼 갖구, 늘 물이 졸졸졸졸 쏟아지는 거예요. 넘치는 거예요. 항상 넘쳤어요. 그러면은 이제 손님들이 와서 이제 그걸 바가지루 떠먹구 그랬는데, 저 어려서는 왜 그걸 그렇게 했나 싶었어요. 우물을 파지. 내 느낌에 이제, 모르니까. 어린 나이에는. 근데 그걸 제가 한 십년 전에 들은 얘기에요. 그게 그런 일이 있었다 얘기

하시더라구요.

그래서 여자 울음소리가 나구 그런 게, 그렇게 물을 갖다 끌어다가 대면서부터 그, 절에 이렇게 고여서 물이 항상 졸졸졸졸 흐르니까, 그 울음소리가, 음과 양이 이제 이치에 맞아서 그런지 없어졌다. 이제 그렇게 말씀하시더라구요. 그래서 절에는 우물이 없어요. 그걸 산에서 끌어오는 게 전부 다에요.

현등사(懸燈寺)의 유래 (2)

자료코드 : 02_01_FOT_20090210_SDH_JHS_0001
조사장소 : 경기도 가평군 하면 마일1리 339-8번지 마을회관
조사일시 : 2009.2.10
조 사 자 : 신동흔, 노영근, 이홍우, 한유진, 구미진, 임주영
제 보 자 : 장학순, 남, 75세
청　　중 : 조사자 외 1인
구연상황 : 마일1리와 관련하여 지명 유래에 대한 이야기를 청하여 구연하였다.
줄 거 리 : 현재 운악산에 있는 현등사(懸燈寺)는 본래 마일1리의 절골에 있었다고 한다. 절골에 있었던 절이 망해서 빈대가 많아졌다고 해서 절을 이전(移轉)하려고 하는데, 절골에서 운악산 쪽을 보니 등(燈)이 있었다. 그래서 그 곳으로 절을 옮겼는데, 지금도 대웅전 기둥에 뗀 흔적이 남아있다.

저 쪽에 가면은, 절. 지금 현등사가 저기 있거든요, 운악산에.

근데 그게 여기서 왼겨갔다는(옮겨갔다는) 얘기가 있어요, 현등사가.

(보조 조사자 : 원래는 여기 있었다구요?)

네, 여기 있었는데 여기, 지금도 그 절터래는 데 가면은 인제 주춧돌이 있고 있답니다.

난 뭐 확실히 가보질 않아서 정확하겐 잘 모르는데, 그 절골이라 그리고(그러고) 한 쪽 골짜구니(골짜기의 경기 방언임.)는 탑골이라고 그리고

(그러고) 그러거든요.

두 골짜구니 이렇게 두 개가 있는데. 근데 거기에서 인제 그 현등사로 이름 지어진 게, 거기 그 이, 에 뭐야 여기 있는 절 이름은 잘 몰라요. 절, 기냥 절골이래는 얘기만 들었는데, 거기에 그, 그 절이 망언을 해서 빈대가 하도 꾀서 베기질 못해 가지고,

그래 절을 윈길라고(옮기려고) 허는데 윈기다,(옮기다,) 윈길라고(옮기려고) 했는데 거기서 이렇게 건너다보니까, 현등사에 이렇게 등이 있었대는 거예요. 그래서 글로 윈겼다는(옮겼다는) 거예요, 이거를.

거기가 절터가다 그리고(그러고), 그렇게 윈겼대는데(옮겼다는데) 사실인지 아닌지 우리는 모르죠. 지금 봐도 느낄 수가 없는 게, 왜 그러냐면 거기를 어떻게 가져갔겠냐 이거여. 생각을 해보세요. 여기서 거기를 어떻게 가져가요, 못 가져가잖아요.

(보조 조사자 : 그럼 절, 절을 새로 진 게 아니고 옮겨갔대요?)

그렇죠, 현등사에 지금 가면은 그 뭐예요, 저기 저 다른 거는 다, 다른 거는 다 새로 진 집인데, 거기에 그 저거는 그 그 뭐라 그러죠? 그 부처님 모셔놓은 데.

(보조 조사자 : 대웅전요?)

대웅전, 고거는 지금도 지둥이(기둥이) 이렇게 뗀 자리가 있고 있대요. 뜯어다 진 게 확실허다 이거야.

그런데 여기서 갔는지, 그 부근에 걸 갖다 겼는지 누구도 모른대는 거여.

(청중 : 그 노인데 말씀대로 그렇게 했어.)

그래, 여기가 현등사가 그래서 이름이 지어졌다 그런 얘길 해요.

그냥 우리가 그냥 들은, 기냥 전설로 이렇게 내려온 얘기죠.

그래, 한쪽 골짜구니는 탑이 그 절이 있어서, 탑이 있어서 탑골이고, 한쪽에는 절골이고.

그렇게 지금도 그건 내려와요, 전설에.

■엮은이 소개

신동흔 서울대학교 국어국문학과와 동 대학원을 졸업하였다. 현재 건국대학교 국어
국문학과에 교수로 재직중이다. 최근 연구로는 『살아있는 한국신화』(2014),
『시집살이 이야기 집성』(전10권, 2013, 공저) 등의 책과 「세경본풀이 서사와
삼세경 신직의 상관성 재론」(2013) 등의 논문이 있다.

노영근 국민대학교 국어국문학과와 동 대학원을 졸업하였다. 현재 국민대학교 교양
대학에 강의전담교수로 재직중이다. 「동아시아 설화 유형의 비교 연구」
(2013) 등의 논문과 『호남구전자료집』(2010, 공저) 등의 저서가 있다.

이홍우 부산대학교 국어국문학과를 졸업하고 서울대학교 국어국문학과 대학원에서
박사과정을 수료하였다. 현재 인하대학교, 서울여자대학교에 시간강사로 출
강하고 있다. 주요 논문으로는 「일제강점기 재담집 ≪엉터리들≫에 대한 소
고(小考) − 거짓말의 유형과 인물론(人物論)을 중심으로」(2006), 「<글로벌 토
크쇼 미녀들의 수다>의 구술문화적 분석」(2008), 「근대 재담집 『우슴거리』
의 성격과 문학사적 의의」(2013)가 있다. 공저로 『설화 속 동물 인간을 말하
다』(2008), 『옛이야기 속에서 생각 찾기』(2013)가 있다.

한유진 이화여자대학교에서 국어국문학을 전공하고 동 대학원에서 박사과정을 수료하
였다. 현재 동국대학교 경주캠퍼스에서 강의초빙교수로 강의하고 있다. 주요
논문으로는 「계모설화에 나타난 갈등의 양상」(2012), 「'첫날밤 목 잘린 신랑과
누명 쓴 신부' 유형 설화에 나타난 갈등 구조와 전승 체계」(2013)가 있다.

구미진 덕성여자대학교를 졸업하고 서울대학교 대학원에서 석사과정을 마쳤다. 석
사학위논문으로 「<법화영험전>의 서사문학적 특성 연구」가 있다.

증편 한국구비문학대계 1-11
경기도 가평군

초판 인쇄 2014년 10월 21일
초판 발행 2014년 10월 28일

엮 은 이 신동흔 노영근 이홍우 한유진 구미진
엮 은 곳 한국학중앙연구원 어문생활사연구소
출판기획 장노현

펴 낸 이 이대현
펴 낸 곳 도서출판 역락
편   집 권분옥
디 자 인 이홍주

주   소 서울시 서초구 동광로46길 6-6(반포4동 577-25) 문창빌딩 2층
등   록 1999년 4월 19일 제303-2002-000014호
전   화 02-3409-2058, 2060
팩   스 02-3409-2059
이 메 일 youkrack@hanmail.net

값 24,000원

ISBN 979-11-5686-088-4 94810
       978-89-5556-084-8(세트)